Robert J. Conley ✺ *Der Wind rief seinen Namen*

Robert J. Conley

DER WIND RIEF SEINEN NAMEN

Roman

Deutsch von Michaela Meßner

Oesch Verlag

Die amerikanische Originalausgabe erschien 1992 unter dem Titel
Mountain Windsong, A Novel of the Trail of Tears
in der University of Oklahoma Press, Norman / London

Die Deutsche Bibliothek – CIP-Einheitsaufnahme

Conley, Robert J.:
Der Wind rief seinen Namen : Roman / Robert J. Conley.
Dt. von Michaela Meßner. – 2. Aufl. – Zürich : Oesch, 2000
Einheitssacht.: Mountain windsong <dt.>
ISBN 3-85833-250-X

2. Auflage 2000

Published by agreement with University of Oklahoma Press, and
Scott Meredith Literary Agency, L. P., 845 Third Avenue,
New York, NY 10022

Schutzumschlag: Eberle & Kaiser, Freiburg i. Br.,
unter Verwendung eines Photos von Christian Heeb/LOOK
Druck und Bindung: Wiener Verlag, Himberg

ISBN 3-85833-250-X

Gern senden wir Ihnen unser Verlagsverzeichnis:
Oesch Verlag, Jungholzstraße 28, 8050 Zürich
E-Mail: info@oeschverlag.ch
Telefax 0041/1 305 70 66 (CH: 01/305 70 66)

Unser Programm finden Sie im Internet unter:
www.oeschverlag.ch

Für Evelyn (Guwist),
meine Frau und meine
Oconeechee

… aber der Indianer kann die Mittelstimme hören
und den Wind! Oh, die Winde,
jene eisig kalten, die heulend
um die Dächer pfeifen –
und jene mit dem sanften Raunen,
die dem Ohre schmeicheln
mit dem Klang des Universums.

Louis Oliver (Littlecoon)

I

Zum erstenmal hörte ich das Windlied in den nebligen Hügeln über Big Cove – ich kann mich gut daran erinnern. Der Hartriegel stand in Blüte. Ich hatte den Bauch voll mit Hickorynußsuppe und Kastanienbrot, die elisi, *meine Großmutter, zubereitet hatte. Nachdem wir uns satt gegessen hatten, war Großvater mit mir den Fußweg hinaufgegangen, der hinter dem Haus zum Gipfel des Hügels führte. Es gab keinen besonderen Anlaß – ich meine, keinen praktischen. Wir sammelten weder Trauben noch Beeren oder wilde Zwiebeln. Wir gingen nicht jagen. Wir stiegen bloß den Pfad zum Gipfel des Hügels hinauf und setzten uns ins Süßgras, zwischen die Passionsblumen und Disteln unter dem Hartriegel und den Sauerbäumen. Großpapa holte seine Maiskolbenpfeife und seinen Tabaksbeutel aus einer Tasche der weiten Khakihose. Er stopfte sich in aller Ruhe seine Pfeife, legte den Tabaksbeutel zusammen und packte ihn wieder in die Tasche, dann steckte er sich das Mundstück zwischen seine schmalen Altmännerlippen. Er griff in die Brusttasche seines Khakihemds und holte ein Streichholz heraus, das er an der Schuhsohle anriß. Er hielt das entflammte Streichholz in der hohlen Hand, zum Schutz vor der leichten Brise, die uns um die Nase wehte. Dann zog er an seiner Pfeife und sog die Flamme vom Streichholz in den Pfeifenkopf, bis der Tabak glühte. Er zerbrach das Streichholz und warf die Stücke auf die Erde. Dann lehnte er sich zurück gegen den Stamm einer großen hellen Eiche und paffte zufrieden, sandte Wolken weißen Rauchs, hübsch anzusehen, in Spiralen hinauf auf ihren Weg gen Himmel.*

Ich streckte mich auf dem Rücken im Unkraut aus und faltete die Hände hinterm Kopf. Ich schaute direkt nach oben in den Himmel und versuchte, mir vorzustellen, wie es auf der anderen Seite wohl sein mochte. Großpapa hatte mir erzählt, daß der Himmel ein riesiges Gewölbe über der Erde ist – wie eine Schale, die verkehrtrum auf einer Untertasse steht – und daß wir auf der Untertasse unter der Schale herumlaufen würden. Ich konnte Großpapa nicht sehen, wie ich so direkt nach oben in den Himmel sah, aber sein Rauch trieb weiter durch mein Blickfeld.

Der Geruch nach Großpapas Tabak mischte sich mit den frischen Gerüchen der Berge: dem Duft der Hartriegelblüten, dem Süßgras, den tausend anderen Düften der North Carolina Smoky Mountains, und ich fand es wundervoll. Es war einfach himmlisch – dort auf dem Hügel zu liegen, meinem Lieblingsplatz, zusammen mit Großpapa, dem Menschen, der mir auf der ganzen Welt der liebste war. Und so lag ich einfach da, genoß die Gesellschaft von Großvater und die Gerüche und alles, was es zu sehen gab, und den Gesang der Vögel und das Schnattern der Eichhörnchen – und genau in dem Moment hörte ich das Windlied. Und es war wirklich ein Lied – oder eben gerade so wie ein Lied. Ich stützte mich auf die Ellbogen und sah mich um. Wahrscheinlich dachte ich, ich würde jemanden sehen – womöglich irgend jemanden, der die Musik machte. Und dann sah ich zu Großpapa hinüber, aber der saß einfach ruhig da und rauchte seine Pfeife.

»Großpapa«, sagte ich.

Er paffte einfach weiter.

»Was war das?«

»Was denn, chooj?«, sagte er.

Statt mich bei meinem richtigen Namen, nämlich LeRoy, zu rufen, nannte er mich oft Junge, so wie eben, und manchmal nannte er mich auch Sonny. Papa nannte mich immer Sonny, und Mama nannte mich entweder Sonny oder LeRoy, aber Großpapa nannte mich meistens chooj, Junge.

»Dieser Laut, Großpapa«, sagte ich. »Es klingt wie – wie ein Lied.«

»Oh«, sagte er, und ein Lächeln erschien auf seinem verrunzelten, alten und braungebrannten Gesicht, »es ist auch ein Lied. Es ist ein Liebeslied.«

»Ein Liebeslied?« fragte ich.

»Es ist das Liebeslied von Oconeechee und Whippoorwill.«

Dann sagte ich nichts mehr, glaube ich, aber ich saß jetzt aufrecht und starrte ihn an. Da war dieses Lächeln auf seinem Gesicht und das Zwinkern in seinen Augen, das ich so gut kannte, und da wußte ich, daß er mir eine Geschichte zu erzählen hatte. Er schaute immer so, wenn er eine Geschichte zu erzählen hatte. Er paffte seine Pfeife, und der Rauch stieg hoch hinauf, bevor er sich auflöste und verschwand, auf seinem Weg zu Gottes Haus auf der anderen Seite des Himmelsgewölbes.

»Hast du schon von der Geschichte gehört?« fragte er.

»Nein.«

»Nun, es geschah vor langer Zeit«, sagte er, »damals gehörte den Cherokee das ganze Land. Nicht nur unser kleines Reservat hier, in dem wir jetzt leben. Wir hatten viel Land – in North Carolina, in Georgia, in Alabama, in Tennessee. Das Volk der Cherokee war richtig groß damals.«

Er hielt inne, um an seiner Pfeife zu ziehen, und zeigte nach Norden, wo die Berge größer sind.

»Da drüben war eine Stadt mit Namen Soco Gap«, sagte er, »und dort lebte ein Mann. Er war Häuptling. Sein Name war Tsunu lahun ski. Weiße Männer können das nicht aussprechen. Sie nannten ihn Junaluska. Aber das war nicht sein richtiger Name. Er hatte seinen Namen geändert, und ich werde dir erzählen, warum. Sein eigentlicher Name war Gul kala ski. Das bedeutet: etwas, das sich vorlehnt und das fällt und fällt. Das war sein erster Name. Und nun höre, warum er ihn geändert hat.

Als die Armee der Vereinigten Staaten damals im Jahre 1813 gegen die Creek in den Krieg zog, mit Andrew Jackson als General, schlossen sich einige Cherokee der US-Armee an. Ein gewisser Sam Houston – er hatte in einer Cherokee-Familie gelebt – wurde Soldat. Und so auch dieser Mann, von dem ich dir gerade erzähle, dieser Gul kala ski. Er schloß sich der Armee an. Und dann gab es eine große Schlacht an einem Ort mit Namen Horseshoe Bend, unten im Land der Creek, unten in Alabama.«

Großpapa deutete nach Süden, als er das sagte. Wenn er eine Geschichte erzählte, deutete er immer in die Richtung von jedem Ort, den er erwähnte, als wäre es gleich die Straße runter und du könntest aufstehen und hingehen und nachschauen, falls dir plötzlich der Sinn danach stünde. Er hielt inne, um ein paarmal tief an seiner Pfeife zu ziehen.

»Dort in Horseshoe Bend«, sagte er schließlich, »mischte sich dieser Cherokee, Er-fällt-und-fällt, in den Kampf zwischen General Jackson und einem Creek ein, der gerade drauf und dran war, den General zu töten, und Er-fällt-und-fällt rettete Jackson das Leben. Er tötete diesen anderen Indianer.

Dann hatten sich die Creek ziemlich sicher hinter einem Wall aus Baumstämmen verschanzt, auf der anderen Seite des Flusses, gegenüber von Jacksons Männern, und Jackson kam nicht an sie heran. Dieser Cherokee, von dem ich rede, führte andere Cherokee hinunter zum Fluß, sie schwammen hinüber und tauchten plötzlich hinter den Creek auf und überraschten sie. Nun konnte Sam Houston einen Frontalangriff starten, von der anderen Seite des Flusses aus, und sie schlugen die Creek. Und so hatte dieser Cherokee an jenem Tag nicht nur dem General das Leben gerettet, er hatte noch dazu die Schlacht für ihn entschieden.

Natürlich wurde Old Hickory, so nannten sie Jackson, die ganze Ehre zuteil. Wahrscheinlich wurde er deshalb später zum Präsidenten gewählt. Und er wußte, wer ihm dazu verholfen hatte. Er wußte, was damals geschehen war. Als die Schlacht vorbei war, ging er zu diesem Mann, zu diesem Er-fällt-und-fällt, und er sagte: ›Solange die Sonne scheint und das Gras wächst‹, sagte er, ›werden du und ich Freunde sein und wird der Fuß der Cherokee nach Osten weisen.‹ So sprach er.

Und später dann, als Jackson Präsident war – das war damals, als sie versuchten, alle Cherokee aus dem Land zu vertreiben, als wir in den Westen ziehen sollten, damit der weiße Mann all unser

*Land haben konnte –, da sagte dieser Mann, er würde zu Jackson gehen und mit ihm reden. Er sagte, Jackson sei sein Freund und werde ihm helfen. Er erinnerte sich an das, was Jackson nach der großen Schlacht bei Horseshoe Bend zu ihm gesagt hatte, und er dachte, der Präsident werde sich an den Mann erinnern, der ihm das Leben gerettet und ihm geholfen hatte, ein großer Held zu werden, indem er an jenem Tag die Schlacht gewann. Er sagte, der Präsident werde sich an sein Versprechen erinnern und den Cherokee aus ihrer Not heraushelfen. Doch Jackson gewährte ihm nicht einmal Einlaß. Da sagte dieser Mann zu seinen Freunden: ›*Detsinu lahungu, *Ich habe es versucht und bin gescheitert.‹ Und so kam er zu seinem neuen Namen, Tsunu lahun ski, Der-es-versuchte-aber-scheiterte. Junaluska.«*

Genau in diesem Moment erklang das Windlied noch lauter. Es war schön, aber auch ein bißchen unheimlich, und mich schauderte. Großpapa zog an seiner Pfeife, aber sie war ihm ausgegangen. Er nahm sie aus dem Mund und klopfte sie an seinem Schuh aus.

»Aber diese Geschichte handelt nicht von ihm – nicht von Junaluska«, sagte er. Sie handelt von dem Liebeslied, das der Wind singt. Sie handelt von Junaluskas Tochter. Ihr Name war Oconeechee.«

Großpapa hielt inne und nahm sich viel Zeit, seine Pfeife wieder zu stopfen und anzuzünden, und ich war so darauf versessen, die Geschichte zu hören, daß es mir so vorkam, als dauere es diesmal besonders lange, bis er sein Ritual ausgeführt hatte. Ich hatte ihn sogar im Verdacht, daß er es absichtlich in die Länge zog, nur um mich warten zu lassen, wahrscheinlich damit meine Spannung wuchs oder um meine Geduld zu testen. Weit in der Ferne wurde die Stille plötzlich durch das flinke Klopfen eines Spechts gestört, und da überkam mich der Wunsch, aufzustehen und nach ihm Ausschau zu halten, während ich gleichzeitig den Ausgang der Geschichte erfahren wollte. Doch Großvater erlöste mich aus meiner Unentschlossenheit, indem er mit seiner Geschichte fortfuhr.

»Also«, sagte er, »wie ich dir erzählt habe, lebte dieser Junaluska dort drüben in Soco Gap. Er war ein Häuptling – ein Stadthäupt-

ling, ein Stadtkriegshäuptling. Wie du siehst, hatten wir in jener Zeit damals nicht einen einzigen großen Häuptling wie jetzt. Jede Stadt hatte ihre eigene Regierung, und sie hatten zwei Häuptlinge – einen Kriegshäuptling und einen Friedenshäuptling. Der Friedenshäuptling war der Mann, der für die Angelegenheiten in der Stadt verantwortlich war, wenn es gerade keine Kämpfe gab. Der Kriegshäuptling hatte die Aufgabe, mit Fremden zu verhandeln und in Kriegszeiten die Leitung zu übernehmen. Erst der weiße Mann sorgte dafür, daß wir einen großen Häuptling über alle Cherokee bekamen, und weil jede Stadt schon zwei Häuptlinge hatte, nannten wir ihn den Oberhäuptling, verstehst du? Er war so etwas wie der Haupthäuptling über alle anderen Häuptlinge.

Obwohl der weiße Mann sehr darauf drängte, dauerte es lange, bis die Cherokee damit einverstanden waren, nur noch einen großen Häuptling und eine Regierung für alle Cherokee zu haben. Der Grund dafür ist, daß wir das vor langer Zeit schon einmal hatten. Oder zumindest etwas Ähnliches. Wir hatten Priester, in deren Händen alle Macht lag. Sie ließen das Volk Hügel aufwerfen und Tempel bauen, und sie ließen sich überallhin tragen. Sie konnten mit jedem machen, was immer sie wollten. Und dann geschah es, daß ein Mann zur Jagd ging, und als er wieder nach Hause kam, konnte er seine Frau nicht finden. Er machte bei den Nachbarn die Runde, und eine Weile lang wollte niemand ihm etwas sagen. Schließlich erzählte ihm einer seiner Nachbarn, daß während seiner Abwesenheit die Priester gekommen seien und seine Frau mitgenommen hätten. Da trommelte der Mann ein paar seiner Freunde und Nachbarn zusammen und sagte zu ihnen: ›Wir haben uns jetzt genug von diesen Priestern gefallen lassen‹, und sie stimmten ihm alle zu. Da töteten sie alle Priester. Und so hatten sie eine Revolution. Das alles geschah wahrscheinlich nicht lange bevor die erste englische Kolonie in dieser Gegend errichtet wurde. Jedenfalls wollten es die Cherokee nicht mehr zulassen, daß sich nach alledem eine starke Zentralregierung bilden würde. Sie ließen jede Stadt ihre eigene Regierung bilden, mit zwei Häuptlingen und einem Rat und Beratern. Sie hatten eine Demokratie. Und in ge-

nau dieser Art von Stadtregierung war Junaluska Kriegshäuptling.«

Genau an der Stelle legte Großpapa eine Verschnaufspause ein, um an seiner Pfeife zu ziehen und dem aufsteigenden Rauch nachzuschauen, und die Art, wie er ihm nachsah, ließ ihn auch für mich so interessant wirken, daß ich mich ebenfalls zurücklehnte und dem Rauch zusah. Schon bald erzählte er weiter.

»Dieser Junaluska hatte eine Frau. Ihr Name war Qualla, wie ja auch unser Reservat hier manchmal genannt wird. Und sie waren sehr verliebt ineinander, Junaluska und Qualla. Sie waren glücklich hier in Soco Gap. Sie waren wirklich glücklich miteinander. Weißt du, chooj, *manchmal ist es so, als wären ein Mann und eine Frau einfach füreinander bestimmt. Sie gehören zusammen. Es ist, als hätte Gott sie füreinander geschaffen und als hätte Er sie sozusagen zusammengeführt. Ich weiß nicht, ob das auf jeden zutrifft. Falls doch, dann denke ich, daß manche nie herausfinden, wer die Person ist, die für sie bestimmt wurde. Vielleicht ist darum die Welt heutzutage so verrückt. Vielleicht rennen die meisten Leute einfach nur wie die Verrückten herum auf der Suche nach dem einen Menschen, zu dem sie gehören, und wissen nicht einmal, daß sie auf der Suche sind oder was mit ihnen nicht stimmt. Diejenigen, die einander finden, das sind die Glücklichen. Das sind die, die wissen, worum es im Leben geht. Mit mir und deiner Großmutter geht es mir auch so. Und genauso war es mit Junaluska und Qualla. Sie waren genau die Richtigen füreinander.*

Die beiden hatten ein kleines Baby, ein Mädchen, und ihr Name war Oconeechee. Ich weiß nicht, was dieses Wort bedeutet, denn es ist kein Cherokee-Wort, aber damals lebte in dieser Gegend ein kleiner Indianerstamm, dessen Name ähnlich klang. Ich denke, vielleicht kam Qualla aus diesem Stamm, und als sie dann ihr usdi *hatten, ihr Kleines, gaben sie ihm diesen Namen – den Namen des Volkes seiner Mutter. Aber das ist nur eine Vermutung von mir. Jedenfalls war sie ein hübsches kleines Baby, und Junaluska und Qualla waren so glücklich, wie man nur sein kann. Aber das währte nicht lange. Qualla wurde krank und starb, als Oconeechee noch ein ganz kleines Baby war. Junaluska war so verloren und einsam ohne seine Qualla, daß er sterben und mit ihr gehen wollte. Er wollte dort auf der anderen Seite des großes Himmelsgewölbes nach ihr suchen. Er wußte, daß sie irgendwo dort oben war und nur darauf wartete, daß er komme. Er weinte und schrie ins Himmelsgewölbe hinauf, daß er kommen wolle. Er wollte nicht länger auf dieser Welt weilen – nicht alleine, nicht ohne seine Qualla. Aber eines nachts, als er schlief, hatte er einen Traum. Oder vielleicht war es gar kein Traum. Vielleicht war es Wirklichkeit. Qualla kam vom Himmel herunter und sprach zu ihm. ›Du kannst nicht mit mir kommen‹, sagte sie, ›noch nicht. Unser Kind hat seine Mutter verloren. Um ihretwillen mußt du bleiben. Wenn sie einmal groß ist und einen Mann gefunden hat, der für sie sorgt, dann kannst du zu mir kommen. Ich werde auf dich warten.‹*

Und so blieb Junaluska auf dieser Welt, um sein kleines Mädchen großzuziehen, und obwohl er Qualla so schrecklich vermißte, daß es ihm weh tat, und er nie aufhörte, an sie zu denken, nicht eine Minute lang, liebte er die kleine Oconeechee sehr. Außerdem war sie ihrer Mutter sehr ähnlich. Sie war das einzige, wofür Junaluska noch lebte. Und es waren harte Zeiten, in der er dieses kleine Kind großziehen mußte. Die Regierungen der Staaten in der Umgebung und die US-Regierung hatten sich alle gegen die Cherokee und die anderen Indianer verbündet. Sie wollten, daß alle Indianer in den Westen ziehen – westlich des großen Flusses, des Mississippi.«

»Warum wollten sie das, Großpapa?« fragte ich.

»Nun ja, das mag etwas hart klingen. Sie dachten, ein weißer Mann sei besser als ein Indianer. Sie dachten, wir wären Wilde. Ich bin mir nicht ganz sicher, was dieses Wort bedeuten soll, ein Wilder, aber ich nehme an, es bedeutete einfach, daß wir nicht auf dieselbe Art lebten wie sie. Sie sagten, Wilde stehlen und töten Menschen. Dabei waren sie es, die gestohlen und unser Volk getötet haben. Und deshalb ist mir nicht so recht klar, was sie damit meinten. Aber sie sagten, Indianer seien Wilde, und sie wollten keine Wilden als Nachbarn. Aber im wesentlichen, denke ich, wollten sie einfach all

unser Land. Ich denke, das ist der Grund, warum sie uns von hier verjagen wollten.

Aber so standen die Dinge damals. Junaluska wußte, daß es harte Zeiten waren, und er wußte, daß dieses kleine Mädchen ihn brauchen würde. Und so blieb er hier. Und das ist der Moment, an dem die Geschichte wirklich beginnt – die Geschichte vom Windlied.«

2

Häuptling Junaluskas Tochter,
Die schöne Oconeechee,
Suchte Kühlung im Gebirgsbach,
Als ein Krieger des Weges kam.
Als sie entstieg den Fluten,
Da stand das Herz ihm still,
Nie sah in seinem Leben
Solch Schönheit Whippoorwill.

Oconeechee trug einen Rock und eine Bluse aus Baumwolle, die ihr Vater in Wil Usdis Laden für sie gekauft hatte. Sie fühlten sich leicht an und waren in der schwülen Sommerhitze nicht so heiß und unbequem wie ihr Lederkleid. Aber auch die Baumwolle klebte vom Schweiß am Rücken und an den Beinen, und ihr langes schwarzes Haar blieb im Nacken haften. Die Stechmücken waren besonders lästig. Sie hatte ihr Mittagsmahl beendet, Maissuppe, Rehfleisch und Bohnenbrot, dazu einen guten, starken Kaffee, und nun war ihr langweilig. Mit ihren sechzehn Jahren war sie voller Kraft und jugendlichem Überschwang, aber für die Hausarbeit konnte sie sich nicht begeistern, und sie hatte auch nicht genug zu tun. Wenn sie die Aufgaben, mit der sie als einzige Frau im Haus betraut war, erledigt hatte, blieben ihr noch viele Stunden vom Tag, die sie mit irgendeiner Unternehmung füllen mußte. Einen großen Teil dieser freien Zeit verbrachte sie in den Wäldern, die Soco Gap umgaben. Ein Grund für ihre einzelgängerische Art war, daß die unverheirateten jungen Männer von Soco Gap ständig hinter ihr her waren, und nicht einer war darunter, der ihr Interesse wecken konnte.

Und so waren ihr die Hitze des Tages und die lästigen Angriffe der Stechmücken eine gute Entschuldigung, ihrer natürlichen Neigung, unerwünschter Gesellschaft aus dem Wege zu gehen, zu folgen und am nahe gelegenen Gebirgsbach Trost und Kühlung zu suchen. Sie kannte eine Stelle, zu der die übrigen Bewohner von Soco Gap nur selten gingen, eine, die sie fast schon als ihr eigenes privates Heiligtum betrachtete. Die Stelle war direkt unter einem Wasserfall, wo das Bergwasser, das selbst in den heißen Sommermonaten eiskalt war, in Kaskaden in einen weiten See stürzte, in dem es erstaunlich ruhig zu stehen schien, obwohl jenseits des Wasserfalls ein kleiner Fluß den Berg hinunterrauschte. Oconeechee konnte spüren, wie die Temperatur deutlich fiel, als sie den Hügel hinunterging und schließlich vor dem ruhigen, kühlen, tiefblauen und einladenden See stand. Sie atmete tief durch und sah sich aufmerksam um. Dann zog sie sich die Bluse über den Kopf und ließ sie neben sich auf die Felsen fallen. Sie ließ den Baumwollrock zu den Knöcheln herunter, stieg heraus und watete nackt in das wohltuende Naß.

Waguli war auf dem Weg nach Soco Gap. Die Regierungsbeamten seiner Stadt hatten ihn mit einer Mission betraut. Sie wußten, daß Lumpkin, der Gouverneur von Georgia, und Andrew Jackson, der Präsident der Vereinigten Staaten, damit drohten, ihnen ihr Land wegzunehmen und sie alle irgendwohin weit in den Westen zu schicken, ins Land, wo es dunkel wird. Es war ihnen zu Ohren gekommen, daß Junaluska versucht hatte, den Präsidenten zu treffen, und sie wußten, woher er seinen neuen Namen hatte. Sie hatten auch von dem Vertrag gehört, den Ridge und Boudinot und andere in New Echota unterzeichnet hatten, und sie wußten, daß ihnen allen große Schwierigkeiten bevorstanden. Aber sie hatten schon lange nichts Neues mehr erfahren, und so hatte man Waguli ausgewählt, den großen Mann in Soco Gap aufzusuchen und ihn zu fragen, was er wisse.

Waguli war ausgewählt worden, weil er jung, stark und gesund war und weder Frau noch Kinder zurücklassen würde. Er wurde auch deshalb ausgewählt, weil er ein geschickter Redner und ein vertrauenswürdiger, besonnener junger Mann war. Außerdem war er noch nie in Soco Gap gewesen. Die alten Männer dachten, es sei an der Zeit, daß er auch einmal diesen Teil des Landes kennenlernte. Waguli reiste allein und mit leichtem Gepäck. Er trug Leggings aus Leder mit einem Lendenschurz, Mokassins und in seinem Stirnband nichts als eine einzelne Adlerfeder. Er trug seine Waffen und hatte sich eine Wolldecke auf den Rücken gebunden.

Waguli dachte, er müsse seinem Ziel schon nahe sein, aber die Landschaft ringsum war ihm völlig fremd, und so konnte er sich nicht sicher sein. Von irgendwoher über ihm war das angenehme und kühle Rauschen eines Gebirgsbaches zu hören. Zwischen ihm und dem Bach zog sich ein hoher, felsiger Hügelkamm. Soco Gap, so dachte er, war sicher irgendwo am Fluß erbaut worden – oder zumindest irgendwo in dessen Nähe. Er ging den Hügelkamm hinauf. Es ging steil bergauf, und obwohl es heiß war und ein langer Tag seinem Ende zuging, stieg er schnell und sicher den Hügelkamm hinauf.

Waguli vernachlässigte nicht seine Pflicht um seiner eigenen Bequemlichkeit willen. Er würde sich in dem Gebirgswasser erfrischen, um sich den Leuten von Soco Gap auf eine würdige Weise vorstellen zu können. Waguli gelangte zunächst an eine Stelle, an der das Flüßchen schmal und seicht war, und so folgte er ihm weiter den Berg hinauf, bis er an eine Stelle kam, die besser zum Baden geeignet war. Man hatte ihm gesagt, Soco Gap liege hoch droben in den Bergen, und so dachte er, er würde ohnehin in die richtige Richtung gehen. Dort, wo er schließlich haltmachte, war der Boden etwas ebener. Der Fluß war etwas breiter und floß ein wenig langsamer. Waguli hatte sogar den Eindruck, wenn er an dieser Stelle ins Wasser ging, würde es ihm bis zur Brust reichen. Er sah sich lange um, dann legte er den Bogen, den Köcher mit den Pfeilen und sein langes Blasrohr quer über den Stumpf eines umgefallenen Baumes. Er nahm sich die Adlerfeder aus dem Haar und band sie an das eine Ende seines Bogens, damit sie den Boden nicht berührte.

Er nahm die Deckenrolle vom Rücken, knotete sie auf und rollte sie auf dem Boden aus, wobei saubere Kleidung zum Vorschein kam, die für offizielle Anlässe besser geeignet war als seine Reisekleidung. Dann schlüpfte er geschwind aus seinem Lendenschurz, seinen Leggings und Mokassins und watete in den Fluß. Das Wasser war so kalt, daß er unwillkürlich nach Luft schnappte, um dann einen langen Seufzer auszustoßen, zufrieden, daß er in der Hitze endlich Linderung gefunden hatte. Als er an der tiefsten Stelle in der Flußmitte angelangt war, ging Waguli in die Knie und ließ sich ganz untertauchen. Er rieb sich energisch ab, um Schweiß, Salz und den Staub des Weges abzuwaschen.

Aber er legte die Rast nicht zum Vergnügen ein. Waguli war für die Leute seiner Stadt in einer ernsten Angelegenheit unterwegs, deshalb war er schon bald wieder aus dem Wasser. Er griff nach einem Kamm, der auf der Decke lag, und fuhr sich damit durch die Haarlocke, die vom Scheitel seines ansonsten kahlgeschorenen Kopfes wuchs. Dann kniete er nieder, um die sauberen Leggings, den Lendenschurz und die Jacke geradezuziehen, die in der Decke zusammengerollt gewesen waren. Waguli verspürte plötzlich einen bohrenden Hunger, aber er schenkte ihm keine Beachtung. Von dem *gahawisti*, das die Schwester seiner Mutter ihm für diesen Tag aus getrocknetem Mais zubereitet hatte, war nichts mehr übrig, aber er wußte, daß er in Soco Gap reichlich verköstigt werden würde. Da es sehr heiß war an diesem Tag, war er schon bald wieder trocken, und so schlüpfte er in die sauberen Leggings und Mokassins und band sich den Lendenschurz um. Alles war kunstvoll mit gefärbten Stacheln vom Stachelschwein und bunten Glasperlen verziert, ebenso die lederne Jagdjacke, die er anziehen wollte, sobald Soco Gap in Sicht kommen würde. Er knotete die Adlerfeder wieder fest wie zuvor, rollte die schmutzige Reisekleidung in die Decke ein, griff nach seinen Waffen und setzte seinen Weg flußaufwärts fort.

Oconeechee schwamm auf dem Rücken, aalte sich in dem kalten Wasser und erfreute sich an ihrer Nacktheit. Sie wußte, daß sie bereits mit sechzehn Jahren einen Körper hatte, der bei den Männern von Soco Gap wildes Verlangen weckte, und natürlich erfüllte diese Tatsache sie mit geheimem Stolz. Sie hingegen hatte diese Art von Begierde noch nicht verspürt. Sie genoß es sehr, dort nackt und alleine in dem klaren Wasser zu schwimmen, an dem Ort, der fast schon ihr Geheimnis war, und auf die Geräusche der Wälder zu lauschen: das Schnattern des *saloli*, des Eichhörnchens, das schnelle energische Klopfen des *dalala*, des Spechts, das durchdringende Kreischen des *dlayhga*, des blauen Eichelhähers, das gellende »ga, ga« des *koga*, der Krähe, sogar das geschäftige und unermüdliche Brummen von *wadulisi*, der Biene. Der Gedanke, ein Mann, irgendein Mann, könnte sie in ihrer Abgeschiedenheit inmitten der anderen Geschöpfe des Waldes stören, war ihr zuwider. Sie wußte auch, daß sie im Dorf allmählich zur Zielscheibe des Spotts wurde. In den Augen der Cherokee stimmte etwas nicht mit einer Frau, die zu lange Jungfrau blieb, nachdem ihr Körper zur Reife gekommen war. Die weißen Missionare hatten sich sehr bemüht, sie von dieser Haltung abzubringen, aber die Leute von Soco Gap hielten an manchen Dingen stur fest. Sie wußte, daß jemand versuchen würde, sie zu zwingen, wenn sie weiter so starrsinnig bliebe.

»*Da ji i si*«, sagte sie laut – »Ich werde ihn umbringen.«

Direkt über ihr auf dem hohen Hügelkamm wurde es plötzlich unruhig. Vögel flogen zu den Wipfeln hinauf, und ein Eichhörnchen schimpfte. Sie trat das Wasser ganz leicht, gerade so viel, daß sie nicht unterging, und ließ ihren Körper unter die Oberfläche sinken, als sie nach der Ursache der Störung Ausschau hielt. Sie konnte es hören, bevor sie es sehen konnte. Es war das Geräusch eines gehenden menschlichen Wesens. *Asgaya*. Ein Mann. Einen Augenblick verspürte sie panische Angst, jemand könnte sie an ihrem Lieblingsplatz entdecken. Dann erblickte sie ihn. Es war tatsächlich ein Mann, ein junger Mann. Das konnte sie an seinem Gang erkennen. Und wie jung er war! Sie konnte sehen, wie sein kahlgeschorener Schädel in der Sonne glänzte. Sie hatte ein paar alte Männer gesehen, die so aussahen, aber nie einen jungen Mann. Von den jungen Männern hielt sich keiner mehr an den alten Brauch, sich die Haare zu scheren. Sie trugen ihre Haare wie die weißen Männer, knapp unter den Ohren oder in Schulterlänge geschnitten; einige wenige trugen sie auch länger. Aber nur noch ein paar alte starrsinnige Männer schoren sich den Schädel und ließen nur eine Locke stehen, für den *gidhla*, den Skalp-Schnitt.

Sie versuchte, ruhig zu bleiben. Sie wollte nicht, daß der fremde junge Mann sie dort unten in ihrem See entdeckte. Er ging weiter. Er schritt schnell und zielstrebig aus und schien nach Soco Gap unterwegs zu sein. Wer mochte das wohl sein, fragte sie sich, etwa ein Cherokee aus irgendeinem entlegenen und rückständigen Dorf? Oder ein Shawnee oder ein Delaware? Er entfernte sich aus ihrem Blickfeld, und sie beeilte sich, aus dem Wasser zu kommen und in ihre Kleider zu schlüpfen. Vielleicht konnte sie die Stadt vor ihm erreichen? Sie würde es versuchen. Sie rannte, so schnell sie konnte, nahm eine Abkürzung durch die Wälder über Bergpfade, die einem Fremden nicht bekannt sein konnten. Ihr nackter Fuß stampfte auf dem harten Lehmpfad, auf dem sie, nach Atem ringend, zu dem kleinen Blockhaus ihres Vaters in Gap gelangte. Junaluska saß auf einem dreibeinigen Stuhl vor dem Haus und rauchte eine kurze Tonpfeife. Er stand auf, als er seine Tochter auf sich zueilen sah, und legte die Pfeife beiseite. Als sie bei ihm angekommen war, packte er sie bei den Schultern, um sie zum Stehen zu bringen.

»Was ist los?« fragte er. »Wozu die Eile?«

Sie versuchte ihm zu antworten, konnte aber nicht. Sie holte mehrmals tief Atem.

»Edoda«, sagte sie schließlich, »Vater, ist er schon vorbeigekommen?«

»*Gago?* Wer?«

»Der Fremde.«

»Hier ist niemand vorbeigekommen«, sagte Junaluska, »jetzt hol einmal tief Luft, und dann sag mir, was du gesehen hast!«

Oconeechee ging in die Hocke, setzte sich dann erschöpft auf den Boden und lehnte sich mit dem Rücken an das Haus. Ihr Vater nahm seine Pfeife und setzte sich wieder auf den Stuhl.

»Und?« sagte er.

»Ich war gerade beim Baden, da sah ich ihn den Hügelkamm entlanggehen. Er kam von dort. Ich habe ihn noch nie hier gesehen. Ich habe noch nie jemanden wie ihn gesehen.«

»Wie sah er denn aus, dieser fremde Mann?« fragte Junaluska. »Hatte er etwa zwei Köpfe?«

»Einen«, sagte seine Tochter. »Kahlgeschoren.«

»Oh, ein Veteran.«

»Nein, Vater, ein junger Mann, aber er sah aus wie die Veteranen. So, wie sie wohl früher ausgesehen hatten, als sie noch jung waren. Seine Kleider waren auch anders. Alles aus Leder. Er hatte überhaupt nichts aus Tuch am Leib.«

Junaluska zog an seiner Pfeife in dem Versuch, sie wieder zum Brennen zu bringen.

»Ein junger, nach altem Brauch gekleideter Fremder, der hier vorbeikommt«, sagte er. »Das muß ein Abgesandter aus einer unserer fernen Städte sein. Bereiten wir uns vor, ihn zu begrüßen. Bring mir meinen guten Mantel und meinen Turban. Zieh dir andere Kleider an, und bereite für unseren Gast eine Mahlzeit zu. Ich werde Elaqui und Gog'ski Bescheid sagen.«

Waguli sah die Stadt unmittelbar vor sich liegen. Er ließ seine Deckenrolle zu Boden fallen, legte seine Waffen beiseite und zog sich die lederne Jagdjacke über. Dann nahm er seine Sachen und ging langsamen und stetigen Schritts auf die Stadt zu. Schon bald konnte er das Volk von Soco Gap erkennen, das sich versammelt hatte, um seine Ankunft zu erwarten.

»Sie wissen also, daß ich komme«, sagte er zu sich selbst.

Ihm war bange, aber er zwang sich, mit stetigem und würdevollem Schritt weiterzugehen. Er konnte drei Männer erkennen, die vor der übrigen Menge standen. Sie trugen farbenprächtige Jagdjacken aus Tuch und Turbane auf dem Kopf. Er hatte schon einmal Männer wie diese gesehen. Ein paar von den Männern in seiner Stadt fingen an, sich auf diese Weise zu kleiden, und ließen sich auf dem ganzen Kopf die Haare wachsen wie die weißen Männer. Diese drei da vorne müssen wohl die Stadthäuptlinge und der Priester sein, vermutete Waguli. Als er bei ihnen angelangt war, sprach Junaluska als erster.

»Siyo«, sagte er, *»Ayuh* Tsunu lahun ski. Ich bin Junaluska, der Kriegshäuptling von Soco Gap. Dies hier ist unser Friedenshäuptling, Gog'ski, Raucher, und das hier ist Elaqui, Schnecke, unser Priester. Wir heißen dich hier willkommen.«

»Wado«, sagte Waguli. »Danke. Ich bin Whippoorwill, Ziegenmelkervogel, vom Stamm der Wölfe aus Old Town weit draußen in den Bergen. Ich wurde geschickt, um mich bei euch nach Neuigkeiten zu erkundigen.«

»Gut«, sagte Junaluska, »wir werden uns unterhalten, aber zunächst mußt du wohl hungrig sein von der Reise. Wir wollen essen.«

Die Zeiten waren hart in Soco Gap, wie überall im Land der Cherokee, und doch wurde für Waguli, den Whippoorwill, den Ziegenmelkervogel aus Old Town, ein Festmahl aufgetischt, denn sobald sich die Kunde seiner Ankunft verbreitet hatte, trug jeder Haushalt in Gap etwas dazu bei. Das Essen wurde im Ratshaus aufgetragen, einer altmodischen, siebenseitigen Konstruktion aus Baumstämmen. Jeder nahm teil, und jeder aß. Es gab Maissuppe und Kanuche, Maisbrot und Bohnenbrot. Es gab Beerenklößchen, wilde Zwiebeln und Kermesbeeren. Es gab Eichhörnchen und Hase und Reh und sogar ein bißchen Rind- und Schweinefleisch. Es gab Flußkrebse. Eine alte Frau hatte sogar eine Wespensuppe gekocht. Und es gab etliche Kannen dampfenden Kaffees. Waguli trank selten Kaffee, da es in Old Town kaum welchen gab, aber er mochte Kaffee, und bei diesem Festmahl trank er mehr als genug davon. Während des ganzen Essens wurde er von Oconeechee genau beobachtet. Das wird niemandem auffallen, dachte sie, denn jeder war neugierig auf diesen jungen, nach altem Brauch gekleideten Fremden. Waguli. Whippoorwill. Ziegenmelkervogel.

Da Waguli ein offizieller Besucher aus einer anderen Stadt war und sein Auftrag mit dem zu tun hatte, was sich bei dem Kampf zwischen dem Volk der Cherokee und den Vereinigten Staaten abspielte, trug Junaluska die Verantwortung. In seiner Rolle als Kriegshäuptling war er mit jeder externen Angelegenheit der Regierung betraut. Als das Mahl beendet war, führte Junaluska Waguli in Begleitung von Gog'ski, Elaqui und Oconeechee zu seinem Haus. Sie setzten sich auf Bänke und Stühle vors Haus. Oconeechee stand abseits im Hintergrund, da sie nicht offiziell an dem Gespräch teilnehmen durfte, es war ihr aber erlaubt, alles mit anzuhören.

»Wir werden dir alles sagen, was wir wissen«, sagte Junaluska. »Es sind vielleicht nicht die neuesten Nachrichten, und vermutlich ist dir einiges bereits bekannt, aber wir werden dir alles sagen, was wir wissen.«

»*Wado*«, sagte Wippoorwill. »Danke.«

»Wie du gewiß schon weißt, wollen die *yonegs* unser ganzes Land haben. Sie haben uns Land im fernen Westen zum Tausch für unser Heimatland angeboten. Stellvertretend für uns alle hat Häuptling John Ross das Angebot ausgeschlagen.«

»Wir kennen Cooweescoowee«, sagte Whippoorwill und nannte den Halbblut-Häuptling bei seinem Cherokee-Namen. »In Old Town ist er bekannt.«

»Wir gingen vor Gericht«, fuhr Junaluska fort. »Wir gingen zweimal vor das höchste Gericht der Vereinigten Staaten. Beide Male gewannen wir. Doch Jackson befehligt die Armee, und sie sagen, er würde sich über den Gerichtshof hinwegsetzen.«

»Der große Häuptling der weißen Männer setzt sich über sein eigenes Gesetz hinweg?« fragte Whippoorwill.

»Ja. Überrascht dich das? Kennst du die Geschichte meines Namens?«

Whippoorwill sah auf den Boden zwischen sich und Junaluska – Tsunu lahun ski – Der-es-versuchte-aber-scheiterte.

»Ja«, sagte er, »ich habe von der Geschichte gehört.«

»Nichts ist Jackson heilig«, sagte Elaqui, »diesem *tseg'sgin*, diesem Teufel – weder sein eigenes Wort noch Dankbarkeit, Freundschaft oder seine eigenen Gesetze. Er würde seiner eigenen Großmutter nach ihrem Tod die Eierstöcke herausschneiden und sie als Fischköder verkaufen.«

Er wandte den Kopf und spie vor Ekel aus.

»Und er ist der große Anführer aller Weißen«, sagte Gog'ski. »Was sind das bloß für Menschen?«

»Aber es gibt Weiße, die bei uns leben«, sagte Waguli. »Ich habe hier ein paar gesehen, als ich ankam, und es gibt sogar ein paar bei uns in Old Town. Sie haben Cherokee-Frauen.

Und ich glaube, hier sogar eine weiße Frau gesehen zu haben.«

»Ja«, sagte Junaluska, »sie hat einen Cherokee zum Mann. Die Guten, denke ich, sind gekommen, um mit uns zu leben.«

Waguli starrte gedankenverloren auf den Erdboden zwischen seinen Füßen. Das waren alles alte Neuigkeiten. Er mußte aktuellere Neuigkeiten erfahren, bevor er nach Old Town zurückkehren konnte.

»Wie denkst du denn darüber?« fragte er Junaluska. »Werden wir gehen müssen? Werden wir kämpfen? Was wird aus uns werden?«

»Ich weiß es nicht«, sagte der alte Mann. »John Ross sagt, wir sollen nicht kämpfen. Ich glaube nicht, daß wir es tun werden. Ein paar unserer eigenen Leute, Major Ridge, sein Sohn und Elias Boudinot und noch ein paar andere sagen jetzt den Leuten, sie sollten einen neuen Vertrag unterzeichnen, Jacksons Angebot annehmen und nach Westen ziehen.«

»Ich kenne diese Männer«, sagte Waguli, »diesen Boudinot und den jungen Ridge. Sie kamen einst nach Old Town. Sie gingen überall herum und erzählten den Leuten, daß sie hierbleiben sollten. Sie sagten, die Amerikaner wären im Unrecht und könnten uns nicht zwingen, unsere Heimat zu verlassen.«

Junaluska stieß einen Seuzfer aus, einen tiefen, traurigen Seufzer, der klang, als würde er seinen letzten Atem verströmen.

»Sie scheinen ihre Meinung geändert zu haben«, sagte er. »Jetzt sagen sie, die Zeiten hätten sich geändert, es wäre leichter für uns, wenn wir jetzt gehen würden. Sie sagen, wenn wir uns noch länger wehren, werden uns die US mit Zwang vertreiben.«

»Sie sind Feiglinge«, sagte Gog'ski.

»Das denke ich nicht«, sagte Junaluska. »Ich weiß nicht, warum sie ihre Meinung geändert haben, aber ich halte sie nicht für Feiglinge.«

»Also Verräter«, sagte Elaqui.

»Jeder Mann hat ein Recht, seine Meinung zu äußern«, sagte Junaluska. »Wenn sie wirklich glauben, was sie jetzt sagen, dann sollen sie es auch sagen.«

Elaqui stand auf und entfernte sich ein paar Schritte von der Gruppe, dann wandte er sich ihnen wieder zu, und auf seinem Gesicht stand heftiger Zorn.

»Ich denke, sie haben Bestechungsgelder von der Regierung angenommen«, sagte er. »Darum reden sie jetzt so. Darum haben sie ihre Meinung geändert.«

Waguli sah auf, und sein Blick erhaschte zufällig den Blick von Oconeechee, die hinter ihrem Vater stand. Sie hatte ihn beobachtet. Da war er sich ganz sicher. Er sah schnell wieder zu Boden.

»Was soll ich ihnen sagen?« fragte er. »Was soll ich den Leuten zu Hause in Old Town sagen?«

3

Wir saßen unten am Rande des Baches, wo das Wasser kalt und klar war, und Großvater hielt einen Rohrstock als Angelrute in seinen ledrigen alten Händen. Libellen huschten dicht übers Wasser und summten gelegentlich über unsere Köpfe hinweg. Eine kühle Brise wehte und trug den Rauch von Großvaters Pfeife mit sich davon. Ein Stück frisches Hühnerfleisch war ans Ende von Großvaters Leine gebunden, und er ließ es vor den flachen Steinen ein paar Fuß tief ins Wasser hängen.

»Jetzt schau her«, hatte er gesagt.

Großmama hatte die Hühner für uns geschlachtet und gerupft, und wir nahmen die Hühner, die Angelrute, ein langstieliges Fischernetz und einen großen Plastikeimer mit hinunter zum Bach.

»Schau«, sagte ich.

Ein fetter, unheimlich anmutender Flußkrebs war unter einem flachen Felsen hervorgekommen und steuerte auf das Fleisch zu.

»Jisduh«, sagte Großpapa.

»Was?«

»Das ist sein Name. Jisduh. Schau. Es werden noch mehr kommen.«

Er hatte recht. Schon nach wenigen Minuten war das Fleisch von ihnen bedeckt. Sie krochen übereinander und fielen herunter. Großpapa lächelte, und seine alten Augen schienen zu zwinkern.

»Sie mögen das frische Hühnerfleisch«, sagte er. »Wir werden noch eine Minute warten, bis sie so richtig mit ihrer Mahlzeit beschäftigt sind.«

»Und was dann?« fragte ich.

»Hol das Netz.«

Ich lief los, um das Netz zu holen, kam dann zurück und stand erwartungsvoll neben Großvater und harrte weiterer Befehle.

»Mach dich fertig, um in den Bach zu waten«, sagte er.

Ich setzte mich nieder und zog meine Schuhe und Socken aus und krempelte mir die Jeans bis über die Knie hoch.

»Und jetzt geh ganz nah heran, aber vorsichtig. Du willst sie doch nicht verscheuchen.«

Ich stieg in das kalte Wasser, langsam und vorsichtig, ich wollte vermeiden, daß sich das Wasser kräuselte, und paßte auf die flachen, schlüpfrigen Steine mit ihren scharfen Kanten auf, damit ich nicht auf ihnen ausrutschte oder mir in den Fuß schnitt. Fasziniert sah ich den Flußkrebsen dabei zu, wie sie sich eifrig an dem Stück Hühnerfleisch zu schaffen machten. Irgendwo in meinem Kopf war bei all den anderen Gedanken auch die Angst, daß einer oder mehrere dieser kleinen Biester auf die Idee kommen könnten, meine bloßen Füße und Beine mit diesen schrecklichen Scheren anzugreifen. Es waren jetzt so viele, daß ich sie nicht einmal mehr zählen konnte. Ich ging so nah heran, wie ich mich traute. Dann blieb ich stehen. Das Wasser an meinen Füßen und Beinen war kalt und fühlte sich gut an.

»Schnapp dir die Leine, und zieh sie raus«, sagte Großpapa. »Ganz langsam und vorsichtig. Nur so weit, daß du das Netz drunter halten und sie fangen kannst.«

Ich streckte langsam meine linke Hand vor und packte die Leine zwischen Daumen und Zeigefinger. Ich hielt das Netz in meiner Rechten und ließ es bis dicht übers Wasser herab. Dann zog ich langsam die Leine aus dem Wasser, bis das mit Flußkrebsen bedeckte Stück Fleisch über dem Stein hing. Mir pochte das Herz in der Brust. Zwei der Tiere fielen von dem Köder ab, als ich ihn herauszog, aber sie krabbelten sofort zurück in die Menge und kämpften um ihren Anteil an der Beute. Sie waren noch nicht einmal mißtrauisch. Ich schob schnell das Netz darunter und zog es mit einem Ruck aus dem Wasser.

»Ich hab' sie«, schrie ich.

»Bring sie her«, sagte Großvater.

Ich trug das Netz zum Eimer, und Großpapa nahm es und schüttelte die ganzen Flußkrebse in den Eimer hinein. Ganz aufgeregt zählte ich unseren Fang.

»Zwölf«, sagte ich, » wir haben zwölf Stück gefangen.«

Großpapa nahm den Stock und ließ das Fleisch wieder ins Wasser. Genau dasselbe geschah noch einmal – und noch einmal und noch einmal. Unser Eimer war voll, und das Hühnerfleisch war fast aufgebraucht. Bei Großpapas letzten Würfen kamen nur noch ein paar Krebse herbei, um sich in den Köder zu verbeißen. Es kam mir so vor, als hätten wir nicht lange gebraucht, um unseren Eimer zu füllen, aber in Wahrheit hatte es wohl fast den ganzen Nachmittag gedauert. Die Sonne stand tief im Westen, wollte schon hinter den Bergen verschwinden und warf hübsche rote, gelbe und orangefarbene Muster über den dunklen, bewaldeten Horizont. Ich dachte, wir würden gleich nach Hause gehen, aber Großpapa zündete sich seine Pfeife an, lehnte sich zurück und stützte sich auf die Ellbogen.

»Großpapa«, sagte ich, »warum hatten sie ihre Meinung geändert?«

»Sie haben ihre Meinung nicht geändert«, sagte er. »Wir haben die meisten gefangen.«

»Ich meine doch nicht die Flußkrebse«, sagte ich. »Ich meine diese Männer. Diese Cherokee, die gesagt hatten, wir sollten alle nach Oklahoma ziehen.«

»Oh, du sprichst von unserer Geschichte.«

»Jaaa.«

Er paffte seine Pfeife, und der Rauch entschwand rasch in der kühlen Abendbrise.

»Damals gab es noch nicht so etwas wie Oklahoma«, sagte er. »Das Land gab es natürlich schon, aber es hieß noch nicht Oklahoma.

Ich weiß nicht, warum sie ihre Meinung änderten, chooj. *Ich nehme einmal an, selbst wenn wir heute so viele Cherokee versammelten, daß sie einen ganzen Saal füllten, und ihnen allen diese*

Frage stellten, sie würden alle verschiedene Antworten geben. Wahrscheinlich würden wir darüber in Streit geraten. Manche denken, sie waren gute, ehrliche Menschen, die wirklich zu der Ansicht gekommen waren, daß es einfach besser wäre für alle Indianer, wenn sie aus eigenen Stücken nach Westen zögen. Andere denken, sie hätten das Volk der Cherokee um des Geldes willen betrogen und um für sich selbst und ihre Familien von der Regierung eine bessere Behandlung zu bekommen. Ich weiß es nicht. Aber sicher ist, daß ihre Rede plötzlich ganz anders war. Jeder war davon überrascht, nehme ich an.

In einem hatten sie recht. Die Dinge wurden jetzt härter für die Cherokee. Vor allem in Georgia. Georgia verabschiedete eine ganze Reihe von Gesetzen, die sie die Anti-Cherokee-Gesetze nannten. Sie sagten, eine weiße Person dürfe ohne eine Erlaubnis der Staatsregierung kein Cherokee-Land betreten. Sie sagten, Indianer dürften vor Gericht nicht als Zeugen aussagen. Wenn weiße Männer zu den Häusern der Cherokee hinausreiten und sie bestehlen würden, könnten die Cherokee keine Klage erheben, da sie nicht als Zeugen aussagen durften. Die Dinge wurden immer schlimmer.«

»Ich dachte, sie sagten, weiße Männer dürften das Land der Cherokee nicht betreten«, sagte ich.

»Sie verabschiedeten dieses Gesetz nur, um sich die weißen Leute zu schnappen, die unsere Freunde waren. Jene, die uns helfen wollten. Sie nahmen ein paar Missionare fest, die draußen bei den Cherokee lebten, und warfen sie ins Gefängnis. Aber die anderen waren ihnen egal, die, die uns nur bestehlen wollten.«

»Was machte Whippoorwill?« fragte ich.

»Oh, er blieb eine Zeitlang in der Gegend von Soco Gap. Er sprach mit jedem, der vielleicht etwas mehr wußte als das, was er bereits gehört hatte. Manchmal bekam irgend jemand Besuch von Verwandten aus einer anderen Stadt, und er fragte sie, ob sie Neuigkeiten wüßten.

Und er begann, Oconeechee kennenzulernen.«

Sie brachte ihn heim zu ihrem Vater
und sprach: »Mein Herz gehört nur ihm.«
Da breitete Junaluska das Rehfell aus
für sein Kind und für Whippoorwill.

Waguli ging der ihm aufgetragenen Pflicht geflissentlich nach, aber er hatte einen Blick auf die schöne junge Tochter von Junaluska geworfen, und wenn er das Gefühl hatte, er könne sich einen ruhigen, geruhsamen Augenblick erlauben, dann gönnte er seinem Geist den Luxus, von ihr zu träumen. Er wußte, daß er keine Zeit haben würde, seinen eigenen Launen und Phantasien nachzugehen. Er hatte eine Aufgabe zu erfüllen, die für das Wohlergehen seines Volkes – das Volk von Old Town – von größter Bedeutung war. Aber er hatte sie bereits angesehen, und sie war sehr schön. Und irgendwie hatte er das Gefühl, daß sie – was eigentlich? Nun ja, daß auch sie ihn angesehen hatte. Er sehnte sich nach friedvollen Zeiten und nach der Muße, der man in solchen Zeiten frönen kann. Er saß untätig vor Junaluskas Haus und stellte etwas verärgert fest, daß ihm gerade wegen dieser Untätigkeit solche Gedanken durch den Kopf gingen. Er sollte etwas tun, dachte er, aber es gab für ihn nichts zu tun.

Junaluska hatte gesagt, in Red Clay, in Georgia, werde eine Versammlung stattfinden, eine wichtige Versammlung. Häuptling John Ross und andere Cherokee-Politiker würden dort sein, zusammen mit ein paar Männern von der Regierung der weißen Männer in Washington. An der Versammlung würden auch ein paar Leute aus Soco Gap teilnehmen, und Junaluska hatte Waguli eingeladen, mit ihnen zu reisen.

»Dann kannst du die neuesten Informationen nach Hause bringen«, hatte er gesagt.

Waguli hatte einen Moment darüber nachgedacht und sich entschlossen, die Einladung anzunehmen. Am nächsten Morgen würden sie losziehen, so daß Waguli bis dahin nichts zu tun hatte. Er hatte nach dem Mittagsmahl mit Junaluska zusammengesessen und geraucht, und Junaluska hatte gesehen, wie Elaqui, Schnecke, vorüberging. Er war weggegangen, um mit ihm zu reden, und hatte Waguli seinen Grübeleien überlassen. Oconeechee trat aus dem Haus.

»Wirst du nach Red Clay gehen?« fragte sie.

Die Frage traf Waguli ganz unverhofft, und er stotterte ein wenig, bevor er antwortete.

»Ja«, sagte er, »ich habe die Absicht, hinzugehen.«

»Sehen in deiner Stadt alle Männer so aus wie du?«

»Was?«

»Sehen sie alle so aus?«

Waguli war verwirrt.

»Nein«, sagte er, »Turkey ist groß und dünn. Manche sind alt. Manche klein. Es ist wie überall, nehme ich an, es gibt ganz verschiedene.«

»Unsinn«, sagte Oconeechee. »Ich meine doch, kleiden sich alle so wie du und scheren sich die Haare? Du wußtest, was ich meinte, nicht wahr? Du wolltest mich auf den Arm nehmen.«

»Nein, wollte ich nicht. Das war nicht meine Absicht. Ich hielt deine Frage für etwas seltsam.«

Oconeechee lachte, und Waguli wurde etwas lockerer und stimmte in ihr Lachen ein.

»Ja«, sagte er, »zumindest die meisten. Ein paar Männer, die etwas älter waren als ich, gingen mit den *yoneg*-Soldaten fort, und als sie zurückkamen, hatten sie sich verändert. Sie kamen uns – merkwürdig vor.«

»Wie sahen sie aus?«

»Sie kamen uns wie *yoneg* vor.«

»Sahen sie aus wie die Männer hier in Soco Gap?«

Waguli sah zu Boden.

»Ja.«

»Wir hier in Gap sind schon lange mit Weißen zusammen. Die meisten der Männer hier, die alt genug sind, haben mit Jackson gegen die Red Stick Creek gekämpft. Ich nehme an, sie haben sich verändert, weil sie so oft mit weißen Männern zusammen waren. Ich habe nie sonderlich darüber nachgedacht, bis ich dich sah.«

»Kommt dir mein Aussehen seltsam vor?«

Oconeechee musterte Waguli von oben bis unten, dann lächelte sie.

»Ja«, sagte sie, »aber ich mag dein seltsames Aussehen.«

Vor Stolz und Freude verzog sich Wagulis Gesicht unwillkürlich zu einem breiten Grinsen.

»Du bist sehr schön«, sagte er.

»Magst du schwimmen gehen?«

»Was?«

»Ich kenne einen Ort, an dem man schwimmen kann«, sagte sie. »Es ist fast ein Geheimnis. Außer mir geht dort niemand hin.«

»Ich habe dich dort gesehen«, sagte Waguli.

»Wann?«

»Am ersten Tag, als ich hierherkam.«

»Als du an jenem ersten Tag den Hügelkamm entlanggelaufen bist?«

»Ja.«

»Ich habe dich auch gesehen, aber du hast einfach nur geradeaus geschaut. Ich dachte nicht, daß du mich gesehen hast. Magst du hingehen?«

»Das wäre schön«, sagte Waguli, »es ist ein warmer Tag, und ich habe nichts zu tun, bis wir nach Red Clay aufbrechen.«

»Schön. Ich sage meinem Vater Bescheid, und dann gehen wir.«

»Aus welchem Clan stammst du?« fragte Waguli plötzlich.

»Aus dem der Wölfe.«

Waguli sank das Herz. Eine Wolf. Waguli war ein Wolf. Diese schöne Frau anzufassen wäre Inzest. Waguli fand, daß das Schicksal recht gehässig mit ihm umsprang. Er hatte noch nie eine so schöne Frau gesehen, noch nie ein solches Verlangen verspürt. Nur um dann herauszufinden, daß sie mit ihm verwandt war, eine Wolf, das war allzu grausam. Das kommt davon, wenn man sich dem Müßiggang hingibt, dachte er. Vielleicht wird es mich lehren, mich nur um meine Pflichten zu kümmern. Er blickte kurz nach oben und sah, daß Junaluska zum Haus zurückkam, und wandte sich abrupt von Oconeechee ab.

»Ich muß mit deinem Vater über die Reise sprechen«, sagte er.

Oconeechee war verwirrt, daß Waguli so schnell seine Meinung geändert und so plötzlich gegangen war, aber sie dachte, er werde bald zurückkommen. Als er das nicht tat und es offensichtlich wurde, daß er sogar ihrem Blick auswich, verließ sie allein die Stadt und ging durch den Wald zu ihrem Lieblingsplatz, aber sie schwamm nicht. Sie saß am Wasser und starrte hinein. Was war schiefgegangen? fragte sie sich. Alles war so gut gelaufen. Was hatte sie gesagt oder getan?

Als Oconeechee in den Wald ging, wurde sie von zwei jungen Männern aus Soco Gap gesehen, Badger, Dachs, und Mouse, Maus.

»Da geht diese Verrückte«, sagte Badger.

»Verrückt ist sie wohl«, sagte Badger, »aber sie sieht wirklich gut aus.«

»Sie meidet uns alle. Ich dachte immer, mit ihr würde etwas nicht stimmen. Daß sie halt keine Männer mag, aber das war, bevor dieser altmodisch Gekleidete aus Old Town hier auftauchte.«

»Sie mag ihn«, sagte Mouse. »Das sieht man sofort. Vielleicht wird sie dich auch mögen, wenn du dir den Kopf scherst.«

Mouse lachte über seinen eigenen Witz, aber Badger stimmte nicht in sein Lachen ein. Badger blickte selbstbewußt, und er sah Oconeechee mit starrem Blick hinterher – dorthin, wo sie in den Wald hineingegangen war.

»Komm, wir stellen ihr nach«, sagte er.

Mouse hielt unverzüglich im Lachen inne, und sein starrer Blick folgte dem von Badger.

»Du willst ihr hinterher?« fragte er.

»Natürlich«, sagte Badger. »Sie hat uns dazu aufgefordert, oder etwa nicht? Wir wollen ihr geben, was sie will, bevor dieser Fremde es ihr besorgt. Danach kann er sie haben, wenn er sie noch will.«

»Vielleicht wird sie ihn nicht mehr wollen, nachdem sie uns gehabt hat«, sagte Mouse mit einem anzüglichen Grinsen.

»Ja«, sagte Badger. *»Inena.«*

»Ja«, sagte Mouse, »laß uns gehen.«

Sie dachte an den Whippoorwill aus Old Town, als sie das fast stille Gewässer in langsamen und ruhigen Kreisen vorbeifließen sah, das sich sammelte, um kopfüber den Berg hinabzustürzen, wohin auch immer. Es floß immer irgendwohin, und es kam immer wieder neues Wasser den Berg hinunter, damit der klare, kühle See gefüllt blieb. Sie tauchte ihren Fuß ins kalte, frische Wasser und fragte sich, was Waguli wohl so plötzlich gestört haben mochte – Waguli, den Whippoorwill, den schreienden Ziegenmelkervogel vom Berge. Sie rückte langsam auf dem scharfen Felsen vor, um näher ans Wasser zu gelangen, damit es ihre braungebrannten Waden umspülte, und dachte über ihre Gefühle nach. Sie hatte sich nie zuvor für einen Mann interessiert, aber dieser Waguli faszinierte sie. Er war so schön, wie ein Mann nur schön sein kann, dachte sie, und sie wußte, daß sie ihn begehrte. Es konnte keinen anderen geben. Das war der Mann, auf den sie gewartet hatte, obwohl sie gar nicht gewußt hatte, daß sie überhaupt auf jemanden wartete. Waguli war ihr geschickt worden. Sie liebte ihn.

Sie stellte sich ins Wasser. Es reichte ihr bis kurz über die Knie und war kalt, aber das tat gut an einem warmen Tag wie diesem. Sie zog sich die Bluse und den Rock über den Kopf und ließ sich in den See gleiten, dann ließ sie sich weiter ins tiefe Wasser treiben. Ihre Traurigkeit war irgendwie verschwunden und war einer seltsamen Ruhe und Zufriedenheit gewichen. Waguli hatte sich von ihr abgewandt, aber er würde zurückkommen. Sie wußte das. Sie liebte ihn, und sie war sich sicher, daß er sie lieben würde. Sie atmete tief ein und ließ sich unter die Wasseroberfläche sinken, dann tauchte sie mit offenen Augen und betrachtete die Wunder dieser anderen Welt, bis ihre Lungen es nicht länger aushielten. Dann tauchte sie wieder an die Oberfläche und sog gierig die frische Bergluft ein. Sie schwamm zurück zum Ufer und ging vorsichtig zu den Felsen, bei denen sie ihre Kleider hatte fallen lassen. Sie lehnte sich über den Rand des Sees und wrang das Wasser aus ihren Haaren, dann schüttelte sie sie noch einmal im Wind.

Plötzlich tauchte Badger aus dem Nichts vor ihr auf. Er verzog den einen Mundwinkel zu einem Grinsen und betrachtete ihren nackten Körper. Sein plötzliches Auftauchen hatte sie sehr erschreckt, aber sie hatte sich schon bald wieder gefaßt. Sie sah ihm direkt in die Augen, eine Drohgebärde für einen Cherokee.

»Was tust du hier?« sagte sie.

»Ich bin deinetwegen gekommen.«

»Geh weg.«

»Halt sie fest, Mouse.«

Sie spürte, wie Hände von hinten ihre Arme packten und zogen. Sie kämpfte, aber Mouse zog sie hinunter auf den Fels. Badger stand über ihr. Er zog sich das Hemd, das aus einem Laden stammte, über den Kopf und warf es beiseite, stieg aus seinen Mokassins und ließ dann die Hosen herunter. Er rückte bedrohlich näher, starr aufgerichtet, offensichtlich bereit für das, was er wollte. Sie stieß einen Laut des Ekels aus und kämpfte härter, um sich aus dem Griff von Mouse zu befreien. Mouse lachte. Badger ging auf sie zu, verlor etwas das Gleichgewicht, als ein scharfkantiger Stein ihm in die Sohle seines bloßen Fußes schnitt, und Oconeechee trat nach oben, schwang ihr rechtes Bein mit all der Kraft, zu der sie fähig war. Sie traf ihr Ziel, so daß Badger vor Schmerz aufschrie, sich mit beiden Händen zwischen die Beine griff und vor Schmerzen in die Knie ging. Dann riß sie ihre Schulter in einer schnellen und heftigen Drehbewegung nach links, so daß sie ihren nassen rechten Arm dem Griff von Mouse entwinden konnte. Mouse packte ihr Haar mit der rechten Hand, aber sie hatte bereits einen faustgroßen Stein aufgehoben, den sie ihm von der Seite ins Gesicht schleuderte.

»Ahhh.«

Er ließ Oconeechee los, um nach seiner schmerzenden Gesichtshälfte zu greifen. Dann fiel er auf die Knie nieder, hielt sein Gesicht in beiden Händen, während das Blut ihm durch die Finger rann. Badger krümmte sich immer noch vor Schmerzen, und Oconeechee gab ihm einen Stoß und warf ihn in den See. Sie schnappte sich ihr Kleid und ihre Bluse und rannte davon.

4

Wir saßen hinterm Haus auf ein paar alten metallenen Gartenstühlen. Großpapa saß auf dem grünen und ich auf dem roten. Sie hatten beide nur eine dünne Farbschicht und ein paar Rostflecken. Großpapa untersuchte ein etwa vier Fuß langes Schilfrohr, das er in seinen ledrigen Händen hielt. Er rieb es vom einen Ende bis zum anderen ab, dann prüfte er die Enden, die er genau bei den Knoten ganz glatt geschnitten hatte. Dann hielt er es hoch und betrachtete es der Länge nach, drehte es um und machte noch einmal dasselbe vom anderen Ende her.

»Ist schon schön gerade«, sagte er. »Hol mir den Bohrstab dort, chooj.«

Ich lief in die Richtung, die er mir mit dem Kinn angedeutet hatte, hinüber zum Schuppen und sah mich völlig verwirrt unter all den Dingen um, die dort herumlagen und an der Wand lehnten.

»Was soll ich holen?« sagte ich.

»Den langen Stab dort mit dem scharfen Ende«, sagte er.

Ich griff nach einem fast einen Meter langen Metallstab und warf Großpapa einen fragenden Blick zu.

»Genau den«, sagte er.

Ich brachte ihm den Bohrstab und sah ihm weiter zu. Er begann mit dem Stab zu bohren, indem er ihn drehte, um die harte Scheidewand an den Knoten des Rohrs zu durchstoßen. Schließlich war er durch die erste durch und stieß den Bohrstab etwa einen Fuß tiefer in das Rohr, um beim nächsten weiterzumachen. Ich wurde all-

mählich zapplig, dann holte ich mir einen Eimer her, drehte ihn um und setzte mich drauf.

»Was geschah auf der Versammlung?« fragte ich.

»Oh, nicht viel«, sagte er. »Es war wie jede andere Kirchenversammlung auch. Kassenbericht. Wir hatten kaum Geld, über das man hätte reden können. Nie gehabt. Dann hielt Louella Birdsong ihren üblichen Vortrag darüber, wie wir mehr junge Leute dazu bringen könnte, die Sonntagsschule zu besuchen.«

»Ich meine doch die Versammlung, zu der Whippoorwill ging«, sagte ich. »Die bei Red Clay.«

»Oh«, sagte Großpapa, »diese Versammlung.«

Er setzte ein etwas verschlagenes Lächeln auf, das mir das Gefühl gab, er habe genau gewußt, wovon ich sprach, dann stach er mit dem Bohrer durch die zweite Scheidewand. Der Bohrstab war zu kurz, um durch das ganze Rohr durchzukommen, deshalb zog er ihn hinaus und drehte das Rohr um und machte am anderen Ende weiter.

»Es war genau so wie viele andere Versammlungen auch«, sagte er. »Immer wenn Menschen irgendein bedeutendes Ereignis bevorsteht, berufen sie Versammlungen ein. Dann reden all die Großmäuler. Die Politiker, weißt du. Sie alle halten Reden. Die einen reden so, und die anderen reden wieder anders. Manchen hört man irgendwie ihre Trauer an, wenn sie reden, und manche werden wütend und sagen, den anderen sei das Volk ja völlig gleichgültig. Sie hätten kein Herz und so, du weißt schon. Und wenn dann die Angeber ihre Reden gehalten haben, wollen auch ein paar aus dem Volk ewas sagen. Leute, die einfach in der Menge gestanden und zugehört haben, solche wie du und ich. Sie reden, und dann fühlen sie sich groß. Doch die meisten Leute aus der Menge hören einfach nur zu. Halten den Mund, bis alles vorüber ist. Und dann drehen sie sich zu demjenigen um, der ihnen am nächsten steht, und dieser Person sagen sie dann, was sie von all dem halten. Wenn alles vorüber ist, brechen sie auf und gehen wieder nach Hause, und was auch immer das war, weswegen sie sich versammelt hatten, um darüber zu reden, es wird ihnen so oder so doch passieren.

So war es auch damals. Old Cooweescoowee, so hieß Häuptling Ross, sprach darüber, inwiefern die Regierung der Vereinigten Staaten unrechtmäßig handelte. Er sagte den Leuten dort, Andy Jackson hätte überhaupt kein Recht, sich so zu verhalten. Daß sogar der Oberste Gerichtshof der US auf unserer Seite stehe und daß Jackson seine eigenen Gesetze brechen würde. Dann sprach er über diese Cherokee, die den Vertrag unterzeichnet hatten, und sagte, sie hätten sich des Verrats schuldig gemacht. Er erinnerte jeden einzelnen daran, daß der Nationalrat der Cherokee ein Gesetz verabschiedet hatte, das jedem verbot, das Land der Cherokee zu verkaufen, und daß jeder, den man dabei erwischen würde, hingerichtet werden könne. Und darüber hinaus erzählte er ihnen noch, daß diese Männer gar nicht von den Cherokee gewählt worden waren. Sie waren keine Häuptlinge oder Ratsmitglieder, noch nicht einmal Delegierte, die mit irgendeiner Aufgabe betraut waren. Sie hätten überhaupt kein Recht, irgendeinen Vertrag im Namen der Cherokee zu unterzeichnen, und die Vereinigten Staaten hätten überhaupt kein Recht, irgend etwas einzufordern, was sie unterzeichnet hatten.

Dann sprach er noch eine Weile über unser Heimatland und wieviel es uns bedeutete. Es war überhaupt nicht nötig, den Cherokee zu sagen, wie wir zu unserer Heimat standen, aber ich nehme an, es hörten ihn trotzdem alle gern. Weißt du, die Menschen mögen es, jemanden reden zu hören, der das sagt, was sie alle schon denken. Zum Schluß sagte er, wir würden nirgendwohin ziehen. Wir würden genau hier bleiben, weil das unser Land sei und weil wir das Recht dazu hätten, aber er sagte, er wolle nicht, daß irgend jemand in den Kampf zieht. Kein Kampf, sagte er.

Nun, und dann standen ein paar andere auf und sagten dasselbe wie er. Sagten, sie wären mit dem Häuptling einer Meinung. Und das ging damals wohl den ganzen Tag so, nehme ich an.«

»Was tat Whippoorwill?« fragte ich.

»Oh, ich denke, er stand einfach dort in der Menge, hörte jedem zu, sah sich alles an. Ich nehme an, Waguli war noch nie so weit von zu Hause fort gewesen, und das war wohl die größte Menschen-

menge, die er je gesehen hatte. Und ich wette, er hatte noch nie Leute wie den alten John Ross und diese anderen großrednerischen Cherokee gesehen, die schicke Anzüge trugen und Tressen am Hemd hatten genau wie die reichen weißen Männer. Ich nehme an, er sagte sich: ›Ich hatte schon gedacht, Junaluskas Leute seien wie die weißen Männer. Aber ich hatte noch nichts gesehen, bis ich hierher kam.‹ Und dort gab es auch weiße Männer. Nie hatte Waguli geglaubt, daß er jemals so viele weiße Männer sehen würde.

Und so mußte alles, was gesagt wurde, immer wieder gesagt werden, damit es auch jeder verstand. Schau, wenn ein Mann eine Rede auf Cherokee hielt, dann mußte es irgendein anderer noch einmal auf englisch sagen, damit die, die kein Cherokee verstanden, wußten, was gesagt worden war. Und wenn dann jemand etwas auf englisch sagte, dann mußten sie das Ganze noch einmal andersherum machen.«

»Ich wette, deshalb hat die Versammlung den ganzen Tag gedauert«, sagte ich.

»Ja, so war's wohl. Das war sicher ein Grund, aber die Versammlung war nach diesem ersten Tag noch nicht vorüber. Sie mußten sich am nächsten Morgen noch einmal versammeln.«

»Was geschah dann?«

Großpapa durchbohrte eine weitere Wand des Rohrstocks. Jetzt war nur noch eine übrig. Dann würde der ganze Rohrstock hohl sein.

»Am nächsten Morgen«, sagte er, »standen die anderen auf, um Reden zu halten. Einige waren befreundet mit denen, die den Vertrag unterzeichnet hatten. Sie sagten, es sei nicht fair, sie Verräter zu schimpfen und darüber zu beraten, ob man sie töten sollte. Sie sagten, je länger die Cherokee sich gegen die Vereinigten Staaten stellten, desto schlimmer würden sich die Dinge für sie entwickeln. Diese Vertragsunterzeichner, sagten sie, versuchten nur, die Dinge für jeden ein wenig leichter zu machen, und würden dabei sogar ihr eigenes Leben aufs Spiel setzen. Sie wüßten, sagten diese Redner, daß ein paar Leute sie Verräter nennen würden und sie töten wollten. Sie wüßten über dieses Gesetz Bescheid, aber sie würden ihr

Volk so sehr lieben – das behaupteten ihre Freunde an jenem Tag –, sie würden ihr Volk so sehr lieben, daß sie ihre Chance ergreifen wollten.

Diese Männer erzählten allen Leuten, die dort versammelt waren, daß sie besser daran täten, sich bereit zu machen und selbst nach Westen zu ziehen, nicht länger auszuharren und sich gegen die US-Regierung zu stellen. ›Es ist gar nicht so übel dort‹, sagten sie. ›Ein paar von uns sind hingegangen und haben es sich angesehen. Es ist dort wie hier.‹ Und ich nehme an, sie überzeugten ein paar Leute davon, daß sie recht hatten. Sie behaupteten, John Ross würde alle anderen aus selbstsüchtigen Gründen in Gefahr bringen. Sie sagten, er wisse, daß sie nicht wirklich bleiben könnten. Er würde das Ganze nur hinauszögern, weil er mehr Geld wolle.

Weißt du, Cherokee sind nicht wie die weißen Leute, wenn es darum geht, Politik zu machen und Reden zu schwingen. Egal, wie sehr uns das, was wir zu hören bekommen, gegen den Strich geht, wir hören zu. Wir geben jedem Mann, der etwas sagen will, Gelegenheit, auszureden. Und so ließen die Leute sie reden, aber ich nehme an, sie könnten ein Liedchen davon singen, wie wütend die Leute wurden. Die meisten Cherokee mochten den alten Ross, und sie hörten gar nicht gern, was diese Männer da sagten. Aber man ließ sie ausreden, genau wie die andere Seite, und dann sprachen die weißen Männer.

Die weißen Männer sprachen Englisch, und die Übersetzer mußten es auf Cherokee wiederholen. Sie sagten, die Leute sollten auf ihre Brüder hören, die gerade gesprochen hatten. Sie sagten, John Ross sei auf dem falschen Weg. Sie sagten, der Gouverneur von Georgia sei gerade dabei, den ganzen weißen Pöbel von Georgia auf das Land der Cherokee loszulassen, und die Vereinigten Staaten würden uns dann nicht mehr helfen können. Das machte einigen Leuten angst. Die Weißen sagten, die Regierung in Washington sei nur an unserer Sicherheit interessiert, und deshalb wollten sie, daß wir nach Westen ziehen, weil es dort sicher sei. Natürlich sagten sie nichts über die Osage.«

»Osage?« fragte ich. »Indianer?«

»Klar. Die Osage-Indianer lebten dort im Westen, wo die Regierung alle Cherokee hinschicken wollte; heute ist das das westliche Arkansas und das östliche Oklahoma. Das war deren Land, ihr Heimatland, genauso wie das Land dort draußen unseres war, aber das kümmerte die Regierung nicht, nehme ich an. Sie sagten, wir könnten das ganze Land da draußen haben. Erwähnten die Osage nicht einmal. Aber die Cherokee, oder wenigstens ein paar Cherokee, wußten ohnehin alles über sie. Weißt du, es gab damals schon Cherokee, die im Westen lebten – die meisten in Arkansas. Sie hatten genug davon, sich all die Diskussionen anzuhören, und sind einfach losgegangen und fortgezogen. Und sie hatten einen großen Krieg mit den Osage ausgetragen. Ein paar kamen hin und wieder zurück, um uns zu besuchen, und brachten Neuigkeiten aus dem Westen mit. Deshalb wußten wir Bescheid, auch wenn die Regierung uns nie etwas erzählt hat.«

»Ich hasse die Regierung«, sagte ich.

»Das ist völlig sinnlos, chooj*«, sagte Großpapa. »Das geschah alles vor langer, langer Zeit. Die Leute, die damals in der Regierung waren, sind schon lange tot. Außerdem, Haß bewirkt bloß, daß du dich schlecht fühlst. Daß du krank wirst. Das frißt dich von innen auf. Ich hasse nichts und niemanden. Natürlich gibt es ein paar Leute, aus denen ich nicht schlau werde und mit denen ich nicht viel anfangen kann.«*

»Na dann«, sagte ich und versuchte Großpapas Philosophie auf den Grund zu kommen, »denke ich, daß ich mit der Regierung nicht viel anfangen kann.«

Großvater setzte so etwas wie ein Lächeln auf. Das war vor allem an den kleinen Falten um die Augen zu erkennen. Der Bohrstab stach durch die letzte Scheidewand, und Großpapa stieß ihn immer wieder durch das Rohr, drehte ihn um und um, zunächst in dem einen Ende des Rohrstocks und dann in dem anderen, bis er das Gefühl hatte, die Innenwand sei jetzt glatt genug. Dann legte er den Rohrstock und den Bohrer beiseite und holte seine Pfeife und seinen Tabak heraus. Er stopfte sich die Pfeife, zündete sie an und lehnte sich in seinem grünen Stuhl zurück, um sein Pfeifchen zu genießen. Ich wollte den Rest der Geschichte hören, und ich wollte wissen, was er mit dem hohlen Rohrstock jetzt tun wollte, aber Großpapa sah so entspannt aus, daß ich ihn nicht stören wollte. Ich ging wieder zu meinem roten Stuhl und drehte ihn ein wenig, so daß ich genau vor ihm sitzen und ihm zusehen konnte.

Oconeechee reichte ihrem Vater Pfeife und Tabaksbeutel und wartete, während er den Pfeifenkopf stopfte. Dann holte sie aus dem Feuer einen Stock, der an einem Ende glomm, und reichte ihn ihm. Er zündete den Tabak an und gab ihr den Stock wieder zurück. Sie steckte ihn wieder ins Feuer dort direkt vor dem Haus. Junaluska paffte zufrieden. Oconeechee wurde ungeduldig. Dann setzte sie sich vor den alten Mann auf die harte, gestampfte Erde und sah ihm beim Rauchen zu.

»Also«, sagte er, »es geht dir etwas im Kopf herum, worüber du reden willst.«

»Woher weißt du das?« fragte sie.

Junaluska kicherte.

»Das sieht man doch«, sagte er. »Ist es der altmodisch gekleidete Indianer, der deine Aufmerksamkeit so gefangennimmt?«

»Dann kann ich dir ja gleich alles erzählen«, sagte Oconeechee und versuchte so zu klingen, als sei sie über ihren Vater verärgert. »Wenn du sowieso meine Gedanken lesen kannst.«

»Empfindest du sehr viel für diesen Whippoorwill?«

»Ich liebe ihn, Vater.«

»Ach.«

Der alte Mann zog an seiner Pfeife und schickte Rauchwolken gen Himmel. In seiner Vorstellung flogen seine Gedanken mit dem Rauch davon und erreichten seine Qualla dort oben auf der anderen Seite des Himmelsgewölbes. Er wünschte sich sehnlichst, dort oben zu sein.

»Es wird Zeit«, sagte er, »daß du dir einen jungen Mann suchst, der für dich sorgt. Ich werde allmählich zu alt dafür. Für mich ist die Zeit gekommen, diese Welt zu verlassen und in die andere zu gehen. Ich möchte deine Mutter wiedersehen.«

Eine Welle der Traurigkeit erfaßte Oconeechee bei dem Gedanken, ihren Vater zu verlieren, aber sie machte sich schnell wieder frei davon. Er würde noch lange Zeit bei ihnen sein, sagte sie sich. Er hatte das bloß so gesagt. Außerdem waren ihre Gedanken zu sehr bei Waguli, um lange abgelenkt werden zu können.

»Er mag mich nicht«, sagte sie.

»Warum denkst du das?«

»Wir gingen spazieren, und ich dachte, er würde mich mögen. Ich fragte ihn, ob er mit mir schwimmen gehen wolle, und er sagte, das klinge gut. Dann ging er fort und kam nicht wieder zurück.«

»Hm. Vielleicht ist es noch zu früh, um daraus Schlüsse zu ziehen«, sagte Junaluska. »Er wird bald zurücksein. Laß uns abwarten, was dann passiert.«

Gerade in diesem Augenblick kamen Badger und Mouse um die Ecke. Junaluska sah sie und sprach.

»Siyo«, sagte er.

Mouse wandte schnell den Kopf ab, aber nicht schnell genug, daß Junaluska nicht den häßlichen Schorf und den blauen Fleck bemerkt hätte. Badger stammelte eine eilige Antwort auf Junaluskas Gruß, und die beiden gingen schnellen Schrittes von dannen.

»Was, glaubst du, ist bloß mit diesen beiden los?« fragte Junaluska.

Oconeechee wandte den Blick ab. Der alte Mann war durch ihre Miene und die Art, mit der sie sich bemühte, gleichgültig zu wirken, aufmerksam geworden.

»Wer kann Mouse bloß diesen schrecklichen Schlag ins Gesicht versetzt haben?«

»Ich weiß nicht«, sagte Oconeechee, aber sie hatte das Gefühl, daß ihr Vater auch diesmal ihre Gedanken lesen konnte.

Waguli war überrascht, als er erfuhr, daß Junaluska nicht zu der Versammlung nach Red Clay fahren würde. Schließlich war er es, der Waguli eingeladen hatte, aber als die Zeit zum Aufbruch gekommen war und Waguli ihn fragte, ob er hinging, schüttelte der alte Mann bloß den Kopf.

»Du weißt ja, wie ich heiße«, hatte er gesagt. »Ich habe es schon einmal versucht und bin gescheitert. Ich überlasse das jetzt anderen. Aber komm mich auf dem Rückweg besuchen, nach der Versammlung.«

Waguli hatte aufgesehen, und als er merkte, daß Oconeechee ihn beobachtete, hatte er schnell den Blick abgewandt. Dann war er zu Elaqui und Gog'ski und ein paar anderen gegangen, die nach Red Clay aufbrachen. Einer hatte ihm ein Reitpferd angeboten, aber Waguli hatte abgelehnt. Er war noch nie auf einem Pferd geritten. In Old Town wurde ein Pferd noch immer als das angesehen, was in seinem Cherokee-Namen zum Ausdruck kommt – *soghwili*, er trägt es auf seinem Rücken –, als ein Lasttier. Aber der Besitzer des Pferdes hatte ihn weiter bedrängt. Dann hatte er Waguli angeboten, ihm das Reiten beizubringen, und da hatte Waguli nachgegeben. Als er in Red Clay ankam, taten ihm die Beine weh. Ich wäre besser gelaufen, dachte er. Er hatte zwei Tage lange Reden über sich ergehen lassen und doch nichts Neues gehört. Doch die bevorstehende Invasion durch das Pack aus Georgia klang wie eine recht unmittelbare Bedrohung.

Waguli kam es so vor, als werde die Versammlung bald ihrem Ende zugehen, und er hoffte, daß ihn sein Eindruck nicht trog. Die Reden wiederholten sich seit geraumer Zeit, und die Menge wurde unruhig. Es wurde dunkel, es war der Abend des zweiten Tages. Die Leute hatten alle zu essen bekommen, und ein Feuer brannte noch. Es war zum Kochen angezündet worden und wurde nun genährt, um Licht zu spenden. Auf der Rednerbühne bat ein Cherokee um Aufmerksamkeit.

»Die meisten von uns«, sagte er, »werden morgen früh nach Hause gehen. Wenn wir heute abend Schluß machen, ist die Versammlung vorbei. Gibt es noch jemanden, der uns etwas zu sagen hat und der noch keine Gelegenheit hatte, zu sprechen? Wir möchten, daß jeder Gelegenheit bekommt, etwas zu sagen.«

Er machte eine kurze Pause, und die Leute sahen einander an.

»Dies ist eure letzte Chance bei dieser Zusammenkunft«, sagte der Redner. »Hat sonst noch jemand etwas zu sagen?«

»Ich habe etwas zu sagen.«

Alle Blicke wandten sich der Stimme zu. Es war die Stimme eines alten Mannes, aber es war eine starke Stimme, und sie sprach ein leicht altertümliches Cherokee. Der alte Mann stand direkt hinter dem Feuer, was ein unheimliches Leuchten auf seine Gesichtszüge warf. Er trug mit gefärbten Stacheln vom Stachelschwein geschmückte Mokassins, Leggings aus Leder und einen Lendenschurz. Er hatte sich einen Überwurf aus schwarzem Wolfsfell über seine mageren Schultern geworfen, der vorne offen herunterhing und einen abgezehrten und tätowierten Oberkörper erkennen ließ. Auch sein Nacken und seine Wangen waren mit Tätowierungen verziert. Ein aus einer Muschel geschnitztes Amulett baumelte an einem um den Nacken gebundenen Lederriemen vor seiner Brust. Sein Kopf war wie der von Waguli geschoren, aber seine *ghidla* war zu einer langen und zottligen Strähne gewachsen und hing ihm zerzaust den Rücken bis zu den Hüften hinab. Dennoch war sie mit einigen Adlerfedern geschmückt. Er trug einen Messingring in der Nase, und seine Ohrläppchen waren geschlitzt, so daß breite Scheiben hineinpaßten, doch er trug keine Ohrscheiben, und die schlaffe Haut hing fast bis auf die Schultern herunter. Selbst Waguli hielt diesen alten Mann für altmodisch.

Seine Erscheinung an sich war schon aufsehenerregend genug. Niemand konnte sich entsinnen, den alten Mann je zuvor gesehen zu haben. Es war, als hätte er erst hier und jetzt Gestalt angenommen. Aber das Erstaunlichste war, daß der alte Mann auf beiden Seiten von zwei großen, knurrenden schwarzen Wölfen flankiert war. Sie waren auf keine erkennbare Weise angebunden oder gebändigt, und doch standen sie dicht bei dem alten Mann. In der Menge herrschte bald absolute Stille.

»Ich sehe, wie Cherokee zu Weißen werden«, sagte der alte Mann, wobei sein Gesicht aufzuglühen schien. »Ich sehe Kleider des weißen Mannes, Waffen des weißen Mannes, Tiere des weißen Mannes. Ich höre die Leute reden wie weiße Männer. Wenn wir unser Gleichgewicht bewahren wollen, müssen wir Cherokee bleiben. Wenn ihr die Dinge behaltet, die ihr vom weißen Mann bekommen habt, werden die Cherokee alle in den Westen vertrieben werden, ans Ende der Welt, ins Land, wo es dunkel wird. Wollt ihr hierbleiben, wo ihr hingehört? Dann hört mir zu.

Werft eure Stahlmesser fort, eure Eisenkrüge und Gewehre. Verbrennt die Kleider des weißen Mannes, die ihr am Leibe tragt. Werft die Glasperlen fort, mit denen ihr euch schmückt, und lernt wieder, wie ihr die Stacheln des Stachelschweins bearbeiten müßt, um Schmuck daraus zu machen. Sprecht eure eigene Sprache, die den Cherokee von Gott gegeben wurde. Tötet eure Katzen und Hunde und Pferde. Seid Cherokee. Das ist der einzige Weg, wie ihr gerettet werden könnt.«

5

Über Kultur und Geschichte der Cherokee

(nach Charles C. Royce, *The Cherokee Nation of Indians,* 1887)

Zivilisationsfortschritte der Cherokee

Reverend David Brown, der im Herbst 1825 eine ausgedehnte Forschungsreise durch das Siedlungsgebiet der Cherokee unternommen hatte, legte dem Kriegsministerium im Dezember desselben Jahres einen ausführlichen und detaillierten Bericht über seine Untersuchung vor, aus dem folgendes hervorgeht: Zahllose Viehherden weideten auf den ausgedehnten Prärien. Es gab dort viele Pferde, zahlreiche große Schafherden; Ziegen und Schweine tummelten sich auf den Hügeln und in den Tälern, das Klima war herrlich und gesund und die Winter mild. Der Boden der Täler und Prärien war fruchtbar und wurde zum Anbau von Mais, Tabak, Baumwolle, Weizen, Hafer, Indigo und Kartoffeln genutzt; mit den Nachbarstaaten bestanden ausgedehnte Handelsbeziehungen, wobei die Cherokee Baumwolle in eigenen Booten nach New Orleans exportierten. Es gab fast überall Apfel- und Pfirsichplantagen, und der Gartenbau spielte eine große Rolle. Auf den Tischen der Cherokee sah man oft Butter und Käse aus eigener Herstellung, es gab viele öffentliche Straßen in der Nation, die in angemessenen Abständen mit von Eingeborenen unterhaltenen Versorgungsstationen ausgestattet waren; viele prosperierende Dörfer verteilten sich über das ganze Land. Die Frauen stellten in Handarbeit Kleidung aus Wolle und Baumwolle her, und selbstgemachte Decken waren sehr verbreitet; fast jede Familie pflanzte soviel Baumwolle an, wie sie für den Eigenbedarf benötigte; im ganzen Indianergebiet entstanden Industrie- und Handelsunternehmen; fast alle Kaufleute waren eingeborene Cherokee; die Bevölkerung nahm rasch zu, wobei eine unlängst durchgeführte Volkszählung 13 563 eingeborene Bürger, 147 weiße Männer und 73 weiße Frauen, die Cherokee geheiratet hatten, sowie 1277 Sklaven zählte; die Zahl der Schulen erhöhte sich mit jedem Jahr, und Faulheit galt als stark geächtete Untugend; die Nation hatte keine Schulden, und die Einkünfte stiegen beständig. Man plante die Anschaffung einer Druckerpresse und Errichtung einer Nationalbibliothek und eines Museums.

Historische Fakten: Massnahmen zur Umsiedelung der Cherokee aus den Gebieten östlich des Mississippi

Zwischen 1800 und 1830 fand bei den Cherokee als Folge des Druckes von außen und als Antwort auf diesen eine Konsolidierung, verbunden mit einer völligen Neuorientierung und politischen Umstrukturierung, statt. Zunächst bestand die Notwendigkeit, einen Weg zu finden, die Gruppen ihrer eigenen Gesellschaft wieder unter Kontrolle zu bringen, da sie dem äußeren Druck, ihr Land abzutreten, nachgegeben hatten und bereit waren, in Gebiete westlich des Mississippi abzuwandern. Die führenden Häuptlinge wollten dagegen mit der Bildung einer neuen politischen Struktur den Cherokee ermöglichen, in ihrem alten Heimatland weiterzuleben. Eine Verfassung sollte geschaffen, Missionsschulen eingerichtet und eine fortschrittliche Gemeindeordnung entworfen werden. 1808 wurde ein gesetzgebender Nationalrat ins Leben gerufen und dessen Gesetze in einer eigenen Schrift niedergeschrieben. Diese bestimmten unter anderem die Schaffung eines Polizeikorps (Light Horse Guards), das für Recht und Ordnung im gesamten Cherokee-Gebiet zu sorgen hatte. ... 1817 wurde das Zweikammersystem, ein Nationalkomitee und der traditionelle Nationalrat eingeführt. Das neue Komitee übernahm die Verantwortung für die nationalen Angelegenheiten, das heißt, alle Verträge auszuhandeln und die jährlichen Einkünfte aus früheren Landabtretungen zu regulieren. ... 1825 autorisierte der Nationalrat den Bau einer eigenen Hauptstadt in New Echota und die Einrichtung einer nationalen Druckerei. 1827 schließlich gründete er eine verfassunggebende Nationalversammlung (National Constitutional Convention); diese bestand aus elf Repräsentanten, die in einer verbindlichen Verfassung das bereits Erreichte formal legalisieren sollte. 1828 wurde die neue Verfassung gebilligt.

(W. Lindig und M. Münzel, *Die Indianer,* Band 1: *Nordamerika;* Seite 133, dtv-Taschenbuch Wissenschaft)

[1828 wurde in der Nähe von New Echota, der Cherokee-Hauptstadt, Gold entdeckt, und die Cherokee mußten eine Invasion von Goldsuchern, Händlern und Dieben über sich ergehen lassen. Einmal mehr forderten die weißen Bewohner Georgias eine Umsiedelung der Indianer. Die Regierung Georgias erließ verschiedene gegen die Cherokee gerichtete Gesetze: Eines verbot den Indianern, nach Gold zu graben und sich auf diese Weise Reichtum zu erwerben, ein anderes erklärte alle Zusammenkünfte des Nationalrates und aller politischen Körperschaften für illegal, außer sie kämen zusammen, um über Landabtretungen an die Weißen zu beschließen. Eine Delegation von Cherokee unter der Führung von Gul kala ski reiste darauf nach Washington, um vor dem Präsidenten ihre Interessen zu vertreten. (Gul kala ski war der Mann, der bei der Schlacht von Horseshoe Bend Andrew Jackson das Leben gerettet hatte.)]

Eine Delegation von Cherokee, die Anfang 1829 Präsident Jackson aufsuchte, erhielt von diesem folgenden Bescheid: Die Tatsache, daß die Cherokee gegen den Willen Georgias innerhalb dessen Grenzen eine unabhängige Regierung gebildet hatten, sei für Georgia der entscheidende Anlaß gewesen, ihnen nicht mehr mit der so viele Jahre geübten Nachsicht zu begegnen und jenes jüngste Gesetz zu verabschieden, welches besage, daß sich ihre Gesetze und ihre Rechtsprechung auch auf das Land der Cherokee erstrecke. Die Waffen der Vereinigten Staaten, bemerkte der Präsident, würden niemals dazu eingesetzt werden, einen Staat der Union davon abzuhalten, seine legitime Macht auszuüben, die ihm aufgrund seiner Souveränität zustehe. Es gebe keine andere Lösung, als sie in das Gebiet westlich des Mississippi umzusiedeln, denn nur dort allein könne man ihnen Frieden und Schutz gewährleisten. Blieben sie weiterhin dort, wo sie jetzt seien, so könne dies nur zu Störungen und Unruhen führen. Die Vereinigten Staaten könnten ihnen aufgrund der Tatsache, daß sie jenseits des Mississippi über die alleinige Souveränität verfügten, versprechen, daß das Land ihnen gehören werde, solange Bäume wachsen und Wasser den Fluß hinunterfließt.

Die Delegation reagierte mit Entmutigung auf die Ausführungen des Präsidenten, rückte jedoch in ihrer Bitte um Schutz keinen Deut von dem ab, was sie als die begründeten Rechte ihres Volkes ansah. Sie kehrte wieder in ihr Land zurück, noch verbitterter über den Bundesstaat Georgia als zuvor, und ließ keine Gelegenheit aus, ihre Landsleute durch Appelle an den Patriotismus und die niedrigeren Instinkte in ihrem Entschluß zu bestärken, ihr Land um jeden Preis gegen die Übergriffe und die Besetzung durch Georgia zu verteidigen.

Etwa zur selben Zeit gab der Präsident der Vereinigten Staaten Anweisung, die Erfassung und Umsiedelung der Cherokee in den Westen nur in kleinen Gruppen durchzuführen, begleitet von der Bemerkung, wenn sie (die Cherokee) es für geboten hielten, zu bleiben, so müßten sie auch die Konsequenzen tragen; die Exekutive der Vereinigten Staaten habe nicht die Macht, sich einzumischen, um einen Staat an der Ausübung seiner sich auf sämtliche Bewohner innerhalb seiner Grenzen erstreckenden Souveränität zu hindern. Des weiteren ordnete der Präsident an, die bisher erfolgten jährlichen Zahlungen an den Schatzmeister der Cherokee-Nation einzustellen und sie künftig an die einzelnen Stammesmitglieder auszuschütten. Kurz darauf erhielt der Kommandant der Truppen im Cherokee-Gebiet den Befehl, alle Personen einschließlich der Stammesmitglieder daran zu hindern, Erzvorkommen innerhalb ihrer Grenzen neu zu erschließen oder weiter zu fördern. All diese zusätzlichen Belastungen und Einschränkungen, die sich der freien Ausübung ihrer vorgeblichen Rechte in den Weg stellten und die so weit davon entfernt waren, sie dazu geneigt zu machen, sich den Wünschen der Regierung zu beugen, führten lediglich dazu, daß die Herzen der Cherokee sich noch mehr verhärteten.

[Obwohl die Cherokee mit ihrer Klage gegen den Staat Georgia vor dem Obersten Gericht der Vereinigten Staaten recht bekommen hatten, verabschiedete der Kongreß der Vereinigten Staaten 1830 mit knapper Mehrheit das »Indian Removal Act« (Gesetz zur Umsiedelung der Indianer), das den Präsidenten ermächtigte, mit den Indianern über eine freiwillige Umsiedelung in das Gebiet westlich des Mississippi zu verhandeln. Um diesen Plan zu realisieren, mußte die Regierung eine Gruppe von Cherokee finden, die bereit waren, solche Verhandlungen zu führen.]

Anfang Februar 1835 kamen zwei Konkurrenzdelegationen nach Washington, die beide für sich in Anspruch nahmen, die Cherokee-Nation zu repräsentieren. Die eine wurde von John Ross angeführt, der lange Zeit oberster Häuptling gewesen war, dem intelligentesten und einflußreichsten Mann der Nation. Die andere wurde von John Ridge angeführt, der stellvertretender Häuptling gewesen war, ein Mann von recht beträchtlichem Einfluß bei seinem Volk. Die Ross-Delegation hatte einen unermüdlichen und erbitterten Kampf gegen jegliche Verhandlungen geführt, die auf Landabtretungen sowie die Umsiedelung in Gebiete westlich des Missisipppi gerichtet waren. Obwohl Ridge und seine Delegation anfangs die gleiche Ansicht wie Ross vertreten hatten, begann er einzusehen, wie sinnlos es war, sich weiterhin den Forderungen des Staates und der bundesstaatlichen Behörden zu widersetzen. Da er sich sicher war, daß die nahende Krise im Rechtsstreit der Cherokee nur zu einem einzigen Ergebnis führen könne, und er hier eine Gelegenheit gekommen sah, seine eigene Bedeutung hervorzustellen und seinem bislang mächtigeren Rivalen zu schaden, gab er den Machthabern der Vereinigten Staaten zu verstehen, er und seine Delegation seien bereit, mit ihnen auf der unlängst von Präsident Jackson gelegten Grundlage zu verhandeln, in der eine Abtretung ihrer Gebiete und eine Umsiedelung nach Westen vorgesehen war.

Reverend J.K.Schermerhorn wurde mit dieser Aufgabe betraut, und man erließ Anordnungen, die ihn dazu befugten, Ridge und seine Partei zu treffen und festzustellen, unter welchen Bedingungen eine gütliche und zufriedenstellende Einigung erzielt werden könnte. ...

Nun wurden die Cherokee in einer öffentlichen Ankündigung aufgefordert, am dritten Montag des kommenden Dezembers in New Echota mit den Vertretern der Vereinigten Staaten zusammenzutreffen, um mit ihnen zu verhandeln und zu einer Einigung über die Vertragsbedingungen zu gelangen. Diese Ankündigung wurde auch auf Cherokee gedruckt und in der ganzen Nation verteilt. Darin wurde den Cherokee mitgeteilt, daß die Stimmen der Abwesenden als Zustimmung zu dem Vertrag, den man bei diesem Treffen aushandeln werde, gezählt werden würden.

Unterdessen folgte die Ross-Partei – sie war vom Rat in Red Clay ermächtigt worden, entweder in New Echota oder in Washington einen Vertrag abzuschließen – den Anweisungen ihres Volkes und machte sich auf den Weg nach Washington. Sie akzeptierte Schermerhorns Verhandlungsvollmacht nicht, da diese auf einer Grundlage fußte, welche die Cherokee-Nation abgelehnt hatte. John Ross wurde noch vor ihrer Abreise gefangengenommen. Dies geschah unmittelbar nach Auflösung der Ratssitzung. Er wurde geraume Zeit unter der Aufsicht eines großen Wachtrupps festgehalten, ohne daß Anklage gegen ihn erhoben wurde, und schließlich ohne jede Entschuldigung oder Erklärung freigelassen. Bei seiner Festnahme wurden ihm alle Papiere weggenommen, darunter seine gesamte private Korrespondenz sowie die Protokolle der Cherokee-Ratssitzung. Lediglich drei- bis fünfhundert Cherokee folgten dem Aufruf zur Ratssitzung in New Echota und versammelten sich zur vereinbarten Zeit und am vereinbarten Ort. Dies geht aus Mr. Schermerhorns Bericht hervor, dem man wohl kaum die Neigung unterstellen darf, die Zahl der Versammelten zu untertreiben. Dieser Gentleman eröffnete die Ratssitzung am 22. Dezember 1835, in Abwesenheit Gouverneur Carolls, dessen Gesundheitszustand es noch nicht erlaubte, an der Sitzung teilzunehmen. Die Ziele der Ratssitzung wurden ausführlich erläutert und die geringe Beteiligung auf den Einfluß von John Ross zurückgeführt. Jene Teilnehmer, die dem vorgeschlagenen Vertrag ablehnend gegenüberstanden, deuteten auch an, die Abwesenheit eines so großen Teils der Nation könne darauf zurückzuführen sein, daß das Recht, einen Nationalrat einzuberufen, beim obersten Häuptling liege. Sie waren offensichtlich nicht darüber im Bilde, daß diese amtliche Befugnis Mr. Schermerhorn übertragen worden war.

Wie beschlossen, wurden die vereinbarten Paragraphen dem Volk durch ein Cherokee-Komitee bekanntgegeben, angenommen, niedergeschrieben und am 29. Dezember unterzeichnet.

Die Ratssitzung wurde auf den 30. Dezember vertagt, nachdem man ein Komitee ernannt hatte, das nach Washington gehen und auf die Ratifizierung des Vertrages dringen sollte, wobei ihnen die Befugnis zugesprochen wurde, allen Änderungen zuzustimmen, die der Präsident oder der Senat für geboten halten sollte.

Trotz des Widerstandes von John Ross und seiner Partei wurde der Vertrag mit nur einer Stimme über der notwendigen Zwei-Drittel-Mehrheit vom Senat angenommen und am 23. Mai 1836 vom Präsidenten ratifiziert und ausgerufen. Im Vertragstext wurde den Cherokee eine Zweijahresfrist zugestanden, innerhalb deren sie in die Gebiete westlich des Mississippi umsiedeln müßten.

Nachdem John Ross mit seiner Delegation zurückgekehrt war, startete er unverzüglich eine heftige Oppositionskampagne gegen die Erfüllung des Vertrages. Ihm war jedes Mittel recht, um sein Volk gegen Ridge und dessen Freunde, die zum Zustandekommen des Vertrages beigetragen und die Umsiedelung befürwortet hatten, aufzuhetzen. Es wurden Ratsversammlungen abgehalten und Beschlüsse gefaßt, in denen die Beweggründe und das Vorgehen der Machthaber der Vereinigten Staaten in schärfsten Worten verurteilt und der Vertrag in all seinen Bestimmungen für null und nichtig erklärt wurde. Eine Abschrift dieser Beschlüsse wurde durch General Wool dem Kriegsminister übermittelt, woraufhin dieser vom Präsidenten Weisung erhielt, seinem Erstaunen darüber Ausdruck zu verleihen, daß ein Offizier der Armee ein Schreiben erhalten und übermitteln konnte, in dem man der Exekutive, dem Senat und damit dem gesamten Volk der

Vereinigten Staaten so respektlos gegenübertrete. Um jeder mißverständlichen Auslegung des Vertrages vorzubeugen, wurde der Minister angewiesen, in sehr deutlichen Worten noch einmal der festen Entschlossenheit des Präsidenten Ausdruck zu geben, den Vertrag ohne jede Änderungen und ohne jeglichen Verzug unter angemessenen und gerechten Bedingungen durchzuführen. Darüber hinaus werde er sich jedoch, nachdem man Mr. Ross eine Abschrift dieses Briefes übermittelt habe, mit diesem weder mündlich noch schriftlich über den Vertrag auseinandersetzen.

(Aus: Charles C. Royce, *The Cherokee Nation of Indians*, 1887.)

Zwischentexte in eckigen Klammern: Oesch Verlag

6

Vertrag mit den Cherokee, 1835

Die Paragraphen des Vertrages, der am 29. Dezember 1835 in New Echota zwischen General William Carroll und John F. Schermerhorn, Unterhändler der Vereinigten Staaten, sowie den Häuptlingen, den Oberhäuptern und dem Volk vom Indianerstamm der Cherokee geschlossen wurde

In Anbetracht der Tatsache, daß die Cherokee bestrebt sind, mit der Regierung der Vereinigten Staaten Vereinbarungen zu treffen, um die Schwierigkeiten beizulegen und zu schlichten, die ihnen aus der Tatsache erwuchsen, daß sie innerhalb jener besiedelten Gebiete leben, die der Gerichtsbarkeit und den Gesetzen der Regierung der Bundesstaaten unterstehen, und da es ferner ihr Ziel ist, ihr Volk wieder in einem Gemeinwesen zu vereinen und sich in dem Land, das ihre Vorfahren sich erwählt hatten, unabhängig von den territorialen Grenzen der staatlichen Oberhoheiten eine dauerhafte Heimat für sich selbst und ihre Nachkommen zu sichern, in der sie zu ihrem Nutzen und Frommen eine Regierung ihrer Wahl einsetzen und die Gesellschaftsform bewahren könnten, die ihren Ansichten, Gewohnheiten und Lebensbedingungen am zuträglichsten und ihrer persönlichen Wohlfahrt und ihren Fortschritten in der Zivilisation am förderlichsten ist; …

... wurden zwischen den Unterhändlern der Vereinigten Staaten, William Carroll und John F. Schermerhorn, und den Häuptlingen und Stammesoberhäuptern und dem Volk der Cherokee, die am heutigen Tag, dem 29. Dezember 1835, zum allgemeinen Rat versammelt waren, folgende Vertragsbestimmungen vereinbart und beschlossen:

PARAGRAPH 1. Hiermit tritt die Cherokee-Nation ihre Besitzrechte an dem gesamten sich in ihrem Besitz und Eigentum befindlichen oder von ihm beanspruchten Land östlich des Mississippi ab und überträgt diese auf die Vereinigten Staaten, weiter verzichtet sie hiermit auf sämtliche Schadenersatzforderungen im Zusammenhang mit jeglicher Art von Plünderung für eine Gegenleistung in Höhe von fünf Millionen Dollar, die, wie in den folgenden Paragraphen vereinbart und beschlossen, ausgeschüttet, bezahlt und investiert werden soll. ...

PARAGRAPH 2. In Anbetracht der Tatsache, daß die Vereinigten Staaten im Vertrag vom 6. Mai 1828 sowie dem dazugehörigen Zusatzvertrag vom 14. Februar 1833 den Cherokee westlich des Mississippi zusicherten, daß dem Indianervolk der Cherokee per Urkunde die sichere Garantie auf folgenden Teil des Landes übertragen werde, »ausgehend von einem Punkt an der alten westlichen Grenzlinie von Arkansas, der fünfundzwanzig Meilen nördlich des Punktes liegt, an dem die Grenzlinie den Arkansas River schneidet, und von jenem nördlichen Punkt an auf besagter Grenzlinie weiterführend in Richtung Süden bis zu jenem Punkt, wo besagte Grenzlinie den Verdigris River schneidet, von dort den Verdigris River entlang bis zum Arkansas River; von dort den Arkansas flußabwärts bis zu dem Punkt, an dem gegenüber dem östlichen oder niedrigeren Flußufer des Grand River an dessen Zusammenfluß mit dem Arkansas River ein Stein liegt; von dort eine Meile lang vierundvierzig Grad westlich weiterführend Richtung Süden; von dort in einer geraden Linie bis zu einem vierzig Meilen nördlich der Mündung des nördlichen Nebenarms des Canadian gelegenen Punkt; von dort an besagter Vier-Meilen-Linie entlang weiterführend bis zum Canadian; von dort den Canadian flußabwärts bis zum Arkansas; von dort den Arkansas flußabwärts weiterführend bis zu dem Punkt auf dem Arkansas, wo die Ostgrenze der Choctaw auf besagten Fluß trifft, und von dort an weiterlaufend mit der westlichen Grenzlinie von Arkansas, so wie sie derzeit festgelegt ist, bis zur Südwestspitze des Missouri; von dort entlang der westlichen Grenzlinie von Missouri bis zu dem Land, das den Seneca zugewiesen wurde; von dort entlang der südlichen Grenzlinie des Seneca-Gebietes bis zum Grand River; von dort entlang dem besagten Grand River bis zur südlichen Grenzlinie des Osage-Reservats, die nötigenfalls erweitert werden kann; von dort nach Norden und zwischen besagter südlichen Grenzlinie der Osage, die nötigenfalls nach Westen erweitert werden kann, und einer ab dem Ausgangspunkt bis zu in einer bestimmten Entfernung direkt nach Westen gezogenen Linie, bei der von besagter Osage-Grenzlinie bis zur besagten westlichen Linie von Nord nach Süd eine Linie gezogen wird, womit das Gebiet innerhalb der oben beschriebenen Grenzen insgesamt sieben Millionen Morgen Land umfaßt. Zusätzlich zu den für die Gebietsabtretung vorgesehenen und umgrenzten sieben Millionen Morgen Land garantieren die Vereinigten Staaten der Cherokee-Nation ein ständiges Rückzugsgebiet im Westen sowie die freie und ungestörte Nutzung des Landes, das westlich der Westgrenzen besagter sieben Millionen Morgen liegt und das sich so weit nach Westen erstreckt, wie die Souveränität der Vereinigten Staaten und ihre Rechte an Grund und Boden reichen: …

PARAGRAPH 3. … Es wird jedoch vereinbart, daß das Militär-Reservat in Fort Gibson in Händen der Vereinigten Staaten verbleibt. Sollten die Vereinigten Staaten besagten Posten indes aufgeben und für selbigen keine weitere Verwendung mehr haben, wird es der Cherokee-Nation zufallen. Die Vereinigten Staaten werden stets das Recht haben, in allen Teilen des Cherokee-Gebietes ähnliche Posten zu errichten sowie Militärstraßen anzulegen und Forts zu bauen, sofern sie dies im Interesse und zum Schutz derselben für geboten halten, sowie das Recht auf ungehinderte Nutzung von so viel Land, Holz, Brennstoff und Materialien aller Art, wie zu deren Bau und Unterhalt nötig sein werden; sollten die Rechte einzelner davon berührt werden, wird ein angemessener Schadensersatz festgesetzt. ...

...

PARAGRAPH 5. Die Vereinigten Staaten kommen hiermit überein und vereinbaren, daß die Gebiete, die den Cherokee in den vorangegangenen Paragraphen abgetreten wurden, in Zukunft niemals ohne deren Einwilligung den territorialen Grenzen oder der Gerichtsbarkeit irgendeines Bundesstaates oder Staatsgebietes eingegliedert werden. Vielmehr sichern sie der Cherokee-Nation das Recht zu, in ihren Nationalratsversammlungen so viele Gesetze zu erlassen und durchzusetzen, wie es ihnen für die Regierung und zum Schutz von Personen und Eigentum in ihrem eigenen Land geboten scheint. Dies gilt für Angehörige ihres Volkes wie für Menschen, die sich ihnen angeschlossen haben; stets vorausgesetzt, daß sie nicht im Widerspruch zur Verfassung der Vereinigten Staaten und zu jenen Gesetzen stehen, die vom Kongreß verabschiedet wurden oder noch werden und die Handels- und Verkehrsbeziehungen mit den Indianern betreffen; ferner vorausgesetzt, sie beziehen sich nicht auch auf jene Bürger und Soldaten der Vereinigen Staaten, die durch das Indianergebiet reisen oder dort ihren Wohnort haben, sofern sie gemäß den Gesetzen und Bestimmungen, die von der Regierung derselben erlassen wurden, die Erlaubnis dazu haben.

PARAGRAPH 6. Zwischen den Bürgern der Vereinigten Staaten und den Cherokee-Indianern soll immerwährender Friede und Freundschaft herrschen. Die Vereinigten Staaten erklären sich bereit, die Cherokee-Nation vor innenpolitischen Kämpfen und äußeren Feinden sowie vor Kriegen zwischen den einzelnen Stämmen zu schützen. Die Cherokee sollen bestrebt sein, den Frieden des Landes zu wahren und zu schützen und keinen Krieg mit ihren Nachbarn zu führen, ferner sollen sie vor Einfällen und Übergriffen durch Bürger der Vereinigten Staaten geschützt werden, sofern diese ohne deren Einwilligung versuchen sollten, sich in ihrem Land niederzulassen; all diese Personen würden in einem solchen Fall auf Befehl des Präsidenten der Vereinigten Staaten aus selbigem Land entfernt werden. Es ist jedoch nicht vorgesehen, die Ansiedelung von nützlichen Farmern, Mechanikern und Lehrern zu verhindern, die in Übereinstimmung mit den Vereinbarungen des Vertrages zur Unterweisung der Indianer dienen.

PARAGRAPH 7. Da die Cherokee-Nation bereits große Zivilisationsfortschritte gemacht hat und es für richtig erachtet, daß man ihrem Volk alle nur erdenklichen ehrbaren und lobenswerten Anreize unterbreitet, um ihre Lebensbedingungen zu verbessern und auf wirkungsvollste Weise die Rechte, die ihnen durch diesen Vertrag garantiert werden, zu wahren und zu schützen, und um zu aufzuzeigen, welch großzügige und vorausschauende Politik die Regierung der Vereinigten Staaten bei der Umsiedelung der Indianer in ein Gebiet außerhalb der territorialen Grenzen der Bundesstaaten walten läßt, wird festgelegt, daß ihnen Anspruch auf einen Abgesandten im Repräsentantenhaus der Vereinigten Staaten zuerkannt werden soll, wann immer sich der Kongreß in selbigem zu Verhandlungen versammeln wird.

PARAGRAPH 8. Die Vereinigten Staaten vereinbaren ferner, die Cherokee in ihre neue Heimat umzusiedeln und sie nach ihrer Ankunft dort ein Jahr lang mit Lebensmitteln zu versorgen sowie ihnen zu ihrer Bequemlichkeit für die Umsiedelung eine ausreichende Zahl an Dampfschiffen und Gepäckwagen zur Verfügung zu stellen, damit ihre Gesundheit nicht zu Schaden kommt, und jede Gruppe von Emigranten, die von der Regierung umgesiedelt wird, von einem mit Arzneimitteln ausgerüsteten Arzt begleiten zu lassen. Allen Einzelpersonen und Familien, die nach Ansicht des Emigrationshelfers in der Lage sind, selbst für ihren Unterhalt zu sorgen und die Umsiedelung auf eigene Faust zu betreiben, soll dies gestattet sein; für alle diesbezüglichen Ansprüche wird ihnen die volle Summe von zwanzig Dollar pro Familienmitglied zugestanden, und anstelle der ihnen zustehenden Einjahresration wird ihnen, falls sie dies vorziehen, die Summe von dreiunddreißig Dollar dreiunddreißig Cents ausbezahlt.

Auch jenen Cherokee, die derzeit außerhalb der Nation siedeln und innerhalb der nächsten zwei Jahre mit diesen in das Gebiet westlich des Mississippi umsiedeln, wird ein Anspruch auf Umsiedelungsunterstützung und Ernährung, wie oben ausgeführt, zuerkannt.

...

PARAGRAPH 10. Der Präsident der Vereinigten Staaten wird zugunsten der gesamten Cherokee-Nation, die in die ihr durch diesen Vertrag in der Cherokee-Nation-West zugewiesenen Gebiete umgesiedelt ist oder noch umsiedeln wird, in eine der sichersten und produktivsten Staatsanleihen des Landes investieren und damit einen dauerhaften Fonds zu nachfolgend näher ausgeführtem Zweck einrichten und aus dem Nettoeinkommen aus selbigem Fonds an die Person oder die Personen, die von der Cherokee-Nation befugt oder ernannt wurden, gegen Quittung über den vollen an sie entrichteten Betrag folgende Beträge ausschütten: die Summe von zweihunderttausend Dollar, die zusätzlich zu den oben aufgeführten Leibrenten der Nation zur Gründung eines allgemeinen Fonds ausgeschüttet wird, dessen Jahreszinsen vom Rat der Nation für jene Zwecke verwendet werden sollen, die für das Wohl des Volkes am dienlichsten erachtet werden. Die Summe von fünfzigtausend Dollar zur Gründung eines Waisenfonds, dessen Jahreseinkünfte zur Unterstützung und Erziehung mittelloser Waisenkinder verwendet werden soll. Die Summe von hundertundfünfzigtausend Dollar, mit der zusätzlich zum bereits bestehenden Schulfonds der Nation ein ständiger Schulfonds gegründet werden soll, dessen Jahreszinsen vom Rat der Nation zum Unterhalt der Gemeindeschulen sowie, falls im Indianergebiet vorgesehen, zur Gründung einer Literatureinrichtung höherer Ordnung verwendet werden soll. Um sicherzugehen, daß der Waisen- und der Schulfonds bestimmungsgetreu und im Sinne der Wohlfahrt eingesetzt werden, ist der Rat der Cherokee-Nation verpflichtet, auf Anforderung des Präsidenten der Vereinigten Staaten einen Bericht über die Verwendung dieser Fonds zu erstellen. …

…

PARAGRAPH 12. Jene Einzelpersonen und Familien der Cherokee-Nation, die gegen eine Umsiedelung ins Cherokee-Gebiet westlich des Mississippi sind und die dort, wo sie derzeit siedeln, Bürger der Staaten werden wollen, und insofern sie dazu befähigt sind, auf sich selbst und ihr Eigentum aufzupassen, sollen das Recht an dem ihnen zustehenden Anteil an persönlichen Unterstützungsgeldern erhalten, die ihnen aus vorliegendem Vertrag für ihre Forderungen, Einrichtungen und per capita erwachsen, sobald die in diesem Vertrag bewilligten Mittel ausgeschüttet werden. …

…

PARAGRAPH 14. Ferner vereinbaren die Vereinigten Staaten, daß jenen Kriegern der Cherokee-Nation, die im jüngsten Krieg gegen Großbritannien und die südlichen Indianerstämme auf seiten der Vereinigten Staaten gekämpft haben und in diesem Dienst verwundet wurden, in Höhe einer vom Kongreß zu bewilligenden Summe ab dem Zeitpunkt ihrer Invalidität ein Pensionsanspruch zugestanden wird.

...

PARAGRAPH 18. In Anbetracht der Tatsache, daß infolge der ungeregelten Angelegenheiten der Cherokee sowie des frühen Frosts ihre Ernten nicht ausreichen, um ihre Familien zu ernähren, und ihnen damit große Not droht, sowie in Anbetracht der Tatsache, daß die Nation erst nach der Umsiedelung in der Lage sein wird, die Einkünfte aus den ständigen Fonds der Nation nutzbringend auszuschütten, wird hiermit vereinbart, daß die jährlichen Leibrenten der Nation, die in dem Zweijahreszeitraum, der mit diesem Vertrag für ihre Umsiedelung festgelegt wurde, möglicherweise steigen werden, für Lebensmittel und Kleidung zum Nutzen und Frommen der Armen unter den Cherokee verwendet werden sollen; ferner verpflichten sich die Vereinigten Staaten hiermit, unmittelbar nach Ratifizierung dieses Vertrages selbigen Betrag zu diesem Zweck vorzustrecken. Die in diesem Paragraphen getroffenen Vereinbarungen betreffen jedoch nicht jene Leibrentenanteile, die durch den Vertrag von 1819 den westlichen Cherokee zugesichert wurden.

PARAGRAPH 19. Dieser Vertrag ist nach Ratifizierung durch den Präsidenten und den Senat der Vereinigten Staaten für beide Vetragsparteien bindend.

PARAGRAPH 20. [Zusatzparagraph, vom Senat gestrichen] Dies bezeugen die im Anhang aufgeführten, von ihrem Volk rechtmäßig bevollmächtigten und in der allgemeinen Ratssitzung versammelten Vertreter und Häuptlinge, Oberhäupter und sonstige Personen in ihrem eigenen Namen und im Namen der Cherokee-Nation durch ihre Unterschrift und ihr Siegel.

Ich habe obigen Vertrag gepüft, und obgleich ich bei dessen Abschlußverhandlungen nicht anwesend war, erkläre ich mich mit sämtlichen Bestimmungen vollkommen einverstanden und unterzeichne aus selbigem Grund.

Wm Carroll
J. F. Schermerhorn

Major Ridge, unterzeichnet mit einem Kreuz
James Foster, unterzeichnet mit einem Kreuz
Tesa-ta-esky, unterzeichnet mit einem Kreuz
Charles Moore, unterzeichnet mit einem Kreuz
George Chambers, unterzeichnet mit einem Kreuz
Tay-yeske, unterzeichnet mit einem Kreuz
Archilla Smith, unterzeichnet mit einem Kreuz
Andrew Ross
William Lassley
Cae-te-hee, unterzeichnet mit einem Kreuz
Te-gah-e-ske, unterzeichnet mit einem Kreuz
Robert Rogers
John Gunter
John A. Bell
Charles F. Forman
William Rogers
George W. Adair
Elias Boudinot
James Starr, unterzeichnet mit einem Kreuz
Jesse Half-breed, unterzeichnet mit einem Kreuz

Unterzeichnet und besiegelt in Gegenwart von:
Western B. Thomas, Schriftführer
Ben F. Currey, Sonderbeauftragter
M. Wolfe Batman, Oberleutnant, 6. US-Infanterie, Auszahlungsbeauftragter
Jon L. Hooper, Leutnant, 4. Infanterie
C. M. Hitchcock, M. D., Hilfschirurg, USA

G. W. Currey
Wm H. Underwood
Cornelius D. Terhune
John W. H. Underwood

Gemäß den Anweisungen des Rates von New Echota unterschreiben wir diesen Vertrag.

1. März 1836 — Stand Watie
John Ridge

Zeugen: Elbert Herring
Alexander H. Everett
John Robb
D. Kurtz
Wm Y. Hansell
Samuel J. Potts
Jno. Litle
S. Rockwell

...

7

Wieder zurück in Soco Gap, tat Waguli sein möglichstes, um Oconeechee aus dem Weg zu gehen. Das fiel ihm nicht leicht. Sie war immer noch die schönste Frau, die er je gesehen hatte, und sie schien ihn auf Schritt und Tritt zu verfolgen. Aber der Gedanke an Inzest flößte ihm einen gewaltigen Schrecken ein.

Waguli, Elaqui und Gog'ski waren eine ganze Weile damit beschäftigt, Junaluska zu berichten, was sie in Red Clay erlebt hatten. Die meiste Zeit saß Junaluska da, hörte zu und nickte mit dem Kopf, als wollte er sagen, daß alles, was er da zu hören bekam, nur eine Bestätigung dessen sei, was er schon die ganze Zeit gewußt hatte.

»Das hatte ich erwartet«, sagte er. »Das ist ein Grund, warum ich nicht mitgekommen bin. Es kommt so oder so aufs gleiche heraus. Ich denke, das Wichtigste ist wohl – hast du dort etwas erfahren, was du deinen Leuten in Old Town erzählen kannst?«

Waguli zuckte mit den Achseln.

»Nein«, sagte er. »Eigentlich nicht. Obwohl die Dinge noch schlimmer stehen, als mich das ahnen ließ, was ich hier gehört habe. Es scheint, als würde das Übel sogar noch schneller kommen, als wir gedacht hatten.«

»Gibt John Ross uns immer noch den Rat, Widerstand zu leisten?«

»Ja. Obwohl einige sagen, er versuche nur, noch mehr Geld zu bekommen.«

»Natürlich.«

Elaqui und Gog'ski verabschiedeten sich und ließen Junaluska und Waguli allein. Die beiden Männer starrten vor sich auf den Boden. Es gab offenbar zu dem Treffen in Red Clay nichts weiter zu sagen. Ganz zwanglos, fast schon unbekümmert begannen die beiden Männer zum Ende des Dorfes und noch weiter zu gehen.

»Du kennst meine Tochter«, sagte Junaluska, als er sicher war, daß ihnen niemand mehr zuhören konnte.

Die Frage überraschte Waguli. Er sah Junaluska an. Dann sah er wieder weg.

»Ja«, sagte er.

»Oconeechee.«

»Ja.«

»Gefällt sie dir?«

Waguli antwortete nicht sofort auf diese quälende Frage. Er ging ein paar Schritte weiter, den Blick immer noch starr zu Boden gerichtet.

»Welchem Mann würde sie nicht gefallen?« sagte Waguli. »Sie ist sehr schön.«

Der alte Mann lächelte.

»Sie denkt, daß du sie nicht magst.«

»Wieso sollte sie das denken?« sagte Waguli. »Ich mag sie – viel zu sehr.«

Junaluska blieb stehen und wandte sich Waguli zu. Er sah dem jungen Mann in die Augen. Waguli wurde nervös.

»Wieso zu sehr?« fragte Junaluska. »Hast du schon zu viele Frauen?«

»Ich habe keine Frauen«, antwortete Waguli, »aber wir sind beide vom Volk der Wölfe, Oconeechee und ich.«

Junaluska warf den Kopf zurück und fing an zu lachen, und Waguli fragte sich, ob der alte Mann plötzlich den Verstand verloren habe. Das ist manchmal so bei den Alten, dachte er. Hier war nichts Komisches dran. Inzest war nichts, womit man scherzen durfte.

»Ich verstehe nicht«, sagte er, »was ist so komisch daran?«

Junaluska beruhigte sich langsam und hörte auf zu lachen. Er holte ein paarmal tief Luft und wischte sich die Augen.

»War es etwa das, was dich gestört hat?« fragte er.

»Natürlich.«

»Mein Freund«, sagte Junaluska, »meine Tochter gehört zum Volk der Wölfe. Soviel ist richtig. Aber sie ist nicht von demselben Stamm, dem du angehörst. Ihre Mutter war keine Cherokee. Oconeechee gehört zum Volk der Wölfe vom Stamm ihrer Mutter. Sie lebt hier ohne einen Clan unter uns. Sie hat niemanden – außer ihrem alten Vater.«

Waguli starrte Junaluska lange an, in einer wirren Mischung aus Überraschung, Bestürzung und Vorfreude. Dann war die schöne Oconeechee ja überhaupt nicht mit ihm verwandt! Da schlug sein Herz ihm schneller in der Brust. Er wandte sich um und ging von Junaluska weg, dann machte er abrupt kehrt und ging wieder zu ihm zurück. Er hielt den Freudenschrei zurück, der aus seinem tiefsten Innern aus ihm herausbrechen wollte.

»Keine Cherokee?« sagte er und fing an zu lachen.

»Du glaubst also nicht, daß dein Fremder dich mag?« fragte Junaluska seine Tochter. Auf seinem Gesicht zeigte sich ein verschmitztes kleines Lächeln, und seine alten Augen zwinkerten. Oconeechee bekam einen ganz starren Rücken, und sie machte sich so groß, wie sie konnte.

»Er wird es noch«, sagte sie.

»Er möchte dich heiraten.«

»Was?«

»Du hast mich schon verstanden«, sagte der alte Mann.

»Hat er das gesagt?«

»Ja, hat er.«

»Aber er ist fortgegangen.«

Junaluska setzte sich mit einem lauten Ächzen schwerfällig auf den Hocker vor seinem Haus.

»Er mußte mit den Neuigkeiten nach Old Town zurück, aber er kommt wieder. Es ist alles besprochen. Du hast jetzt einen Ehemann, meine Tochter. Nun bring mir meine Pfeife und meinen Tabak. Ich will rauchen.«

Oconeechee mußte sich zusammennehmen, um ihrem Vater keine freche Antwort zu geben. Sie ging ins Haus und kehrte gleich darauf mit der Pfeife und dem Tabaksbeutel zurück. Sie hatte das Gefühl, daß Junalusksa sich mit dem Stopfen seiner Pfeife unerträglich viel Zeit ließ. Sie holte ihm ein kleines Stück glühender Kohle, das sie auf einer Astgabel balancierte, und er zündete seine Pfeife daran an. Sie sah ihm ungeduldig zu, wie er paffte, um die Pfeife zum Brennen zu bringen, und wie große Rauchwolken über seinem Kopf aufstiegen. Schließlich konnte sie nicht länger an sich halten.

»Ich soll also verheiratet werden?« fragte sie.

»Ja. Das habe ich dir doch gerade gesagt.«

»Aber warum hat er mich völlig links liegenlassen? Warum war er plötzlich nicht mehr freundlich zu mir?«

»Du hast ihm gesagt, daß du vom Stamm der Wölfe bist«, sagte Junaluska.

»Ja, das bin ich.«

»Er auch.«

Oconeechee öffnete den Mund, als wolle sie etwas sagen, aber es kam kein Laut heraus. Sie dachte nach. Dann fing sie an zu lachen.

»Natürlich«, sagte sie. »Er konnte ja nicht wissen, daß meine Mutter keine Cherokee war, also dachte er, wir wären verwandt.«

»Ja«, sagte Junaluska und stimmte in ihr Lachen ein. Doch schon bald hielten sie inne, Oconeechee kniete vor ihrem Vater nieder und legte ihre Hände auf seine Knie.

»Ich bin sehr glücklich«, sagte sie.

»Waguli ist ein guter Mann«, sagte Junaluska. »Er wird gut für dich sorgen. Das weiß ich.«

Die Sonne war den lieben langen Tag unter dem Himmelszelt entlanggekrochen, und dieses öffnete sich nun am äußersten Rand im Westen gerade so weit, daß sie hindurchschlüpfen konnte, um wieder auf die andere Seite zu wandern. Junaluska saß still da und rauchte. Oconeechee sah aus dem Haus.

»Kommst du dich schlafen legen, Vater?« fragte sie.

»Bald«, sagte der alte Mann. »Leg dich nur schon hin.«

Er rauchte seine Pfeife zu Ende, dann stand er auf, legte die Pfeife auf den Hocker und ging los. Er ging langsam, aber entschieden bis zum Stadtrand, und während er ging, blickte er unverwandt zu einem einsamen, hellen Stern hinauf, gleich rechts unter dem Mond. Und plötzlich erschien vor ihm ein wunderschönes junges Gesicht. Es sah dem seiner Tochter sehr ähnlich, aber es war nicht seine Tochter. Es war ein Gesicht von vor langer Zeit.

»Ich komme jetzt«, sagte er, »ich komme zu dir.«

Er hatte die Stadt gerade verlassen und lief weiter in den Wald hinein. Das schöne Gesicht war sein einziger Leitstern, und doch ging er so sicheren Schrittes, als würde er am Mittag die Straße von Soco Gap entlanglaufen. Er ging immer weiter und kam dem schönen Gesicht dennoch nicht näher als beim ersten Anblick. Aber er konnte die Züge klar erkennen. Er konnte die reine dunkle Haut sehen, die leuchtenden, feuchtglänzenden, fast schwarzen Augen.

»Ich komme«, wiederholte er. »Sie ist jetzt versorgt. Sie hat einen Ehemann – einen guten Mann. Jetzt kann ihr nichts mehr geschehen.«

Da öffnete das schöne Gesicht die Lippen, und eine süße, klare und kräftige Stimme hallte durch die Nacht.

»Komm«, sprach sie.

Großpapa hatte etwas schwarze Walnußwurzel und Rinde mit so viel Wasser in einen alten Emailtopf getan, daß der Boden gerade bedeckt war. Er hatte hinterm Haus ein kleines Feuer gemacht, und jetzt stand der kleine Topf auf dem Feuer und sollte zum Kochen ge-

bracht werden. Der Rohrstock war jetzt ganz ausgehöhlt und schön glatt und lag neben ihm. Ich wußte immer noch nicht, was er vorhatte, und wollte ihn auch nicht fragen, weil es irgendwie mehr Spaß machte, ihm einfach zuzuschauen und zuzuhören und zu tun, was er mir sagte. Vielleicht würde ich es ja mit der Zeit herausbekommen, oder es würde dann irgendwie offensichtlich werden. Und wenn weder das eine noch das andere geschähe, so würde er schließlich damit fertig werden, und wenn ich dann nicht vom Ansehen wüßte, was es ist, würde er es mir entweder sagen oder, was wahrscheinlicher war, würde es benutzen, so daß ich sehen könnte, was es ist. Jedenfalls war das der Grund, warum ich ihn nicht nach dem Rohrstock fragte. Ich dachte, auf diese Art würde ich mehr Spaß haben.

Der Rohrstock lehnte also an der Rückwand des Hauses, und Großpapa kochte die Walnußwurzel und die Rinde aus. Wir setzten uns dort hinter dem Haus auf unsere gewohnten Plätze, Großpapa stopfte sich seine Pfeife und zündete sie an, und da saßen wir dann und waren einfach nur damit beschäftigt, dem Zeug beim Kochen zuzuschauen und es zu riechen. Ab und zu bat mich Großpapa, etwas mehr Holz aufs Feuer zu legen, und dann stand er auf und sah in den Topf, um zu prüfen, ob auch genug Wasser drin war, oder aus sonst einem Grund. Warum, wußte ich nicht. Aber wie gewöhnlich war ich einfach nur glücklich, bei ihm zu sein, ihm zuzuschauen bei dem, was er gerade tat, zuzuschauen, wie der Rauch aufstieg und verschwand, und etwas zu lernen. Ich fragte Großpapa nicht, was er eigentlich machte, aber ich fragte ihn nach ein paar Dingen, die mir im Kopf herumgingen, und da gab es eine Frage, die mich schon seit einiger Zeit beschäftigte, und als ich sah, daß er sich für eine Weile mit seiner Pfeife hingesetzt hatte, stellte ich sie ihm.

»Großpapa«, sagte ich, »ist Waguli zurückgekommen?«

»Was?«

»Waguli sollte doch Oconeechee heiraten«, sagte ich, »aber zuerst mußte er nach Old Town zurück, und dann starb ihr Papa. Ist Waguli zurückgekommen?«

»Ach so«, sagte Großpapa, als würde er meine Frage jetzt erst verstehen. Ich wußte aber genau, daß er mich gleich verstanden

hatte. Er wollte mich nur ein bißchen auf den Arm nehmen, indem er mich die Frage noch einmal stellen ließ. »Oh«, sagte er, »Waguli. Na ja, nicht gleich. Er kam nicht so schnell zurück, wie er es ursprünglich vorgehabt hatte. Zum einen war es ein langer Weg bis nach Old Town, und er mußte ihn zu Fuß zurücklegen. Das dauerte ein Weilchen. Dann mußte er jedem in der Stadt erzählen, was er auf seiner Reise in Erfahrung gebracht hatte, und das dauerte ein Weilchen. Alle hatten Fragen, und sie mußten über die Probleme reden. Jeder hatte eine Meinung, und die mußte er allen anderen mitteilen. Ich wette, sie brachten mindestens vier Tage damit zu, über alles zu sprechen. Und dann, vor allem, weil die Leute dort in Old Town das waren, was wir hier echte Konservative nennen, nehme ich an, daß sie alle zum Wasser gingen.«

»Zum Wasser gingen?« fragte ich.

»Kennst du das nicht? Das Zum-Wasser-Gehen?«

»Nein«, sagte ich. »Was ist das?«

»Ich dachte, du würdest das kennen«, sagte er, und da war dieses Zwinkern in seinen Augen, das die Haut drumherum sogar in noch mehr Falten legte als sonst. Er nahm ein paar Züge an seiner Pfeife.

»Nein«, sagte ich wieder.

»Na, dann werde ich dir wohl etwas darüber erzählen müssen.«

Allmählich kamen mir meine Beine zu kurz vor, um bequem in dem roten Stuhl sitzen zu können, und außerdem wollte ich näher bei Großpapa sitzen, wenn er mir vom Zum-Wasser-Gehen erzählte, also nahm ich wieder meinen Eimer und stellte ihn vor seinen Stuhl. Ich setzte mich ihm direkt gegenüber auf meinen Eimer, stützte die Ellbogen auf die Knie und das Kinn in die Hände und wartete, bis ich mehr zu hören bekam.

»Leg noch etwas Holz aufs Feuer, chooj«, sagte er.

Ich sprang auf, lief zum Holzstapel und nahm einen kleinen, gespaltenen Scheit.

»Der ist zu groß«, sagte er.

Ich ließ ihn fallen und fand einen kleineren, der nicht gespalten war und den meine Finger fast umfassen konnten, und hielt ihn hoch, damit er ihn sehen konnte.

»Der wird gehen«, sagte er.

Ich legte ihn aufs Feuer, ging zurück zu meinem Eimersitz und nahm wieder dieselbe Haltung ein wie zuvor.

»Wenn die Dinge richtig schlecht liefen, gingen sie damals immer zum Wasser«, sagte Großpapa. »Wenn es so aussah, als gäbe es keine andere Lösung. Es war so eine Art letzte Rettung und eine sehr machtvolle, ganz besondere Zeremonie. Sie taten das auch nicht bei jedem x-beliebigen Anlaß. Man führte sie immer nur für alle Leute durch, manchmal für alle Leute aus einer bestimmten Stadt, manchmal für alle vom Volk der Cherokee. Sie nannten das elohi gaghusduhdi. *Das heißt soviel wie: der Welt wieder eine Stütze geben, verstehst du?«*

»Ja«, sagte ich, aber ich war mir nicht ganz sicher. Aber ich dachte mir, daß es etwas ganz Wichtiges sein mußte. »Was machten sie?«

Großpapa erhob sich mit einer Art Seufzer von seinem Stuhl. Er ging hinüber zum Feuer und kniete dann neben es nieder. Er nahm einen kleinen Stock und stocherte damit in der Brühe mit den Wurzeln und der Rinde herum.

»Ahh«, sagte er, »das braucht nicht mehr lang.« Mit einem weiteren Seufzer richtete er sich auf, ging zu seinem Stuhl zurück und setzte sich wieder hin. »Was sie machten? Na ja, sie wählten aus jedem Clan einen Mann aus. Von den Wölfen wäre wahrscheinlich Waguli ausgesucht worden, ja, das wäre er wahrscheinlich. Wenn ja, dann hätte er Tabak besorgen müssen, und zwar nicht irgendeinen alten Tabak, sondern tsola gayuhnli. *So nannten sie ihn, alten Tabak oder auch uralten Tabak, aber die wirkliche Bedeutung ist heiliger Tabak. Davon mußte er sich etwas besorgen. Und die anderen sechs Männer ebenso.«*

»Großpapa«, sagte ich, »rauchst du heiligen Tabak?«

»Na ja, chooj*«, sagte er und stieß eine schöne Tabakwolke aus, die mir bläulich vorkam, wie sie so eine Weile seinen Kopf umnebelte, bevor sie zum Himmel aufstieg und verschwand, »das ist schon möglich. Ich ziehe ihn hier. Das ist diese alte Sorte. Wie auch immer, jedenfalls mußten diese sieben jungen Männer an einen be-*

stimmten Ort gehen. Der lag unten an einem Fluß. Sie kannten ihn, und sie mußten alle um Mitternacht dorthin gehen, und dann machten sie aus dem Tabak am Westufer einen Haufen. Und dann stand Waguli auf – falls es Waguli war, denn er war vom Stamm der Wölfe, und die mußten immer anfangen –, stellte sich neben den Tabakhaufen und blickte gen Osten. Dann sprach er ein paar Worte. Diese Worte mußte er kennen. Er durfte nicht irgendwelche Worte sagen. Es mußten genau die richtigen sein. Und was er sagen mußte, war lang. Und dann trat er beiseite, und der nächste stand auf und sagte noch einmal dasselbe. Sprach dieselben Worte. Sprach sie viermal. Ganz wie Waguli. Zum Schluß hatten alle sieben Männer, einer aus jedem Clan, eben diese Worte viermal gesprochen. Einer wie der andere.«

»Was waren das für Worte, Großpapa?« fragte ich.

»Oh, das war eine ganze Litanei. Ich kann dir nicht sagen, was das alles für Worte waren. Du darfst sie nicht aussprechen, es sei denn, du gehst zum Wasser. Das ist wie mit dem Geldausgeben. Wenn du es vergeudest, nur weil du es hast, dann wird eine Zeit kommen, in der du es brauchst, und dann hast du keins. Und so ähnlich ist es auch, wenn du diese heiligen Worte vergeudest. So riefen sie den Donner an. Der Donner, mußt du wissen, ist unser besonderer Freund. Er ist ein Freund der Cherokee. Also riefen sie den Donner an, um seine Macht dazu zu benutzen, ihnen aus ihren Schwierigkeiten herauszuhelfen; nur mußte das auf eine besondere Weise geschehen.

Na ja, und als sie dann alle damit fertig waren und die Worte viermal gesprochen hatten, ging Waguli wieder zu dem Tabakhaufen, stopfte sich die Pfeife und zündete sie an. Dann blies er den Rauch gen Osten. Dann ging er um den Tabakhaufen herum auf die andere Seite und blies den Rauch gen Norden. Dann ging er auf die westliche Seite und blies den Rauch aus und dann auf die südliche. Er zog einen Kreis um den Tabak. Dann ging er weg, und der nächste machte es genauso. Alle machten es so.«

Großpapa hatte seine Pfeife ausgeraucht, stand auf und ging wieder zum Feuer. Er klopfte den verbrannten Tabak aus dem Pfei-

fenkopf in die Flammen, steckte die Pfeife in seine Hemdtasche und sah sich das Zeug in dem Topf noch einmal genau an.

»Ich denke, jetzt ist es fertig«, sagte er. »Gib mir den Rohrstock.«

Ich lief los, um den Stab zu holen, und war etwas aufgeregt. Ich dachte mir, daß sich jetzt gleich herausstellen werde, wozu er gut war. Ich war noch vor Großpapa wieder bei seinem grünen Stuhl, denn er war aufgestanden und zum Haus hinüber gegangen, um einen Pinsel zu holen, der dort auf dem Fensterbrett lag. Er brachte den Pinsel mit und setzte sich, und ich gab ihm den Stab.

»Jetzt hol dir den Lappen dort«, sagte er, »damit du dich nicht verbrennst, und bring mir den Topf.«

Ich holte also den Lappen und den Topf. Ich hielt Großpapa den Topf hin, und er hieß mich, den Topf zwischen seine Füße auf den Boden zu stellen. Er hielt den Rohrstock in der Hand und betrachtete ihn von allen Seiten und drehte und drehte ihn in seinen dunklen, runzligen Händen. Aber schon bald war er zufrieden und hatte ihn wohl lange genug angeschaut, denn er hörte auf, ihn so eingehend zu mustern. Er hielt ihn in der linken Hand und tauchte mit der rechten den Pinsel in den Topf.

»Du hast Farbe gekocht«, sagte ich.

»Sagen wir mal so, es ist eine Art Beize, chooj«, sagte er, und dann malte er ganz am Rande des einen Endes einen dunkelbraunen Ring auf den Stab. Dann hielt er den Stab ein bißchen von sich weg, sah den braunen Ring prüfend an und nickte fast ein wenig mit dem Kopf, als sei er zufrieden mit dem, was er gemacht hatte. Die Beize war von einem hübschen, tiefen Braun und sah gut aus im Kontrast zu dem Gelb des Stabs. Dann malte er einen zweiten Ring auf den Stab, so nah bei dem anderen, daß sie eine Art Streifen ergaben. Dann rutschte er ein paar Zoll weit nach unten und machte noch mal dasselbe, und dann malte er in den Zwischenraum zwischen den beiden Streifen ein paar kleine Kreuze oder etwas, das für mich wie ein Pluszeichen aussah. Er malte vier davon zwischen den beiden Streifen, die rund um den Stab liefen. Dann rutschte er wieder ein bißchen tiefer und fing von vorne an.

»Großpapa?« fragte ich.

»Hmmm?«

»Was machten Waguli und die anderen als nächstes?«

»Nun, sie warteten ein bißchen, und dann machten sie das Ganze noch mal von vorn.«

»Das Ganze? All die vielen Worte und das Rauchen und die Kreise und alles?«

»Ja genau. Das Ganze noch mal. Und dann warteten sie ein bißchen und fingen noch mal von vorne an. Sie machten das die ganze Nacht, bis sie es siebenmal gemacht hatten, und als sie es zum siebtenmal machten, dämmerte der Morgen. Jedenfalls stelle ich mir das so vor. So ist es richtig. Genau das machen Cherokee in wirklich schlechten Zeiten. Und wahrscheinlich machten sie das auch in Old Town.«

Er war nun fertig mit dem Bemalen seines Rohrstocks und streckte ihn vor, um sein Werk zu betrachten. Er war sichtlich zufrieden und hielt ihn mir hin.

»Hier«, sagte er, »stell ihn wieder dahin zurück, wo du ihn geholt hast, und laß ihn trocknen.«

Ich nahm ihn vorsichtig, um mit der Hand nicht an die Stellen zu kommen, an denen Großpapa mit der schwarzen Walnußbeize Muster gemalt hatte. Ich hielt ihn einen Augenblick hoch und sah mir an, was Großpapa gemacht hatte.

»Großpapa«, sagte ich, »es sind sieben. Die Streifen, die du gemalt hast. Es sind sieben.«

»Ach ja?« sagte er, als wäre er überrascht, aber ich dachte mir, daß er wahrscheinlich absichtlich sieben gemacht und das die ganze Zeit gewußt hatte. Er war nicht wirklich überrascht, als ich ihm das sagte.

»Ja«, sagte ich. »Sieben. Und in jedem Streifen sind vier Kreuze.«

»Na dann«, sagte er, »was das wohl zu bedeuten hat?«

8

Brief von Ralph Waldo Emerson
an den Präsidenten der Vereinigten Staaten, Martin van Buren
1836

Sir,

Durch das Amt, das Sie bekleiden, stehen Sie zu jedem Bürger in einer Beziehung der Achtung und Nähe. Von Rechts wegen und aufgrund der natürlichen Verhältnisse ist jeder Bürger Ihr Freund. Solange niemandes Rechtsempfinden durch irgendwelche Gesetze verletzt wird, die seinem Urteil oder Interesse entgegenstehen, wird ein jeder Ihrer Regierung mit Vertrauen und Zuversicht begegnen. Jeder hat das höchste Recht, Ihre Aufmerksamkeit auf Themen zu lenken, die von öffentlichem Interesse sind und strenggenommen in den Zuständigkeitsbereich des Präsidenten fallen; und ein guter Präsident wird solchem Vertrauen mit Freude begegnen. Mit dieser Überzeugung und auf Veranlassung einiger meiner Freunde und Nachbarn bitte ich Sie, Ihre Geduld kurz für eine Darstellung ihrer und meiner Gefühle in Anspruch nehmen zu dürfen, zumal der Umstand, daß Ihnen mein Name völlig unbekannt sein wird, Sie zu einer gerechteren Beurteilung dessen, was ich zu sagen habe, veranlassen dürfte.

Herr Präsident, mein Brief bezieht sich auf die unheilverkündenden Gerüchte, die in diesem Teil des Landes über das

Volk der Cherokee umgehen. Das Interesse, das der eingeborenen Bevölkerung stets entgegengebracht wurde – ein Interesse, das durch deren Niedergang naturgemäß zunimmt –, ist für diesen Stamm noch gestiegen. Selbst in unserem fernen Staat erhielten wir Kunde von ihrer großen Ehrenhaftigkeit und Freundlichkeit. Wir erfuhren mit Freude von ihren Fortschritten in den gesellschaftlichen Gepflogenheiten. Wir lasen ihre Zeitungen. Wir begegneten einigen von ihnen in unseren Schulen und Akademien. Wie die große Mehrheit des amerikanischen Volkes waren auch wir voller Mitgefühl Zeugen der mühevollen Arbeit dieser roten Männer, ihre Rasse vom Schicksal ewiger Unterlegenheit zu befreien und die Sitten und Gebräuche der weißen Rasse zu übernehmen und ihrer Stammeskultur anzupassen. Ungeachtet der unerklärlichen Teilnahmslosigkeit, mit der in den letzten Jahren die Indianer bisweilen ihren Feinden ausgeliefert wurden, besteht kein Zweifel daran, daß es im Wohlwollen und Sinne jedes Menschen in der Republik, aller Männer und Frauen, die im ganzen Land gedeihende und unabhängige Familien bilden, liegen sollte, daß man in gebührendem Maße Sorge für sie trägt. Sie sollen in den Genuß der Gerechtigkeit und Liebe all jener kommen, die wir mit der Aufgabe betraut haben, mit ihnen zu verhandeln.

Nun wird in den Zeitungen berichtet, im Dezember 1835 sei angeblich zwischen einem Vertreter der Vereinigten Staaten und einigen Personen, die für die Seite der Cherokee eintreten, ein Vertrag geschlossen worden, der den Tausch des gesamten Gebietes der Cherokee vorsieht; später sei bekannt geworden, daß diese Abgeordneten keineswegs den Willen dieser Nation repräsentierten und daß von den 18 000 Seelen, aus denen die Nation besteht, 15 668 gegen den sogenannten Vertrag protestiert hatten. Nun scheint die Regierung der Vereinigten Staaten entschlossen, die Cherokee auf Einhaltung dieses heuchlerischen Vertrags zu verpflichten und kurz davor zu stehen, denselben zu vollstrecken. Fast die gesamte

Cherokee-Nation erhebt sich und sagt: »Dieses Gesetz ist nicht das unsere. Seht uns an. Hier stehen wir. Ihr dürft diese Handvoll Abtrünniger nicht mit uns verwechseln.« Doch der amerikanische Präsident und das Kabinett, der Senat und das Repräsentantenhaus lassen sich nicht dazu herab, diese Männer auch nur anzuhören oder anzusehen, und schließen mit ihnen einen Vertrag, nach dem diese tatkräftige Nation auf Karren und Boote verladen und über Berge und Flüsse in eine Wildnis weit hinter dem Mississipppi vertrieben werden soll. Ein bloßes Stück Papier, das sich als militärische Anordnung ausgibt, setzt die Stunde dieser traurigen Umsiedlung auf den Tag heute in einem Monat fest.

Im Namen Gottes, Herr Präsident, fragen wir Sie: Stimmt das? Werden wir von den Zeitungen richtig informiert? Männer und Frauen mit bleichen, verstörten Mienen begegnen sich hier in den Straßen und Kirchen und fragen sich, ob das stimmt. Wir haben nachgeforscht, ob es sich dabei um eine grobe Verfälschung der Oppositionspartei handeln könnte, die darauf aus ist, die Regierung bei der Bevölkerung schlechtzumachen. Wir haben uns die Zeitungen verschiedener Parteien angesehen und fanden diese schreckliche Geschichte dort bestätigt. Wir können es kaum glauben. Wir hatten gehofft, die Indianer seien schlecht informiert, ihr Protest sei voreilig gewesen und werde sich als eine aus unnötiger Furcht heraus entstandene Reaktion erweisen.

Der Respekt vor dem andern, ein Grundsatz, der, und sei es auch nur in seiner gröbsten Form, in den Vereinigten Staaten immer noch Gültigkeit hat, verbietet es uns, dies als eine Tatsache hinzunehmen. Seit Menschengedenken hat es in Friedenszeiten und im Umgang einer Nation mit ihren eigenen Verbündeten und Schutzbefohlenen noch nie einen solchen Verfall allen Glaubens und aller Tugend, eine derartige Mißachtung der Gerechtigkeit und eine solche Taubheit gegenüber den Schreien um Erbarmen gegeben. Herr Präsident, ist diese Regierung etwa der Ansicht, das Volk der Vereinigten Staaten sei ein Volk von Wilden und Verrückten geworden? Gefühle wie Liebe und Güte seien vollkommen aus ihren Herzen ausgelöscht worden? Die Seele des Menschen, die Gerechtigkeit und Barmherzigkeit, die tief im Herzen aller Menschen von Maine bis Georgia wohnt, verabscheut diesen Handel.

Wenn ich meinen eigenen Gefühlen und denen meiner Nachbarn auf diese Weise Ausdruck verleihe, überschreite ich womöglich die Grenze des Schicklichen. Aber wäre es nicht noch um einiges unschicklicher, in einer Angelegenheit wie dieser kühl zu bleiben? Wir stellen lediglich fest, daß hier ein Verbrechen geplant wird, das aufgrund seiner Ungeheuerlichkeit unser Verständnis übersteigt, ein Verbrechen, das uns ebenso wie den Cherokee ein Land raubt – denn wie könnten wir die Verschwörerbande, die diese armen Indianer vernichtet, noch länger unsere Regierung nennen oder das Land, das durch ihr Fortziehen und ihren Tod verflucht ist, noch länger unser Land? Sie, Herr Präsident, werden das hohe Ansehen des Amtes, das Sie bekleiden, in den Schmutz ziehen, wenn Sie Ihr Siegel unter dieses Werk der Niedertracht setzen; und der Name dieser Nation, der bislang den süßen Beiklang von Religion und Freiheit hatte, wird der Welt ein Greuel sein.

Sie werden nicht so ungerecht sein, diesem Protest Partikularismus und Parteilichkeit zu unterstellen. Was uns dazu veranlaßt, ist das schlichte Gebot der brüderlichen Liebe, die in unserem Herzen wohnt. Wir wollen nicht, daß unsere große und feierliche Forderung nach nationaler und menschlicher Gerechtigkeit mit der dürftigen Begründung beiseite gefegt wird, es handle sich um einen Akt der Parteilichkeit. Herr Präsident, uns erscheinen die Fragen, die die Regierung und das Volk im vergangenen Jahr beschäftigt haben, wie etwa der Verfall der Währung und des Handels, vergleichsweise unbedeutend. Wiewohl es stimmt, daß diese schweren Zeiten die Diskussion darüber in jede Farm und jede Hütte des armen Mannes getragen haben, so nimmt sich dies doch nur mehr wie das Zirpen einer Grille aus angesichts der ewigen Frage, ob eine zivilisierte Rasse gegenüber einer wilden Rasse Gerechtigkeit walten lassen soll, ob dem amerikanischen Volk alle Eigenschaften wie Vernunft, Freundlichkeit, Gerechtigkeit und sogar Barmherzigkeit abgesprochen werden sollen und ob am Volk der Cherokee sowie an der menschlichen Natur eine so ungeheuerliche Schandtat verübt werden soll.

Ein Umstand schmälert mein Widerstreben, Ihre Aufmerksamkeit in Anspruch zu nehmen, und zwar meine Überzeugung, daß die Regierung auf die neue historische Tatsache, die durch die Erörterung dieses Problems an den Tag gebracht wurde, hingewiesen werden sollte: daß nämlich ein Großteil der Bevölkerung des Nordens in den moralischen Charakter der Regierung nur geringes Vertrauen setzt.

Beim Erörtern dieser Frage zeigte sich bei den Männern, die wir gemeinhin um Rat und Hilfe angehen, ein allgemeiner Ausdruck von Verzagtheit und Unglaube, ob dem Protest gegen einen Akt des Betrugs und des Diebstahls überhaupt etwas Gutes erwachsen könne. Wird die amerikanische Regierung stehlen? Wird sie lügen? Wird sie töten? – So fragen wir herausfordernd. Unsere Ratgeber und erfahrenen Staatsmänner hier im Norden sagen, noch vor zehn Jahren hätten sie ihr Leben darauf verwettet, daß man die vorgeschlagenen Indianermaßnahmen niemals ausführen werde; daß sich das ganze Land wie ein Mann dagegen auflehnen und sie unterbinden werde. Doch nun wird dieses Verbrechen so schnell, mit einer so verheerenden Geschwindigkeit verübt, daß die Millionen tugendhafter Bürger, die die Regierung als ihre Vertreter gewählt haben, keine Gelegenheit haben, einzuschreiten, und die Augen schließen müssen, bis die Weltöffentlichkeit auch noch das letzte Jammern und Klagen dieser geplagten Dörfer und Stämme mit Betrübnis vernommen haben wird.

Um Ihnen deutlich zu machen, welch alarmierende Ausmaße das Mißtrauen in Ihre Regierung angenommen hat, will ich Ihnen nicht verhehlen, daß ein Brief wie der meine, der der Exekutive die grundlegenden Pflichten eines jeden Menschen aufzeigt, im Verständnis einiger meiner Freunde etwas ungeheuer Burleskes besitzt. Herr Präsident, ich möchte Ihnen nicht auf voreingenommene Weise mit dem üblichen Mißtrauen begegnen. Aber ich möchte Sie wenigstens auf diese Tatsachen aufmerksam machen und Ihnen zeigen, wie einfache und menschenfreundliche Leute, auf deren Liebe man stolz sein dürfte, die Politik der Regierung bewerten und wie abschätzig sie die Absichten der Regierenden beurteilen. Ein Mann mit Ihrer Regierungserfahrung muß doch wohl Gelegenheit gehabt haben zu lernen, wie sinnlos es ist, sich gegen das moralische Empfinden aufzulehnen. Wie schwach auch immer der Unterdrückte und wie stark auch immer der Unterdrücker sein mögen – es liegt in der Natur der Dinge, daß der Schuß nach hinten losgehen und den Angreifer treffen wird. Denn aus diesem Empfinden spricht Gott, und ihm darf man nicht zuwiderhandeln. Der Machthaber und das Volk werden ohne dieses Empfinden untergehen; doch mit ihm und seinem Vollstrecker sind sie allmächtig.

Herr Präsident, ich schreibe Ihnen diese Zeilen, um Sie davon zu unterrichten, welchen Geisteszustand die Nachrichten über die Indianer hier wachgerüttelt hat, und um eine weitere Stimme zu sein, die Sie bittet, daß Sie, dessen Hände stark sind durch die Macht, die Ihnen von fünfzehn Millionen Menschen übertragen wurde, mit Hilfe dieser Macht das schreckliche Unrecht, das dem Stamm der Cherokee droht, abwenden mögen.

Mit größter Hochachtung, Herr Präsident, verbleibe ich als Ihr Mitbürger

Ralph Waldo Emerson

9

Oconeechee sieht Vater und Mutter
Im Himmel wieder vereint,
Da geht sie davon, ihren Liebsten zu suchen,
Spricht: Bis in den Tod bin ich dein.
Sie geht flußauf den Oconoluftee,
Flußab den Little Tennessee,
Flußauf den Nantahala,
Flußab den Hiwassee.

Der Leichnam von Tsunu lahun ski, den alle Welt als Junaluska kannte, wurde in seinem Haus auf das Feldbett gelegt, in dem er immer geschlafen hatte. Während seine Clanschwestern den Leichnam wuschen und mit Bärenöl salbten, ging Oconeechee allein in den Wald. Um die Beerdigung brauchte sie sich nicht zu kümmern, denn sie gehörte zu einem anderen Clan. Sie nahm die scharfe Schere mit, die ihre Mutter vor Jahren von einem englischen Händler gekauft hatte, und ging zu ihrem Lieblingsplatz am Wasser. Dort klagte sie und schnitt sich ihr langes schönes Haar bis kurz unter die Ohren ab. Die alten Clanschwestern zogen Junaluskas frischgewaschenem Leichnam die besten Kleider an und legten ihn in einen Sarg. Dann wurden Löcher in die Kiste gebohrt, damit die Seele entweichen konnte, und die sterblichen Überreste des alten Mannes, Der-es-versuchte-aber-scheiterte, wurden in die Erde gelegt. Seine Pfeife und seinen Tabaksbeutel legte man dazu, und er wurde begraben. Während sie alle sangen und beteten, kam Oconeechee aus dem Wald zurück und stellte sich neben das Grab. Wie die anderen warf sie eine Handvoll Erde in die Grube, aber als die anderen gegangen waren, stand sie allein dort und weinte.

Als sie wieder zum Haus kam, ging einer von Junaluskas Clanbrüdern mit einem brennenden Zedernzweig durchs Haus. Die Schwestern, die den Leichnam vorbereitet hatten, waren gegangen. Sie würden erst in vier Tagen wiederkommen. Oconeechee stand vor dem Haus. Der Clanbruder kam heraus, nachdem er seine Aufgabe erfüllt hatte, und sah sie:

»Jetzt ist alles bereit. Du kannst hineingehen.«

Als der Clanbruder fortging, blieb sie stehen und starrte auf das Haus. Sie wußte, was er meinte, das Haus war nach dem Tod durch den Zedernrauch gereinigt worden. Aber sie wollte nicht hineingehen. Ohne ihren Vater würde das Haus nicht mehr dasselbe sein. Sie hatte ihre Mutter zwar nicht gekannt, aber ein Leben ohne ihren Vater auch nicht. Plötzlich fühlte sie sich sehr allein. Sie hatte kein normales Leben unter den Cherokee geführt. Ein Kind lebte gewöhnlich bei den Verwandten seiner Mutter, und Oconeechees Mutter war keine Cherokee gewesen. Ihr Clan war der Clan der Wölfe vom Volk ihrer Mutter, aber sie kannte das Volk ihrer Mutter nicht. Sie sprach nicht ihre Sprache. Sie war allein.

Die Flammen der Kochstelle vor dem Haus waren heruntergebrannt, aber noch nicht ganz erloschen, und einem Impuls folgend beugte sich Oconeechee nieder, um ein Reisigbündel aufzuheben, dessen Ende rotglühend war. Sie blies darauf, und es stand fast in Flammen. Sie ging ins Haus und legte das Reisigbündel auf ein Feldbett, dann kniete sie sich daneben und blies wieder darauf. Schon bald brannte das Reisigbündel. Sie stand da und sah ihm eine Weile zu, und als sie sicher war, daß die Flammen um sich greifen würden, ging sie hinaus. Elaqui stand auf der Straße und sah zu. Er nickte zustimmend. Sie ging hinüber zu dem alten Mann.

»Kannst du mir sagen«, sagte sie, »wie ich nach Old Town komme?«

Im Mai 1838 kamen unter dem Kommando von General Winfield Scott siebentausend US-Soldaten mit dem Befehl in die Cherokee-Nation, die Zwangsumsiedelung der Cherokee durchzuführen.

Unter Scotts Befehlsgewalt wurden die Truppen auf verschiedene Punkte im Gebiet der Cherokee verteilt, an denen man Lager aus Palisadenzäunen errichtete, in denen die Indianer zusammengetrieben und bis zur Umsiedelung festgehalten wurden. Von dort aus wurden kleinere Suchtrupps losgeschickt, um mit Gewehren und Bajonetten auch noch die kleinste in den Buchten oder entlang der Gebirgsflüsse versteckte Hütte aufzustöbern, sämtliche Bewohner zu ergreifen und als Gefangene in die Forts zu bringen, ganz gleich, wie oder wo man auf sie stoßen würde. Familien, die beim Essen saßen, wurden vom plötzlichen Aufblitzen der Bajonette in den Türen aufgeschreckt und unter Schlägen und Flüchen den beschwerlichen meilenlangen Weg bis in die Einpfählung getrieben. Männer wurden von ihren Feldern oder von der Straße geholt, Frauen wurden von ihren Töpferscheiben weggeholt und Kinder aus ihren Spielen gerissen. Wenn sie sich bei der Überquerung des Hügelkamms umdrehten, um einen letzten Blick zurückzuwerfen, sahen viele ihre Häuser in Flammen stehen, in Brand gesteckt von dem gesetzlosen Pöbel, der den Soldaten auf dem Fuß folgte, um zu rauben und zu plündern. Diese Banditen waren so dreist, daß sie oft schon das Vieh davontrieben und andere Vorräte wegschafften, bevor die Soldaten angefangen hatten, die Besitzer in die andere Richtung davonzuführen. Dieselben Männer suchten die Gegend systematisch nach Indianergräbern ab, um silberne Anhänger und andere Wertgegenstände zu rauben, die man den Toten mit ins Grab gelegt hatte. Ein Freiwilliger aus der Armee Georgias, später

Oberst im Dienst der Konföderierten, sagte: »Ich habe im Bürgerkrieg gekämpft und mit angesehen, wie Männer in Stücke geschossen und zu Tausenden dahingeschlachtet wurden, aber die Umsiedlung der Cherokee war das Grausamste, das ich je erlebt habe.«

Als Maßnahme zur Fluchtverhinderung hatte man den Soldaten den Befehl erteilt, sich jedem Haus zu nähern und es, falls möglich, einzukreisen, um die Bewohner dann ohne Vorwarnung zu überfallen. Ein alter Familienvater, der auf diese Art überrascht wurde, rief ruhig seine Kinder und Enkel zu sich, kniete nieder und forderte sie auf, mit ihm in ihrer eigenen Sprache zu beten, während die verdutzten Soldaten schweigend zusahen. Dann stand er auf und führte sie ins Exil. Als eine Frau ihr Haus umzingelt sah, ging sie zur Tür und rief ihre Hühner, um sie ein letztes Mal zu füttern, anschließend band sie sich ihr Baby auf den Rücken, nahm ihre anderen beiden Kinder bei der Hand und folgte mit ihrem Mann den Soldaten.

(Aus: James Mooney, *Historical Sketch of the Cherokee*, 1900.)

Old Town lag an einem Bach in den Bergen. Hinter den einfachen Häusern ragten schroff die Berge auf. Die Soldaten kamen am frühen Morgen, Stunden vor Sonnenaufgang, und ritten von beiden Seiten auf ihren Pferden in die Stadt, die Gewehre im Anschlag. Auf ihren Ruf kamen die Indianer aus den Häusern. Einige liefen zu den Bergen hinter ihren Häusern, aber dort fanden sie Soldaten hinter Bäumen und Felsen versteckt, die ihre Gewehre und Bajonette auf sie gerichtet hielten. Sie liefen zurück zu dem Bach vor ihrer Stadt, und dort standen auf der anderen Seite des Baches Fußsoldaten mit ihren Gewehren und den Bajonetten im Anschlag. Kleine Kinder schrien los und liefen zu ihren Müttern. Einige fingen an zu weinen. Sie hatten lange genug Gerüchte gehört und mit der Angst gelebt. Sie wußten, was das zu bedeuten hatte. Ein Soldat auf einem Pferd begann etwas zu schreien, aber seine Sprache war den meisten Leuten von Old Town fremd, denn sie kannten nur die Sprache der Cherokee. Die Soldaten bewegten sich langsam vorwärts und kreisten die Leute ein. Das Weinen und Schreien schwoll an.

Waguli stand mitten in der Menge und teilte die Furcht der anderen. Cooweescoowee hatte gesagt, sie sollten nicht kämpfen, und die Leute von Old Town hatten gewiß nicht genug Waffen, um es mit all diesen Soldaten aufnehmen zu können, die alle mit Gewehren und Bajonetten bewaffnet waren und von denen einige ein Pferd hatten. In Old Town gab es viele Frauen und Kinder. Und noch mehr alte Menschen. Und Cooweescoowee hatte gesagt, sie sollten nicht kämpfen. Aber Cooweescoowee hatte nicht gesagt, was sie tun sollten, falls die Soldaten mit Gewehren und langen Messern auftauchen und die Leute aus ihren Häusern treiben würden. Sie hatten kein Recht dazu. Wagulis panische Angst schlug allmählich in Empörung um. Sie waren in seine Heimat einmarschiert. Sein Volk war in Gefahr. Seine Ehre und Würde waren in den Schmutz gezogen. Der Kreis der Soldaten wurde immer enger, und die Leute drängten sich voller Angst immer dichter und dichter zusammen.

Plötzlich streckte Waguli seine Hand aus, griff nach dem Lauf eines Gewehrs und drückte ihn mit der rechten Hand nach oben. Mit dem Absatz seines linken Schuhs versetzte er dem Soldaten hinter dem Gewehr einen Tritt ans Kinn. Der Angegriffene torkelte unter der Wucht des plötzlichen Schlages zurück. Er war so betäubt, daß ihm die Beine weich wurden und er fast in die Knie gegangen wäre. Ein anderer Soldat reagierte schnell, griff von links nach Waguli; Waguli warf sich auf ihn, packte ihn am Revers und schleuderte ihn zur Seite, wobei er zwei weitere Soldaten umwarf. Er drehte sich nach links und konnte gerade noch rechtzeitig einem Soldaten, der aus dieser Richtung auf ihn zustürzte, das Knie in den Magen rammen, dann lief er zum Wasser. Etliche Gewehre gingen hoch und zielten auf den Rücken des fliehenden Waguli, doch bevor sie abgefeuert wurden, schrie einer der Soldaten, die auf Pferden saßen, einen Befehl, und die Gewehre sanken wieder. Dann wendeten zwei berittene Soldaten ihre Pferde und stürmten hinter Waguli her. Er hatte den Bach schon zur Hälfte durchwatet, als der erste Reiter an seiner Seite ankam. Der Soldat hob sein Gewehr und schwang es durch die Luft und schmetterte den Kolben gegen Wagulis Hinterkopf. Waguli watete schwerfällig noch zwei Schritte durchs Wasser, dann kippte er vornüber und fiel mit dem Gesicht voran ins Wasser.

Als Waguli wieder zu Bewußtsein kam, waren ihm die Hände auf den Rücken gebunden, und ein Soldat packte ihn und stellte ihn auf die Füße. Er schwankte, fiel aber nicht hin. Man wickelte ein zweites Seil um seine Schultern und Arme und zog es so fest an, daß seine Haut brannte. Der Soldat nahm das andere Ende des Seils und stieg auf den Rücken eines Pferdes. Waguli wurde wieder klar im Kopf, und er konnte sehen, daß alle Leute in einer Reihe aufgestellt waren, Männer, Frauen und Kinder. Er befand sich auch in der Reihe, hinter dem Pferd eines Soldaten. Ganz vorne rief einer der Soldaten etwas, das Waguli nicht verstehen konnte, und die Kette setzte sich in Bewegung. Wenn die Indianer sich nicht sofort in Bewegung setzten, wurden sie von den Soldaten gestoßen und mit Bajonetten vorwärtsgetrieben. Waguli wurde von dem Soldaten gezogen, der das Seil hielt. Sie gingen bergab. Der lange Marsch hatte begonnen.

Wippoorwill ergriff die Flucht,
die Soldaten gingen ihn jagen,
er schlug sich tapfer, sagen sie,
und gab sich nicht geschlagen.
Beugen ließ Wippoorwill sich nicht,
da nahmen sie ihm seinen Stolz,
trieben ihn bis nach Oklahoma,
die Hände gebunden im Kreuz.

Oconeechee war müde. Ihre Muskeln schmerzten, und ihre Füße waren von dem langen Weg durch die unbekannten Berge geschwollen und zerschunden. Sie war auch hungrig, aber aufgrund der Wegbeschreibung, die man ihr gegeben hatte, wußte sie, daß sie fast am Ende ihrer Reise angelangt war. In Old Town würde sie Waguli wiedersehen. Dann würde sie essen und sich ausruhen, und alles wäre in Ordnung. Man würde sie Waguli zur Frau geben, und in seinen Armen würde sie wieder ihr Glück finden. Waguli würde die Einsamkeit vertreiben, die sie niedergedrückt hatte, seit ihr Vater gegangen war, um in dem Land über dem Himmelszelt ihre Mutter wiederzusehen. Oconeechee legte eine Rast ein, um wieder zu Atem zu kommen und ihre müden Glieder auszuruhen, und sie hörte von irgendwoher aus dem Dach des Waldes die spöttische Stimme eines Blauen Eichelhähers, der sich alle Mühe gab, den Schrei eines Rotschwanzbussards nachzuahmen.

»Mich kannst du nicht zum Narren halten«, sagte sie. »Ich weiß, wer du bist.«

Der Eichelhäher schrie wieder, und Oconeechee ging weiter. Eine grüne Eidechse huschte den Stamm einer Roteiche hinauf. Jeder Schritt bereitete ihr Schmerzen, aber das Feuer in ihrem Herzen ließ sie durchhalten. »Alles nimmt mit Feuer seinen Anfang«, hatte sie oft ihren Vater sagen hören, »und alles nimmt mit Feuer sein Ende.« Dieses Feuer in ihrer Brust war ein Anfang. Sie wußte das. Sie ging weiter. Eine Spottdrossel ließ sich vor ihr auf einem niedrigen Ast nieder, fast genau auf ihrem Weg. Als sie sich ihrem Sitz näherte, flatterte sie wieder davon. Dann hörte sie das Plätschern fließenden Wassers, und da wußte sie, daß sie fast angelangt war. Sie beschleunigte ihren Gang und achtete nicht auf den Schmerz, der ihr bei jedem Schritt durch die Glieder schoß. Old Town lag direkt vor ihr, und dort war auch Waguli.

Das Wasser war kalt und umspülte wohltuend ihre heißen und geschundenen Füße, als sie in den Fluß watete, um auf die andere Seite zu gelangen. Eine Bergforelle glitt an ihren Beinen vorbei, und unter den Felsen tummelten sich Flußkrebse. Ihr Körper flehte sie an, haltzumachen und in dem kühlen Wasser zu baden, aber die Flamme in ihrem Herzen und das Knurren ihres Magens sagten nein. Sie erreichte das gegenüberliegende Ufer und wendete sich flußaufwärts. Wieder beschleunigte sie ihren Gang. Gleich würde sie dort sein, gleich nach der nächsten Wegbiegung. Sie war nie in Old Town gewesen, aber Elaquis Wegbeschreibung war erstaunlich genau. Auf dem ganzen Weg hatte sie genau die Dinge gesehen, die er ihr beschrieben hatte. Daher wußte sie Bescheid. Old Town war genau hier. Sie lief weiter, ihr Atem ging schneller, und sie achtete nicht auf den Schmerz. Auch ihr Herz raste. War es die körperliche Anstrengung oder die Vorfreude? Sie wußte es nicht.

Sie nahm die Wegbiegung und sah die Stadt vor sich liegen. Sie hatte recht gehabt. Der alte Mann, Elaqui, hatte recht gehabt. Die Stadt war genau hier. Aber irgend etwas stimmte nicht. Sie eilte weiter, doch als sie näher kam, konnte sie sagen, was an dem Anblick nicht stimmte. Niemand rührte sich. Sie sah kein Leben. Sie hielt an und starrte ungläubig hinüber, dann ging sie langsam auf die verlassene Stadt zu. Von irgendwoher drang das Bellen eines Hundes herüber, ein einsamer, jammervoller Laut. Schließlich stand sie mitten in der Stadt. Sie blickte sich verzweifelt um, aber da war niemand, an den sie sich hätte wenden können.

»Waguli«, sagte sie. »Waguli?«

Die einzige Antwort war das klägliche Gebell des unsichtbaren Hundes. Dann wurde ihr langsam die schreckliche Wahrheit bewußt, das Undenkbare wurde zum klaren Gedanken, und sie sprach ihn mit zitternder Stimme aus:

»Die Soldaten sind gekommen«, sagte sie.

10

Wir hatten gerade unser Mittagessen beendet. Es gab gebratenes Eichhörnchen und Kartoffelbrei mit Bratensoße und Mais und braune Bohnen, und es schmeckte alles richtig gut. Großmama kochte nie etwas, das nicht richtig gut war. Und als Beilage hatten wir in der Pfanne gebratenes Maisbrot und danach ein paar dicke Zimtröllchen, für die Großmama im ganzen Reservat bekannt ist. Ich hatte den Bauch so voll, daß ich mich irgendwo hinlegen und einen Verdauungsschlaf machen wollte wie ein alter Hund, aber Großpapa stand vom Tisch auf und ging in sein Büro, nahm seine Pfeife und seinen Tabaksbeutel und steckte sie in die Tasche.

»Komm, chooj*«, sagte er. »Laß uns einen Spaziergang machen.«*

*Egal, wohin man von Großpapas Haus aus geht, man muß entweder bergauf oder bergab gehen. In dieser Gegend gibt es ganz einfach keine Stelle, an der es flach ist. Diesmal gingen wir bergab und kamen schon bald in den Wald. Großpapa lief geradewegs ins Blaue, als wolle er nicht an einen bestimmten Ort und als habe er keine Eile, dort anzulangen. Und das war mir ganz recht so, denn mein Bauch war so voll, daß ich ganz gewiß keine Eile hatte. Einmal machte Großvater halt und blieb ganz still stehen. Ich stellte mich neben ihn, und er legte mir die Hand auf die Schulter, und mit der anderen deutete er nach oben auf eine schlanke Birke. Ich weiß genau, daß es eine Birke war, denn das ist einer der wenigen Bäume, die ich erkennen kann. Und er sagte: »*Galegi.*« Da war die größte schwarze Schlange, die ich je gesehen habe, und sie schlän-*

gelte sich Zoll für Zoll den Baum hinauf. Ich hatte noch nie eine Schlange einen Baum hinaufklettern sehen, und das machte mich nervös. Ich war zwar irgendwie daran gewöhnt, beim Gehen darauf zu achten, nicht auf eine Schlange zu treten, aber ich hatte nie daran gedacht, daß auch über meinem Kopf welche sein könnten. Ich nehme an, Großpapa konnte sehen, wie mir zumute war, denn er lächelte einfach nur ein wenig und klopfte mir auf den Rücken.

»Die interessiert sich nicht für uns«, sagte er. »Wir sind ihr ein bißchen zu groß zum Runterschlucken. Komm weiter.«

Wir gingen ein Stück weiter, tiefer in den Wald hinein, und dann blieb Großpapa wieder stehen. Er sah um sich auf den Boden, bis er den rechten Fleck gefunden hatte, dann setzte er sich zwischen die dicken, bloßliegenden Wurzeln eines alten Baumes und lehnte sich zurück gegen den Stamm. Er holte seine Pfeife und seinen Tabak heraus und zündete sich ein Pfeifchen an. Weit in der Ferne konnte ich das Hämmern eines Spechtes hören, und überall um mich herum hörte ich ein Dutzend verschiedener Vögel ihr Lied singen und das erboste Geschnatter der Eichhörnchen. Das schien mir ein guter Augenblick für Großpapa, mit der Geschichte fortzufahren, die er mir über Whippoorwill und Oconeechee erzählt hatte, und so war ich ganz begierig, mehr davon zu hören, aber Großpapa lehnte einfach nur an seinem Stamm und paffte sein Pfeifchen. Meine Geduld war schon völlig erschöpft. Ich konnte es einfach nicht mehr aushalten.

»Großpapa«, sagte ich, »haben sie alle Cherokee gefangen?«

»Wer?«

»Diese Soldaten«, sagte ich, und ich glaube, in meiner Stimme klang zumindest ein bißchen Ärger mit, denn ich wußte, daß er wußte, wovon ich sprach. Er machte das einfach immer so, wenn ich ihm eine solche Frage stellte. »Die Soldaten, die Whippoorwill gefangen hatten. Haben sie alle Cherokee gefangen?«

»Nein«, sagte er, »nein, sie haben sie nicht alle gefangen. Wenn sie das getan hätten, dann würden wir heute nicht hier sitzen. Nicht hier an diesem Fleck. Wir würden dann wohl irgendwo herumirren. Vielleicht. Aber wahrscheinlich wären wir unten in

Oklahoma oder in Kalifornien, wo ein paar von ihnen hingekommen sind, aber hier wären wir nicht.«

Er streckte sein rechtes Bein aus und griff tief in seine große Hosentasche, um sein Taschenmesser herauszuholen, und dann klappte er die größte Klinge auf. Er hielt mir das Messer hin.

»Hier«, sagte er. »Siehst du die Gleditschie da drüben?«

Ich nahm das Messer und sah dorthin, wo ich dachte, daß er hinsah, aber ich wußte nicht, wie eine Gleditschie aussieht. Ich wußte nicht, welchen Baum er meinte.

»Nein«, sagte ich, ging aber zu einem der Bäume hinüber. »Der hier?«

»Nein, chooj, *der nächste. Der mit den roten Schoten, die wie Bohnen aussehen.«*

Ich ging hinüber und legte meine Hand auf die Gleditschie.

»Genau. Und jetzt schneide mir diesen niedrigsten Ast da ab.«

Ich streckte mich und legte meine Hand um einen niedrigen Ast und sah wieder zu Großpapa hinüber.

»Ja«, sagte er. »Schneid ihn sauber ab, und zwar ganz nah beim Stamm. Gut so. Genau da.«

Ich hielt den Ast so fest gepackt, wie ich konnte, und schlug die Schneide des Messers ins Holz.

»Die Soldaten kamen zu einer ganzen Familie. Sie saßen alle zusammen beim Essen. Der alte Mann hieß Tsali. Tsali und seine Frau hatten zwei erwachsene Söhne und einen kleinen Sohn. Tsalis Bruder und dessen Frau und Kinder waren auch dabei, und Tsalis zwei erwachsene Söhne hatten auch Familie. Sie waren alle zu Besuch und saßen zusammen beim Essen, als die Soldaten kamen. Nun ja, keiner in Tsalis Familie konnte Englisch sprechen oder auch nur ein Wort davon verstehen, aber sie wußten sicher gut genug, was diese Soldaten wollten. Er wollte nicht, daß jemand aus seiner Familie verletzt würde. Und so befahlen ihnen die Soldaten, sich in eine Reihe zu stellen, auf der Straße, die den Berg hinunterführt.«

»Genau so wie bei Whippoorwill«, sagte ich.

»Genau so. Sie mußten ihr Essen auf den Tischen stehenlassen und all ihre sonstigen Kleider und Decken. Sie mußten all ihr Hab

und Gut zurücklassen. Die Soldaten ließen es nicht zu, daß sie irgend etwas mitnahmen. Und dann ließen sie sie den Berg hinuntergehen.

Nun, ich nehme an, Tsalis erwachsene Söhne wurden ganz schön wütend und wollten mit diesen Soldaten kämpfen, aber ihr Vater sagte ihnen immer wieder, sie sollten tun, was die Soldaten wollten, und nicht kämpfen. Er wollte nicht, daß irgend jemand verletzt würde. Außerdem hatte er gehört, daß Häuptling John Ross gesagt hatte, er wolle nicht, daß irgendein Cherokee mit den Soldaten kämpft, und er wollte tun, was der Häuptling gesagt hatte.

Tsali wurde damals schon langsam alt. Oh, er war wahrscheinlich nicht so alt wie ich, aber er wurde alt und seine Frau ebenso, und sie lief nicht so schnell, wie die Soldaten das wollten. Und da hat wohl einer der Soldaten der alten Frau mit seinem Bajonett eine Art kleinen Stoß in den Rücken versetzt. Er dachte wahrscheinlich, das sei komisch. Aber Tsali fand das überhaupt nicht komisch. Nicht die Spur. Genauso, wie ich das nicht komisch finden würde, wenn irgend jemand deiner Großmama etwas dergleichen antun würde. Nein, Sir, ich würde wahrscheinlich genau das tun, was der alte Tsali tat.«

Großpapa hatte soviel geredet, daß ihm die Pfeife ausgegangen war, daher hörte er auf zu reden und kramte in seiner Tasche nach einem Streichholz. Unterdessen war es mir gelungen, den Ast, den er haben wollte, von der Gleditschie abzuschneiden. Ich hatte mich wieder neben ihn gesetzt, um die Geschichte weiterzuhören. Er zündete seine Pfeife wieder an und nahm ein paar Züge.

»Was war das, Großpapa?« fragte ich.

»Was? Was war was?«

Großpapa sah sich um, als würde er versuchen, herauszufinden, was ich gesehen hatte, aber er wußte, was ich meinte. Er wußte, daß ich nichts gesehen hatte.

»Was tat Tsali?« fragte ich.

»Oh, na ja, er brüllte auf Cherokee: ›Packt sie!‹ und sprang auf den Soldaten los, der seine Frau gestoßen hatte. Und sein Bruder und alle seine Söhne sprangen jeder auf einen Soldaten los. Sie nah-

men ihnen die Gewehre ab und schlugen sie nieder, und die Soldaten sprangen alle auf und liefen Hals über Kopf den Berg hinunter wie verschreckte Kaninchen.«

Ich lachte laut los bei der Vorstellung, wie die Soldaten vor Tsali und seiner Familie wegliefen, den Berg hinunter, und Großpapa machte eine kleine Pause, um mir meinen Spaß zu lassen.

»Aber einer von ihnen stand nie wieder auf«, sagte er, und ich hörte auf zu lachen. »Ein Soldat war tot.«

»Wer hatte ihn getötet?« fragte ich.

»Oh, ich weiß nicht. Vielleicht war es Tsali. Vielleicht hatte er den Soldaten getötet, der seine Frau gestoßen hatte. Irgendwie gefällt mir der Gedanke, daß es so war, aber ich weiß es nicht wirklich. Ich glaube, niemand weiß das. Vielleicht war es einer der anderen, sein Bruder oder einer seiner Söhne. Wie auch immer, einer von ihnen hatte einen Soldaten getötet, und die anderen Soldaten waren alle verschreckt davongelaufen, und so machten Tsali und seine Familie kehrt und gingen wieder den Berg hinauf, aber sie gingen nicht zurück nach Hause. Vielleicht gingen sie beim Haus vorbei, um ein paar Dinge mitzunehmen, aber sie blieben nicht dort. Sie gingen hinauf in die Berge, so weit hinauf, daß sie dachten, die Soldaten würden sie nie dort finden, und auf dem Weg begegneten ihnen einige ihrer Freunde, und sie nahmen sie mit. Schon bald waren sie eine recht große Schar da oben. Nicht ganz so viele, wie gefangen wurden, aber eine recht große Schar.«

»Und die Soldaten konnten sie nicht finden?« fragte ich.

»Nein, das konnten sie nicht. Aber sie waren Tsali und seiner Schar sehr böse gesinnt. Und als sie fast alle zusammengetrommelt und in die Umzäunung getrieben hatten, fanden sie Wil Usdi, den kleinen weißen Mann, der mit den Cherokee aufgewachsen war und der Cherokee sprechen konnte, und sagten ihm, er solle gehen und Tsali suchen. Sie sagten ihm, er solle Tsali sagen, wenn er und sein Bruder und seine Söhne sich ergeben würden, würden sie aufhören, Jagd auf die Cherokee zu machen. Die wenigen, die sich dort oben in den Bergen versteckten, könnten dort bleiben, zumindest für eine Weile, bis die Regierung einen Entschluß gefaßt hätte, was

mit ihnen geschehen soll. Der große General dachte, es seien so wenige, daß es wirklich nicht so darauf ankomme. Und so ging Oberst Thomas – so wurde Wil Usdi von den weißen Männern genannt – und fand Tsali und die anderen und überbrachte ihm diese Botschaft.«

»Was hat Tsali dann gemacht?« fragte ich.

Großpapa nahm den Ast der Gleditschie, den ich ihm geholt hatte, und schnitzte mit seinem Taschenmesser daran herum. Er schnitt kleine, etwa sechs oder sieben oder acht Zoll lange Stücke heraus und legte sie beiseite.

»Er besprach es mit seiner Familie, und sie ließen sich auf den Handel ein. Sie wußten, daß die Soldaten sie töten würden, weil sie diesen Soldaten getötet hatten.«

»Aber er hatte es doch darauf angelegt«, sagte ich. »Er hatte es selbst provoziert.«

»Vielleicht, chooj, aber die Soldaten sahen das anders. Sie rammten vier Pfähle in die Erde, und an den einen banden sie Tsali; und die anderen drei Männer, seine beiden Söhne und seinen Bruder, banden sie auch jeden an einen Pfahl. Sie entschieden, daß Tsalis kleiner Sohn noch zu jung war, und ließen ihn am Leben. Sie hatten ein paar Cherokee aus der Umzäunung geholt und machten sie zum Erschießungskommando. Sie befahlen ihnen, Tsali und die anderen zu erschießen. Ich nehme an, sie taten das, damit die Cherokee begreifen würden, daß sie sie völlig in der Hand hatten. Sie konnten nichts tun. Sie konnten nichts sagen. Sie mußten tun, was ihnen gesagt wurde – wie Hunde.«

Ich wurde so wütend, daß mir die Tränen in die Augen schossen, aber ich sagte nichts, denn ich hatte Angst, wenn ich es täte, würde Großpapa an meiner Stimme merken, daß ich weinte, und ich wollte nicht, daß er das weiß, also blieb ich einfach stumm und sah zu Boden und hörte zu.

»Aber ein Versprechen hielten sie«, sagte er. »Sie verfolgten die anderen nicht. Die paar, die oben in den Bergen waren. Und dort war auch Oconeechee – oben bei ihnen in den Bergen.«

Waguli war den ganzen Weg von Old Town den Berg hinunter gelaufen, hatte Gebirgsflüsse durchquert und war über die Ebene zu der Umzäunung gegangen. Als er sie aus der Entfernung sah, dachte er zuerst, es sei ein Fort der Armee. Es war ein aus Baumstämmen errichteter, quadratischer Palisadenzaun. In einer Ecke stand ein Wachturm. Beim näheren Ansehen erkannte Waguli, daß die Umzäunung für ein Fort zu klein war. Und als das Tor geöffnet und er mit den anderen hineingetrieben worden war, erkannte er, daß es nur ein Zaun war. Es war nichts darin – keine Häuser, keine Hütten, nicht einmal Stühle oder Bänke. Es waren nur Leute darin, Leute vom Volk der Cherokee, Männer, Frauen und Kinder jeden Alters. Sie waren in diesem faulig riechenden Gehege zusammengedrängt worden. Die Frauen klagten, und die Kinder weinten und schrien vor Angst und vor Hunger und Qual.

Auf dem ganzen langen Marsch hatte Waguli eine immer heftiger werdende Wut und bitteren Haß genährt. In diesem behelfsmäßigen, provisorischen Gefängnis überfiel ihn plötzlich ein solches Grauen vor der Unmenschlichkeit ihrer Häscher, vor ihrer kalten Gleichgültigkeit gegenüber menschlichem Leid, vor ihrer gleichgültigen Hinnahme von so viel Elend und Grauen, zu dem sie bereitwillig beitrugen. Das Grauen wandelte sich in Ekel, eine große, dumpfe Übelkeit, die ihm tief in den Eingeweiden und im Herzen saß. Wenn er doch nur all die Übelkeit herauskotzen könnte, dachte er – aber natürlich konnte er das nicht. Er wußte, er könnte sein Innerstes hervorwürgen, aber das Schauspiel, das sich ihm ringsum bot, würde sich nicht ändern. Er sah sich um, bis er an der Wand ein freies Fleckchen fand, setzte sich mit hochgezogenen Knien in den Schmutz und ließ den Kopf tief auf die Brust hängen. Er schloß die Augen, aber er konnte immer noch den Schmutz riechen, konnte immer noch das Klagen und Weinen und Schreien hören. Jemand löste ihm die Fesseln von den Armen, aber er saß ganz benommen da, als habe ihn ein Schlag betäubt, nahm den Akt der Güte kaum zur

Kenntnis und achtete nicht einmal darauf, wer die gute Tat vollbracht hatte. Er würde lieber sterben als an diesem Ort bleiben, dachte er. Er beschloß, daß er nicht bleiben würde.

Er begann zu graben. Der weiße Mann hatte ihn wie einen Hund behandelt, also, so dachte er, würde er sich auch wie einer verhalten. Er würde ein Loch unter dem Zaun graben, hindurchkriechen und weglaufen. Die Erde war hart und steinig, und bald waren seine Finger krumm und bluteten, aber er grub weiter. Er wünschte, er hätte Hundekrallen an den Fingern. Zuerst sahen ihn nur ein paar wenige, dann noch ein paar mehr. Sie schlossen sich zu einer dichten Menge zusammen, um einen Schutzwall gegen die Blicke der Wächter im Turm zu bilden. Nach einiger Zeit kniete sich jemand nieder, um ihm zu helfen, dann wieder ein anderer. Als die Nacht hereinbrach, hatten sie zwischen den Pfählen ein Loch gegraben, und als es dunkel war, schaufelten sie sich den Weg ins Freie. Waguli legte sich auf den Rücken und ließ sich zuerst mit den Armen, dann mit dem Kopf und den Schultern in das Loch hinab. Er schlängelte sich auf dem Rücken hindurch und schob sich mit den Absätzen voran. Die rauhen Spitzen der Zaunpfähle schürften ihm das Fleisch von Brust und Bauch auf, als er sich unter dem Zaun hindurchzwängte. Seine Arme waren frei. Niemand griff nach ihnen. Dann war sein Kopf durch, aber er konnte immer noch nicht um sich schauen. Er rechnete mit einem Schlag, einem Tritt, einem Schuß, aber es kam niemand. Schließlich war er ganz durch, kam schnell auf die Beine, ging in die Hocke und sah sich um. Es waren keine Soldaten in der Nähe. Das Herz schlug ihm in der Brust. Das Blut schien ihm durch die Adern zu rauschen. In der Ferne sah er die Lagerfeuer der Soldaten im Dunkel der Nacht glühen. Sie wollten nicht in der Nähe des Gestanks bleiben, dachte Waguli. Ein anderer Indianer tauchte in dem Loch auf, und Waguli rannte davon.

II

Waguli hörte Schüsse hinter sich, aber er sah sich nicht um. Er rannte. Er befand sich in einer Gegend, die er nicht kannte, daher wußte er gar nicht, wohin er rannte, aber er rannte. Er rannte, um die Lagerfeuer der Soldaten hinter sich zu lassen, um in der Dunkelheit abzutauchen, um aus dem Blickfeld dieser grausamen weißen Männer zu verschwinden. Er rannte. Er hörte die weißen Männer hinter ihm rufen. Die Worte konnte er nicht verstehen, aber den Zorn und die Aufregung in ihrer Stimme verstand er sehr wohl. Er rannte. Dann hörte er die Pferde, hörte das Stampfen ihrer Hufe, während sie immer näher kamen, hörte das Schnaufen der großen Tiere, die auf seiner Höhe angelangt waren.

Dann kam der heftige Schlag, der Hieb, der ihn zu Boden warf, als ihn der große *soghwili* mit voller Wucht umrannte, ihn zur Seite warf und zu Boden schleuderte, mit dem Gesicht ins Dunkel hinein. Er sah den Boden nicht auf sich zukommen, weil alles um ihn herum schwarz war. Er spürte ihn nur, als er in seinem Fall plötzlich dagegenprallte. Als er aufkam, rollte er wie eine Kugel weiter, und ein zweites Tier trampelte über ihn hinweg, während er weiterrollte, und trat ihn und hätte ihn mit seinen scharfen, eisenbeschlagenen Hufen ums Haar zu Tode getrampelt. Das Pferd schrie und wieherte und schien darüber, daß es ihn nur knapp verfehlt hatte, fast ebenso erschrocken wie Waguli. Waguli versuchte verzweifelt, wieder auf die Füße zu kommen, um den Reiter des verschreckten Tieres anzugreifen und ihn vom Pferd zu ziehen, doch schon fühlte er den beißenden Schlag einer Lederpeitsche auf seinem Rücken. Er wirbelte herum, um sich dem, der diese Waffe geschwungen hatte, entgegenzustellen, aber der andere Soldat, der ebenso bewaffnet war, hatte sein Tier wieder unter Kontrolle und versetzte Waguli einen Peitschenhieb auf die Schultern. Ein dritter berittener Soldat kam herbei und dann ein vierter. Waguli fand sich umzingelt von stampfenden, schnaubenden Biestern, auf denen weiße Teufel mit Peitschen saßen. Sein Geist sagte ihm, er solle einen der beißenden Stränge packen, sobald er getroffen würde, und fest daran ziehen, um zumindest einen der Folterknechte zu Boden zu zerren, doch jedesmal, wenn er die Hand nach einem austreckte, biß ihm schon ein anderer ins Fleisch.

Schließlich stolperte er und fiel auf die Knie. Er kauerte sich dort zusammen, während weitere Hiebe seinen Rücken peitschten, bis eine scharfe Stimme im Befehlston der Folter Einhalt gebot. Es gab eine Pause, dann fühlte er, wie ihm die Arme auf den Rücken gedreht wurden, wie rauhe Seile um seine Fäuste gewickelt und fest angezogen wurden, fühlte, wie sie ihm erneut ins Fleisch schnitten. Wieder war er ein Gefangener. Wieder war er gefesselt.

Oconeechee stand allein in Old Town. Es gab nicht viele Anzeichen von Gewalt. Unter dem Vordach eines Hauses war in einer Ecke ein Pfahl herausgerissen worden, so daß es zusammenbrach. Es gab kein Zeichen von Plünderung. Das persönliche Hab und Gut der Leute befand sich noch immer in ihren Häusern. Aber es war kein Mensch da. Kein Waguli war da. Der Hund bellte immer noch. Oconeechee sank auf die Knie und fing an zu klagen. Langsam, vorsichtig tauchte hinter der Ecke eines leeren Hauses in ihrem Rücken eine einsame Gestalt auf. Er betrachtete sie. Er hörte ihr zu. Und dann, als sie eine Pause machte, um Atem zu holen, sprach er:

»Bist du eine Cherokee?«

Oconeechee hörte auf zu jammern und war vor Schreck ganz erstarrt. Aber die Stimme sprach Cherokee.

»Ja«, sagte sie, drehte sich aber nicht um.

»Wer bist du?«

»Mein Name ist Oconeechee.«

»Diesen Namen habe ich noch nie gehört«, sagte die Stimme.

Oconeechee stand auf und wandte sich um, um sich den Fremden anzusehen, der ihr diese Fragen gestellt hatte.

»Ich bin keine richtige Cherokee«, sagte sie. »Ich gehöre zum Wolfsclan eines anderen Volkes. Zum Volk meiner Mutter. Mein Vater war Tsunu lahun ski aus Soco Gap.«

»Ah«, sagte der Mann. »Ich habe von ihm gehört. Er ist ein großer Mann.«

»Er weilt nicht mehr unter uns auf der Erde«, sagte Oconeechee, »und ich bin allein zurückgeblieben. Ich kenne das Volk meiner Mutter nicht. Ich spreche nicht ihre Sprache. Ich bin als Cherokee aufgezogen worden, und doch gehöre ich zu keinem Cherokeeclan. Ich bin allein. Ich wollte Waguli aus dieser Stadt hier heiraten, deshalb bin ich gekommen, um ihn zu suchen.«

»Er ist weggegangen«, sagte der Fremde. »Alle sind weg. Die Soldaten sind gekommen und haben sie mitgenommen. Ich war unterwegs beim Jagen. Als ich nach Hause kam, habe ich das hier vorgefunden. Mein Name ist Wildcat. Ich gehöre zum Volk der Hirsche. Meine Frau und meine Kinder haben hier gelebt. Meine Eltern. All meine Freunde. Meine Verwandten.«

»Mein Waguli war alles, was ich noch besaß. Was sollen wir tun?«

»Wir müssen hier weg«, sagte Wildkatze. »Ich habe gehört, wenn die Soldaten fort sind, kommen die Leute aus Georgia, um alles zu stehlen. Manchmal kommen sie gleich hinter den Soldaten her. Sie sind noch nicht hiergewesen, aber sie können jede Minute kommen.«

»Wir können uns in den Wäldern verstecken«, sagte Oconeechee.

»Zuerst brauchst du ein paar neue Kleider. Wir können dir aus meinem Haus welche holen, dann kann ich von dort auch gleich ein paar Dinge mitnehmen. Wir nehmen alles mit, was wir gebrauchen können. Komm mit mir. Beeil dich.«

Oconeechee folgte Wildcat zu seinem Haus, wo er für sich ein paar Kleider zum Wechseln holte, seinen Tabak, seine Pfeife und seine Waffen. Er fand ein Kleid für Oconeechee. Es war aus weichem Rehleder gemacht. Oconeechee dankte Wildcat und lief mit dem Kleid zum Bach. Sie nahm schnell ein Bad, dann zog sie sich ihr neues Kleid an. Wildcat kam aus dem Haus und hatte seine Habe zu einem Bündel zusammengebunden.

»Bist du fertig?« fragte er.

»Wo wollen wir hingehen?«

»Ich habe gehört, daß ein paar unserer Leute sich oben in den Bergen in den alten Höhlen versteckt haben, wo die weißen Männer sie niemals finden werden. Aber ich denke, ich kann sie finden. Laß uns gehen, bevor die Leute aus Georgia kommen.«

»Ich finde es fürchterlich, daß sie alle Dinge aus deiner Stadt stehlen, und wir können nichts dagegen tun«, sagte Oconeechee.

»Wir wollen dafür sorgen, daß sie nur die Asche bekommen«, sagte Wildcat.

Zuerst steckte er sein eigenes Haus in Brand, dann half er dem Feuer, sich in der ganzen Stadt auszubreiten. Sie sahen sie brennen, und dann gingen sie.

Waguli war wieder in der Einpfählung, seine Hände waren ihm immer noch auf den Rücken gebunden, die Wunden in seinem Fleisch schwärten ebenso wie die Bitterkeit in seinem Herzen. Er saß wieder wie zuvor, lehnte mit hochgezogenen Knien an den Pfählen und ließ den Kopf hängen. Doch diesmal hatte man dem Wächter im Turm befohlen, auf Waguli aufzupassen. Man wußte jetzt, daß er ein Unruhestifter war. Niemand durfte zu ihm hingehen. Sollte ihm jemand zu nahe kommen, würde der Wächter rufen und mit dem Gewehr zielen. Dann würden die anderen sich in sichere Entfernung bringen. Zur Essenszeit kam ein Soldat in die Umzäunung und brachte Waguli halbrohes, gesalzenes Schweinefleisch, das ein Mitgefangener ihm füttern sollte. Waguli weigerte sich, das Fleisch des weißen Mannes zu essen, und schon bald machten sie sich nicht einmal mehr die Mühe, ihm welches anzubieten. Seine Eingeweide machten ihm durch ihr Geknurre klar, wie hungrig er war, aber der bohrende Schmerz in seinem Magen war für Waguli irgendwie befriedigend. Er beschloß, sich zu Tode zu hungern.

Sie brachen seine edle Gesinnung
Und füllten sein Herz mit so viel Pein,
Daß Oconeechee nur noch bliebe
Ein halber Mann.
Whippoorwill, Whippoorwill,
Weißt du nicht, daß sie dich suchte?
Sie suchte dich in Berg und Tal
Warum du fort bist, weiß sie nicht.
Fühlst du die treue Liebe nicht, Whippoorwill?

Er versuchte, sich auf seinen Schmerz und Hunger zu konzentrieren. Er hielt weiter den Kopf gesenkt und die Augen geschlossen. Er versuchte, das, was er in der Einpfählung sah, hörte und roch, aus seiner Wahrnehmung auszugrenzen und ebenso die Bilder in seinem Kopf und den Schmerz, den die schöne Tochter des alten Tsunu lahun ski, die liebliche Oconeechee, die einzige Liebe seines Lebens, in seinem Herzen hinterlassen hatte. Doch alle seine Versuche schlugen fehl. Ein schreiendes Kind zwang ihn, die Augen zu öffnen, und dann sah er all das menschliche Elend um sich herum. Er sah, wie ein Soldat die Whiskeyflasche brachte und eine junge Cherokeefrau damit vor die Umzäunung lockte. Er sah sie später wieder zurückkommen, sie war zu lange fort gewesen, um nur einen Mann befriedigt zu haben, und torkelte trunken vom Wasser des verrückten weißen Mannes und von der Wollust des weißen Mannes. Er sah ein Kind, das an Ruhr erkrankt war, und als er es später wiedersah, war es tot. Er sah die junge Frau, die in einem verzweifelten Versuch, dem Schmerz zu entkommen, den Whiskey getrunken hatte, bewußtlos in ihrem eigenen Erbrochenen liegen. Und wenn er die Augen schloß, dann sah er sie immer noch. Die Bilder schwammen in seinem Kopf und wurden um so intensiver, je heftiger er die Augenlider zusammenkniff.

Er hörte die Kinder schreien und die Frauen jammern und klagen, weil sie nichts tun konnten, um ihren Kleinen den Schmerz und den Hunger und die Angst zu nehmen. Er hörte das Stöhnen der alten Männer und Frauen, die tapfer versuchten, ihr Leid mit Geduld zu tragen. Und er hörte das Gelächter und die Flüche der Soldaten und dachte, er müsse platzen vor lauter angestauter Wut. Aber schlimmer als alle körperlichen Übel, als seine schmerzenden Wunden, schlimmer als das Tosen des Grauens in seinen Ohren und die entsetzlichen Bilder vor seinen Augen – schlimmer als all das war der Gestank. Der üble Geruch nach Exkrementen, nach den Ausdünstungen kranker Körper, der Geruch nach Tod, der ranzige Gestank nach verdorbenem Fleisch, der überall herrschende scharfe Geruch nach ungewaschenen Leibern, die in zu großer Enge zusammengedrängt waren, all das zusammen verursachte einen so atemberaubend fauligen Gestank, daß es einem Angriff auf seine Nase und Lunge gleichkam und einer grausamen und boshaften Beleidigung der Würde des Menschen.

Doch das Schlimmste war der Schmerz, der in ihm hochstieg, wenn er an Oconeechee dachte. Er fragte sich, wo sie wohl sein mochte. War sie in einem Lager wie diesem? Oder war sie tot? Er versuchte, sich ihre Schönheit ins Gedächtnis zu rufen, und dann versuchte er, das Bild aus seinem Geist zu verscheuchen. Wenn er nur wüßte, daß sie irgendwo in Sicherheit war, dann könnte er diese Hölle des weißen Mannes vielleicht ertragen. Oder wenn er wüßte, daß sie tot war, dann könnte er seinen Haß schüren, ihn nähren und wachsen lassen. Er sehnte sich danach, weinen zu können – oder sich zu übergeben. Beides war ihm unmöglich. Sein ganzes Sein, sein körperliches und geistiges Sein, war ein massiver, dumpfer Schmerz. Allmählich wurden ihm diese Ereignisse in ihrer ganzen Bedeutung klar, und es war wie eine Überschwemmung, wie ein Erdbeben. Es war mehr als nur das Unglück von Waguli und Oconeechee, mehr als das grausame, sinnlose Leid all der Jammergestalten, die in dieser Umzäunung hausten, mehr als die Diebstähle und Tode. All das war schlimm genug, und doch war es mehr als all das zusammen. Es war wie das Jüngste Gericht.

Sie waren zum Wasser gegangen, und sie hatten alles richtig gemacht. Der alte Mann hatte darüber gewacht. Sie hätten gerettet werden müssen. Früher hatte die Zeremonie immer gewirkt. Das Volk hatte danach immer einen Aufschwung erlebt. Sie war noch nie zuvor fehlgeschlagen. Wenn der Gang zum Wasser sie nicht retten konnte, dann konnte sie gar nichts retten. Es gab keine Hoffnung. Überhaupt keine. Nichts als Niederlagen, Elend, Verzweiflung und Tod.

Dann erinnerte er sich an den alten Propheten, den er in Red Clay gehört hatte. Er versuchte, sich an die genauen Worte des alten Mannes zu erinnern. Was hatte er gesagt? Die Worte kehrten ihm wie in einer Art Vision ins Gedächtnis zurück. Wie damals sah er den alten Mann Gestalt annehmen, sah die beiden schwarzen Wölfe an seiner Seite, hörte ihn die prophetischen Worte sprechen, mit denen er sie vor dem drohenden Schicksal warnte.

> Ich sehe, wie Cherokee zu Weißen werden. Ich sehe Kleider des weißen Mannes, Waffen des weißen Mannes. Ich höre die Leute reden wie weiße Männer. Wenn wir unser Gleichgewicht bewahren wollen, müssen wir Cherokee bleiben. Wenn ihr die Dinge behaltet, die ihr vom weißen Mann bekommen habt, werden die Cherokee alle in den Westen vertrieben werden, ans Ende der Welt, ins Land, wo es dunkel wird. Wollt ihr hierbleiben, wo ihr hingehört? Dann hört mir zu.
>
> Werft eure Stahlmesser fort, eure Eisenkrüge und Gewehre. Verbrennt die Kleider des weißen Mannes, die ihr am Leibe tragt. Werft die Glasperlen fort, mit denen ihr euch schmückt, und lernt wieder, wie ihr die Stacheln des Stachelschweins bearbeiten müßt, um Schmuck daraus zu machen. Tötet eure Katzen und Hunde und Pferde. Seid Cherokee. Das ist der einzige Weg, wie ihr gerettet werden könnt.

Das war die Antwort. Hätte das Volk doch nur auf den alten Mann gehört. Er dachte über die Leute in Soco Gap nach, wie sie ihr Haar trugen, wie sie sich kleideten, erinnerte sich daran, wie er selbst gedacht hatte, daß sie aussahen wie Weiße und sich auch so benahmen. Er sagte sich, daß sie selbst schuld waren. Aber dann dachte er an sein eigenes Stahlmesser und erinnerte sich, wie stolz er anfangs gewesen war, als er es sich gekauft hatte. Er dachte an all die Stahltöpfe in Old Town und an all die Glasperlen, die er selbst an seiner Kleidung trug. Wir sind alle schuld, sagte er sich. Keiner von uns hatte auf die Warnung gehört. Jetzt ist es zu spät.

Wagulis Zorn begann abzukühlen. Doch nun wurde ihm das Herz unsäglich schwer, und er fühlte jämmerliche Reue. Dann sah er, wie ein weißer Mann in die Umzäunung trat und zwischen den Cherokee herumging. Er schien betroffen und voller Mitleid. Er war kein Soldat, aber schon bald gesellten sich Sodaten zu ihm, sie öffneten die Tore und führten eine kleine Zahl Frauen und Kinder nach draußen. Waguli fragte sich, wohin man sie wohl bringen würde. Er fragte sich, ob man später noch andere wegbringen würde. Bald kamen sie zurück, und es wurden wieder andere nach draußen gebracht.

»Sie bringen sie zum Baden an den Fluß«, hörte er jemanden auf Cherokee sagen. »Der Priester hat das angeordnet.«

Nachdem man allen Frauen und Kindern erlaubt hatte, zum Fluß zu gehen, wurden die alten Leute nach draußen gebracht, jene, die zum Laufen noch nicht zu krank waren. Schließlich durften die jungen Männer gehen. Der Priester und die Soldaten kamen zu Waguli, und der Priester sagte etwas zu den Soldaten. Die Soldaten schienen zu protestieren, aber der Priester wurde immer bestimmter. Waguli wurde hochgezogen und auf die Füße gestellt, und es wurden ihm die Fesseln von den Händen genommen.

»Komm, mein Sohn«, sagte der Priester, und Waguli war überrascht, daß ein Weißer Cherokee sprach. Er ließ sich mit den anderen zum Fluß führen, watete in das wohltuende Wasser und badete seine Wunden. Er hatte gebadet, aber er fühlte sich schmutzig, sobald er wieder in der Umzäunung war. Wieder band ihm der Soldat die Fäuste zusammen. Wieder schnitt ihm das Seil in sein immer noch offenes und zartes Fleisch. Doch diesmal wurden die Fesseln nicht so grausam fest angezogen. Bei der nächsten Essensausgabe kam der Priester mit den Soldaten, und Waguli wurde losgebunden.

»Du mußt essen«, sagte der Priester, und Waguli, der nicht mehr die Kraft hatte, zu widerstehen, und nicht mehr den Willen, sich zu weigern, nahm das Essen an. Er machte sich keine Gedanken mehr darüber, ob es etwas war, das man essen konnte oder nicht. Er konnte nichts schmecken. Es war ihm gleichgültig. Er aß.

12

Wenn dieser Sommer doch nie zu Ende gehen würde – ich wünschte mir immer, die Sommer mit Großpapa würden nie zu Ende gehen, aber dieser hier schien mir irgendwie noch wichtiger als all die anderen. Er war bedeutungsvoller, so schien es mir, unmittelbarer, lebendiger. Daher war ich traurig, als Mama vorbeikam, um mich für die ärztliche Untersuchung abzuholen, zu der ich wegen der Schule gehen mußte. Es bedeutete, daß der Sommer fast vorbei war. Sie fuhr mich gleich nach der Untersuchung wieder zu Großpapas Haus, aber allein schon, daß ich dort hingemußt hatte, erinnerte mich daran, wie bald dieser entscheidende, lebenswichtige Sommer zu Ende gehen würde und ich wieder in die Stadt zur Schule gehen müßte.

Mama war kaum zum Haus hinaufgefahren und hatte den Wagen zum Stehen gebracht, als ich auch schon heraussprang. Ich lief vor ihr her ins Haus. Großmama war da und buk Brot. Sie war voller Mehl, und sie roch gut.

»Tag, Großmama«, sagte ich, umarmte sie kurz und gab ihr einen Kuß. »Wo ist Großpapa?«

»Er ist draußen hinterm Haus«, sagte sie mit einem nachsichtigen Lächeln, und ich lief zur Hintertür hinaus. Durch das Fliegengitter an der Tür hörte ich, wie meine Mutter sagte: »Zur einen Tür rein und zur andern wieder raus«, aber das kümmerte mich nicht. Großpapa saß da in seinem grünen Stuhl. Er hatte die Stöcke, die er von dem Gleditschienast abgeschnitten hatte, alle aufgereiht neben seinem Stuhl auf dem Boden liegen. Sie waren am einen Ende *zugespitzt und kamen mir vor wie riesige Zahnstocher, nur daß das andere Ende stumpf war. Großpapa hielt einen von ihnen in der Hand, und dann noch irgend so ein flauschiges Zeug und so eine Art Schnur oder Zwirn. Er legte etwas von dem flauschigen Zeug um das stumpfe Ende des Stocks und wickelte den Zwirn richtig eng und straff darum, um das Flaumzeug festzubinden.*

»Was ist das?« fragte ich.

»Siyo, chooj«, *sagte er.*

»Oh, Tag, Großpapa. Was ist das für ein flauschiges Zeug?«

»Distelwolle«, sagte er.

»Oh, ich weiß, was das ist. Das hast du mir mal gezeigt. Das wächst unten an der Straße.«

»Ja, genau. Das ist es.«

Als nächstes wollte ich ihn fragen, wozu das gut war und warum er sie so um die Stöcke band, aber ich ließ es sein. Statt dessen holte ich mir meinen roten Stuhl ganz nah heran, um ihm zuzuschauen. Er machte den einen Stock, den er in der Hand hielt, fertig und nahm sich dann den nächsten, nahm wieder etwas von der Distelwolle und fing an, auch diesen zu bearbeiten. Ich sah, daß der Rohrstock gegen die Hauswand gelehnt stand, wo ich ihn das letztemal gesehen hatte, aber Großpapa hatte seither noch etwas daran gearbeitet. Er hatte an zwei verschiedenen Stellen Lederbänder darumgebunden, und an dem einen baumelte eine Fasanenfeder. Ich verlor zwar nicht gerade das Interesse an dem, was Großpapa machte, aber er brauchte so lange dafür, und es lagen noch vier weitere Stäbe neben seinem Stuhl auf dem Boden, daß es mir wohl so allmählich ein bißchen langweilig wurde. Ich sah mich um, und drüben im Schuppen, inmitten all des Zeugs, das da herumlag, sah ich eine grüne Eidechse über ein Stück Feuerholz kriechen. Ich ging zu ihr hin.

»Pack sie nicht beim Schwanz, chooj*«, sagte Großpapa, »sonst stößt sie ihn einfach ab.«*

Ich wußte gar nicht, daß Großpapa die Eidechse gesehen hatte oder daß er wußte, was ich tat, aber ich nehme an, Großpapas Aufmerksamkeit entging nie irgendwas. Er schien immer über alles, was um ihn herum vorging, im Bilde zu sein. Also ich fing die Eidechse, packte sie aber nicht beim Schwanz, hielt sie in meiner Hand und spürte ihr kleines Herz schlagen. Es war eine richtig schöne. Nach einem Weilchen ließ ich sie wieder frei. Ich legte sie zurück auf den Holzklotz, genau dahin, wo ich sie gefunden hatte, und sie lief weg und verschwand durch eine Ritze unterm Schuppen.

Hin und wieder blickte ich zu Großpapa hinüber und sah, daß er immer noch versuchte, das flauschige Zeug an die Stöcke zu binden. Ich schlenderte ein Stück weiter, und da war eine Gottesanbeterin, die einen schlanken Baum hinaufkroch. Sie war groß und hatte eine richtig hübsche grüne Farbe. Ich hielt etwas weiter oben meine Hand hin, und sie kletterte einfach hinein. Dann ließ ich die Hand herunter, bis ich sie direkt vor Augen hatte und sie mir ansehen konnte, und sie schien mich auch anzusehen. Ich ging zu der Stelle zurück, wo Großpapa saß, ganz langsam, damit sie mir nicht aus der Hand fiel.

»Schau, Großpapa«, sagte ich.

»Udolanushdi«, *sagte er.*

»Ist das ihr Name?«

»So nennen wie sie auf Cherokee«, sagte Großpapa. »Kannst du das aussprechen? Udolanushdi.«

»Udolanushdi«, *wiederholte ich.*

»Gut«, sagte er. »Setz sie drüben in den Garten, wenn du sie dir lange genug angesehen hast. Sie macht sich in den Gärten nützlich.«

»Wie macht sie das?« fragte ich.

»Sie frißt das Ungeziefer, das die Pflanzen frißt.«

Ich trug die Gottesanbeterin in den Garten hinüber und ließ sie von meiner Hand auf das Blatt einer Tomatenpflanze krabbeln, und dann ging ich in die Hocke und sah ihr eine Weile zu, aber es kam kein Ungeziefer vorbei, das sie hätte fressen können. Dann ging ich wieder zu Großpapa, der gerade dabei war, den letzten Stock fertigzumachen. Plötzlich war ich wieder ganz gespannt zu sehen, was er da machte, denn ich dachte mir, daß ich das jetzt gleich erfahren würde. Er war fast fertig. Er band den Zwirn fest und legte dann den Stock zu den anderen, alles in allem waren es sechs. Dann deutete er auf den Schuppen.

»Siehst du den alten Karton da drüben?« fragte er mich.

Ich lief hin und hob den alten Pappkarton auf, der da mitten in dem ganzen anderen Zeug herumlag.

»Da ist was drin«, sagte ich.

»Bring ihn her, und laß mich sehen.«

Ich nahm den Karton und trug ihn hinüber zu der Stelle, wo Großpapa saß. In dem Karton war ein alter Elektromotor oder etwas Ähnliches. Er sah ihn sich an.

»Oh«, sagte er, »schmeiß das einfach da drüben hin.«

Ich lief zurück zu der Stelle, von der ich den Karton geholt hatte, und warf den Motor auf die Erde. Großpapa deutete auf eine Stelle zu seiner Linken, neben dem Schuppen.

»Leg ihn da hin«, sagte er. Ich lief hin und stellte den Karton auf den Boden.

»Noch ein bißchen weiter zurück.« Ich schob ihn mit dem Fuß noch ein bißchen weiter.

»So ist's richtig.«

Als ich wieder zu Großpapa zurückging, stand er mit einem wohligen, lauten Ächzen aus seinem Stuhl auf und ging dann hinüber zu der Hauswand, wo der Rohrstock lehnte, der von oben bis unten hübsch verziert war. Er nahm den Stock und ging wieder zurück zu seinem Stuhl, beugte sich vor und hob einen von den Stöcken mit den buschigen Enden auf. Er steckte den Stock mit dem zugespitzten Ende voran in den Rohrstock, dann zielte er mit dem anderen Ende auf den Pappkarton. Das Ende, an dem er den Stock hineingesteckte hatte, führte er an die Lippen, dann gab es ein lautes Paff und ein dumpfes Plock, und erst da begriff ich, was er die ganze Zeit gemacht hatte. Er hatte ein Blasrohr gemacht und einen Pfeil genau in den Karton geschossen. Ich lief zu dem Karton und sah mir den Pfeil an, der fast bis zur Hälfte im Pappkarton steckte.

»Wow«, sagte ich.

Großpapa hatte sich vorgebeugt, um sich noch einen Pfeil zu nehmen.

»Los, chooj«, sagte er, »jetzt bist du dran.«

Er steckte einen weiteren Pfeil hinein und reichte mir das Blasrohr. Ich zielte und blies, aber der Pfeil flog nur ein paar Fuß weit und ging dann zu Boden.

»Versuch's noch einmal«, sagte Großpapa und steckte noch einen Pfeil hinein. »Du mußt tief Luft holen und sie dann auf einmal ganz fest ausstoßen.«

Also holte ich so viel Luft, wie ich nur konnte, und führte die Waffe an den Mund. Meine Wangen waren ganz aufgeblasen von all der Luft, die ich in ihnen gesammelt hatte, und mein Bauch stand auch vor. Dann blies ich ganz fest hinein, genau wie er gesagt hatte, und der Pfeil flog über den Karton hinweg.

»Daneben«, sagte ich.

»Das war gut. Das Prinzip hast du jetzt begriffen. Hier. Diesmal mußt du besser zielen. Du mußt mit dem Rohr genau auf die Schachtel zielen und es genauso machen wie das letztemal.«

Er hatte die Waffe wieder geladen, und wieder füllte ich meine Lungen und meine Wangen, und wieder blies ich, und diesmal gab's ein Plock.

»Getroffen.«

»Ja«, sagte Großpapa. »Ganz genau. Versuch's noch einmal.«

Wieder traf ich den Karton. Ich war ganz aufgeregt.

»Früher haben die Indianer damit gejagt«, sagte Großpapa. »Sie haben kleine Tiere damit erlegt.«

»Hatte Whippoorwill auch eins?« fragte ich.

»Oh, ja. Sicher. Er hatte bestimmt auch eins. Weil er es einmal nicht bei sich hatte, kam er in dieses Gefängnis. Darin hatte er gar nichts. Niemand hatte dort etwas. Da gab es höchstens ein paar Decken für die ganze Schar von Leuten. Und es fing an, kalt zu werden, während sie so dort lebten. Sie warteten bloß. Sie hatten nichts zu tun.«

»Worauf warteten sie?«

»Ich nehme an«, sagte er, »zunächst einmal warteten sie, bis sie alle zusammengetrieben hatten. Sie brauchten einen Ort, an dem sie die, die sie bereits gefangen hatten, festhalten konnten, bis sie sie *alle gefangen hatten und in den Westen treiben konnten. Aber schließlich hatten sie alle gefangen, die sie fangen wollten. Sie wußten, daß es da draußen noch ein paar gab, aber wie du dich erinnerst, hatten sie Tsali, bevor sie ihn töteten, versprochen, daß sie abziehen würden, und das taten sie auch. So hatten sie jetzt alle Leute, die sie wollten, und hielten sie in diesen Gefängnissen, und sie waren bereit, sie fortzubringen, aber Häuptling John Ross zögerte das Ganze heraus.«*

»Warum machte er das?«

»Nun, ich nehme an, die Soldaten brachten ein paar von ihnen in den Westen, und das war wirklich übel. Old Ross ging zur Armee und sagte ihnen, die Cherokee könnten selbst dort hingehen, und darüber stritten sie eine Weile. Schließlich ließen sie ihn die Sache machen. So wurde der ganze Rest des Volkes von Leuten dorthin gebracht, die selbst Cherokee waren. Das war noch schlimm genug, aber für die erste Gruppe war es noch viel schlimmer gewesen – für jene, welche die Armee mitgenommen hatte.«

»Bei welchen war Whippoorwill dabei?« fragte ich.

»Er kämpfte mit ihnen«, sagte Großpapa, »und dann versuchte er zu fliehen. Ich nehme an, daß die Soldaten ihn mitnahmen. Ich wette, daß sie es waren. Die Soldaten nahmen ihn mit, ganz bestimmt.«

Meistens konnte er das, was sie wollten, von ihren Gesten ablesen, und wenn er es einmal nicht konnte, gab es viele Dolmetscher dort – Cherokee, die Englisch sprachen, ein paar Weiße, die Cherokee sprachen. Man hatte ihm wieder die Hände auf den Rücken gebunden. Niemand sagte ihm, warum. Er nahm an, daß sie das taten, weil er versucht hatte, wegzulaufen. Er war von Soldaten hochgezogen und auf die Füße gestellt worden. Dann hatten sie ihn in die Reihe gestoßen. Sie hatten ein paar Wagen und ein paar Pferde, aber nicht einmal genug für die ganz Jungen und die ganz Alten und die Kranken. Viele gingen zu Fuß. Waguli ging zu Fuß. Er lief mit auf dem Rücken zusammengebundenen Händen.

Soldaten ritten auf Pferden an ihnen vorbei, in der Hand ihre langen Gewehre mit den daran befestigten langen Messern und ihre langen Peitschen wie die, mit der sie ihn ausgepeitscht hatten. Die Wunden auf seinem Rücken und seinen Schultern waren noch nicht verheilt. Die Wunde in seinem Herz begann zu heilen. Es bildete sich allmählich Schorf, und unter dem Schorf war so eine Art Taubheit, die sich um nichts mehr scherte, die nichts mehr erhoffte, deren Geist abgestorben war. Es war Juni, und es war heiß.

Irgendwo da vorne rief ein Soldat etwas, und die Kolonne setzte sich in Bewegung. Waguli lief mit gesenktem Kopf. Seine Füße, seine Beine, sein Rücken und seine Schultern, alles schmerzte, aber es war ein ganz dumpfer Schmerz. Er achtete nicht darauf. Er lief. Die Pferde und Wagen vor ihm wirbelten den Staub zu einer dicken Wolke auf, zu einem Staubnebel; Waguli ging hindurch, atmete den Staub ein und fühlte, wie er auf seiner Haut eine Kruste bildete. Das Geräusch der Räder, das Knarren der Planwagen, das Getrappel der Pferdehufe, das Prusten und Schnauben der Pferde und das lautstarke Geplänkel der Soldaten wurde von dem kläglichen Geschrei eines Säuglings übertönt. Er ging weiter.

Er hatte aufgehört, sich zu fragen, welches Schicksal ihn wohl erwartete. Er glaubte allmählich, daß es kein Schicksal gab, daß die Soldaten sie einfach so lange weitertreiben würden, bis sie, einer nach dem anderen, tot umfallen würden. Er hatte gehört, daß sie in den Westen gebracht würden, noch weiter in den Westen, als er es sich je vorgestellt hatte, aber sie gingen nicht nach Westen. Er besaß noch Geistesgegenwart genug, um das sagen zu können. Sie gingen Richtung Südosten. Das war bestimmt wieder so ein Trick der Soldaten. Er ging weiter. Dann sah er schließlich, wohin sie gingen. Da war noch ein Gefängnis, wieder so eines wie das, in dem sie ihn gefangengehalten hatten, nur ein bißchen größer. Er dachte, man würde ihn dort hineinstecken, aber statt dessen holten die Soldaten noch mehr Leute aus dieser zweiten Umzäunung und stellten sie in einer Reihe auf. Bald gingen sie weiter. Diesmal gingen sie Richtung Süden. Und sie gingen noch zu einem weiteren Lager und nahmen von dort noch mehr Leute mit. Waguli fragte sich, wie viele dieser Gefängnisse die weißen Männer wohl für die Cherokee errichtet hatten, wie viele Cherokee man wohl wie die Tiere zusammengepfercht hatte. Sie waren nun drei Tage lang gelaufen und hatten nichts anderes getan, als die Reihe noch länger werden zu lassen. Sie hatten keines der drei Gefängnisse leergeräumt. Waguli war zu dem Schluß gelangt, daß er und die anderen Gefangene eines Volkes von Verrückten waren.

Am Morgen des vierten Tages liefen sie weiter. Diesmal in Richtung Westen. Westen: die Richtung zur Farbe Schwarz, *guhnage*, die Richtung zur Verzweiflung, der Pfad, der in das Land führt, wo es dunkel wird, ans Ende der Welt, zu dem Ort, von dem kein Mensch je wieder zurückgekehrt ist. In seiner Benommenheit ging er gesenkten Kopfes weiter, seine Beine bewegten sich mechanisch, seine Lungen atmeten gleichgültig mit der Luft den Staub des Weges ein. Einmal lief er aus der Reihe, und es war ihm nicht einmal bewußt, bis ein berittener Soldat heranpreschte und ihn grob wieder an seinen Platz zurückstieß. Das Pferd des Soldaten stubste ihn, so daß er stolperte und beinahe hingefallen wäre. Dann fiel er wieder in seinen alten Trott. Der Stoß, den das große Tier ihm versetzt hatte, sein zögernder Schritt, der Verlust des Gleichgewichts war fast ein herausragendes Ereignis in der Monotonie der mühevollen Reise, der Reise ohne Ende, dem Treck ins Nirgendwo.

Vor sich in der Reihe hörte er ein schreckliches Gejammer. Er war der Klang des Todes. Es war der durchdringende, jammervolle Schrei einer Cherokeefrau. Er stapfte weiter. Kurz darauf sah er am Wegesrand den Körper eines alten Mannes liegen. Neben dem Körper kniete eine Frau. Zwei junge Cherokke standen wartend dabei, mit Schaufeln in den Händen, überwacht von einem Soldaten, der in seinem Sattel saß und sein Gewehr in der Hand hielt. Die Kolonne lief weiter. Nicht einmal der Tod würde sie auf ihrem Vormarsch aufhalten, dachte Waguli. Die Reise hatte erst begonnen, und schon starben sie. Innerlich war er schon tot. Er fragte sich, warum sein Körper weiter vorwärtslief, warum seine Lungen weiter die staubige Luft einatmeten. Warum? Warum? Warum?

13

Die wenigen, die noch in Freiheit waren, versteckten sich in den Bergen. Sie waren frei, aber sie waren arm, und sie waren hungrig. Als sie vor den Soldaten davongelaufen waren, hatten sie alles zurückgelassen, was sie besaßen, und als ein paar von ihnen heimlich wieder zu ihren Häusern geschlichen waren, um nachzuschauen, ob sie irgend etwas von ihren Habseligkeiten mitnehmen könnten, hatten sie gesehen, daß ihre Häuser geplündert waren oder niedergebrannt oder beides. Sie sammelten alles, was sie in den Wäldern und Gebirgsbächen finden konnten, aber es war nie genug. Sie waren immer hungrig, aber die Kinder weinten nicht. Die Kinder wußten, daß sie sich versteckt hielten, und sie hatten Angst, wenn sie schreien würden, könnten Soldaten sie hören und holen kommen. Also hungerten sie schweigend.

Oconeechee war bei ihnen, Wildcat hatte sie zu ihnen gebracht. Wenn sie Essen hatten, dann nahm sie davon nur ein bißchen und gab das meiste von ihrem Anteil den kleinen Kindern mit den hungrigen Augen. Sie ging wie die anderen in den Wald und suchte nach Eßbarem. Was sie fand, sammelte sie und brachte es zurück ins Lager, zum Gemeinschaftsvorrat. Die jungen Männer gingen jagen. Einigen war es gelungen, auf der Flucht ihre Gewehre mitzunehmen, aber sie hatten nur ein paar Bleikugeln und nur gerade das Schießpulver, das in den Hörnern war, die ihnen von der Schulter hingen. Doch das machte nichts, denn sie hatten Angst, die

Gewehre zu benutzen, weil die Soldaten sie hören und holen kommen könnten. Die Männer, die Messer in ihren Gürteln trugen, benutzen die scharfen Klingen, um Äste abzuschneiden und Waffen herzustellen. Sie fertigten Bogen und Pfeile, Speere und Blasrohre an und gingen damit auf die Jagd. Meist erbeuteten sie Eichhörnchen und Kaninchen.

Eines Tages kam Wildcat spätabends mit einem Reh zurück. Das war eine große Freude, doch selbst da gab es nicht genug für alle. Oconeechee hielt sich im Hintergrund der Menge. Sie wollte nicht, daß die anderen darauf aufmerksam würden, daß sie nichts aß, aber Wildcat bemerkte es. Er ging zu ihr hinüber.

»Du hast deinen Anteil nicht bekommen«, sagte er.

»Es geht mir gut. Die Kleinen brauchen ihn«, sagte Oconeechee.

»Du brauchst es auch«, sagte Wildcat, »damit du bei Kräften bleibst. Du hast Nahrung gesammelt. Du hast genauso viel gearbeitet wie wir alle.«

»*Wado*, Wildcat. Ich danke dir, daß du dir Sorgen um mich machst, aber es geht mir gut«, sagte sie. »Außerdem verlasse ich euch morgen.«

Wildcats Miene verriet, daß er überrascht, ja wirklich bestürzt und auch ein wenig enttäuscht war.

»Wohin willst du denn gehen?« fragte er. »Da draußen sind überall Soldaten. Da ist es nicht sicher – vor allem nicht für eine schöne junge Frau.«

»Ich muß gehen und Waguli suchen. Falls sie ihn in einer ihrer Einpfählungen gefangenhalten, werde ich einen Weg finden, wie ich ihn da herausholen kann.«

»Du wirst höchstens erreichen, daß man dich selbst hineinsteckt.«

»Dann werde ich bei ihm sein.«

»Wahrscheinlich wirst du ihn nicht einmal finden. Es gibt viele Gefängnisse. Sie halten Tausende von Cherokee darin gefangen. Du weiß noch nicht einmal, wo diese Gefängnisse sind. Wie sollst du ihn da finden? Während du nach Waguli suchst, werden die Soldaten dich finden. Vielleicht wirst du am Ende gar nicht zu Waguli ins Gefängnis kommen, sondern in irgendein anderes, oder vielleicht werden die Soldaten dich einfach töten.«

»Ich muß versuchen, ihn zu finden, Wildcat. Ich liebe ihn. Ohne ihn gibt es für mich keinen Grund, noch länger zu leben. Verstehst du das?«

Wildcat legte seine Hände auf Oconeechees Schultern und drückte sie leicht. Er holte tief Atem und seufzte.

»Ja«, sagte er. »Ich kann dir nachempfinden, wie du fühlst. Aber wir haben alle jemanden verloren. Wir können nichts anderes tun als weiterleben. Hier. Ich habe Waguli gekannt, als er noch ein Kind war. Wirf dein Leben nicht fort, um vergeblich nach einem Mann zu suchen, der wahrscheinlich schon tot ist.«

Oconeechee entzog sich Wildcat und warf ihm einen harten Blick zu.

»Was meinst du damit?« fragte sie. »Wie kannst du das sagen?«

»Ich kenne ihn. Waguli würde es nicht zulassen, daß die weißen Soldaten ihn mitnehmen. Er würde kämpfen. Falls er versucht hat zu kämpfen, haben sie ihn getötet. Du wirst ihn nicht finden, Oconeechee. Bleib bei uns.«

»Nein«, sagte sie. »Morgen früh werde ich gehen.«

Sie drehte sich um, ließ Wildcat stehen und ging ins Dunkel des Waldes. Sie hatte nicht daran gedacht, daß Waguli tot sein könnte. Sie wollte diese Möglichkeit nicht in Betracht ziehen. Aber sie wußte, daß Wildcat in einem Punkt recht hatte. Waguli würde kämpfen. Er würde sich nicht leicht in die Gefangenschaft fügen. Sie ging tiefer in den nächtlichen Wald, weg von den leisen Geräuschen des Flüchtlingslagers. Tränen des Zorns und der Enttäuschung verschleierten ihr den Blick. Tiefhängende Zweige verfingen sich in ihren Haaren. Schließlich blieb sie stehen und lehnte sich an einen Baumstamm. Ihr

Atem ging in schnellen Stößen. Dann hörte sie die Stimme im nächtlichen Wald, den unverkennbaren Klang des *whippoorwill*, des schreienden Ziegenmelkers. Sie hielt den Atem an, damit es ganz still werde, und wartete und lauschte. Er rief wieder, ganz leise und bestimmt und ruhig, und die Stimme gab ihr Sicherheit. Oconeechees Atem ging wieder regelmäßiger. Sie wischte sich die Augen und suchte die Dunkelheit ab. Sie war plötzlich ganz ruhig und entschlossen. Wieder ließ der schreiende Ziegenmelker seine Stimme vernehmen.

»Waguli?« sagte sie.

Und die Stimme, die nun zum viertenmal erklang, antwortete ihr.

»Ja, Waguli«, sagte sie. »Ich komme. Ich komme zu dir. Ich werde dich finden.«

Sie hatte die ganze Nacht gut geschlafen, und am Morgen stand sie früh auf und war fertig zum Gehen. Da stellte sie fest, daß alle sich versammelt hatten und auf sie warteten. Sie stand da und sah ihnen ins Gesicht, einem nach dem andern. Sie hatten eine feierliche Miene. Sie wartete. Schließlich sprach Wildcat.

»Wirst du uns jetzt verlassen?« fragte er.

»Ja«, sagte sie. »Das habe ich dir doch gesagt.«

»Ich weiß«, sagte Wildcat. »Ich werde mich nicht mehr mit dir darüber streiten, aber es gibt ein paar Dinge, die du wissen solltest, bevor du gehst. Wir haben letzte Nacht darüber gesprochen – als du in den Wald gegangen bist. Jeder hier weiß, was du vorhast und warum du es tust. Dieser Mann hier heißt Grasshopper. Er ist aus dem Gefängnis der Weißen geflohen. Bevor du gehst, wirst du dir anhören, was er zu sagen hat.«

Der Mann, der als Grasshopper vorgestellt worden war, trat vor. Er sah zu Boden und sprach mit sanfter Stimme.

»Ich war im Gefängnis des weißen Mannes«, sagte er. »Es war grauenvoll. Es war schmutzig. Die Leute waren krank, und manche starben dort. Ich konnte es nicht aushalten. Ich war in demselben Gefängnis wie dein Waguli. Er hatte mit ihnen gekämpft, deshalb hatten sie ihn gefesselt. Sie hatten ihn auch geschlagen. Im Gefängnis band ich ihm die Arme los. Dann fing er an, wie ein Hund mit seinen Händen ein Loch zu graben. Ein paar Leute standen um ihn herum, so daß die Soldaten nicht sehen konnten, was er da tat. Dann half ich ihm beim Graben, und ein anderer Mann tat es mir nach. Wir gruben ein Loch unter dem Zaun, und Waguli kroch hindurch. Ich auch und ebenso der andere Mann. Und noch viele andere. Wie viele, weiß ich nicht. Die Soldaten sahen uns und erschossen den anderen Mann, aber Waguli lief davon und ich auch. Ich weiß nicht, wohin wir liefen, aber wir entkamen. Ich sah ihn herauskriechen, und ich sah ihn davonlaufen.«

»Dann ist er frei«, sagte Oconeechee. »Er ist frei, und er ist irgendwo da draußen. Ich muß ihn finden.«

»Da kommt noch mehr«, sagte Wildcat. »Warte.«

»Da war noch ein anderer Mann«, sagte Grasshopper. »Sein Name war Tsali. Er tötete einen Soldaten. Er versteckte sich irgendwo hier oben in den Bergen. Hier sind noch andere, wie du weißt. Wir sind nicht die einzigen, die geflohen sind. Dieser Tsali war dort zusammen mit den anderen. Jedenfalls schickten die Soldaten Wil Usdi los, um ihn zu suchen. Sie sagten, sie würden uns nur dann in Ruhe lassen, wenn Tsali zu ihnen hinunterging und sich von ihnen töten lassen würde. Er tat es. Ich sah, wie sie Tsali erschossen.«

Für einen Augenblick war Stille. Dann sprach Wildcat wieder.

»Hörst du, Oconeechee?« sagte er. »Wenn du hierbleibst, bist du in Sicherheit. Die Soldaten werden uns jetzt nicht mehr verfolgen.«

»Dann ist es erst recht sicherer für mich, wenn ich Waguli suchen gehe«, sagte Oconeechee. »Er ist aus dem Gefängnis geflohen, und die Soldaten werden nicht kommen.«

»Aber die Leute aus Georgia«, sagte Wildcat. »Und das sind keine Soldaten. Wir müssen uns immer noch vor den Leuten aus Georgia in acht nehmen. Wir verstecken uns hier in den Bergen, und die Soldaten haben gesagt, daß sie nicht kommen und nach uns suchen werden. Sie haben aber nicht gesagt, daß es für uns sicher sei, wenn wir hinuntergingen.«

»Grasshopper«, sagte Oconeechee, »weißt du, wo die anderen freien Cherokee sich verstecken?«

»Das weiß ich.«

»Kannst du mir sagen, wie ich sie finde?«

»Ich werde dich zu ihnen bringen.«

Waguli zählte die Tage nicht mehr. Ein Tag war wie der andere. Es gab keine Zeit mehr. Er lebte nicht mehr in der normalen Welt, in der er aufgewachsen war. Er war einer von einer ganzen Schar von Geistern, die nach Westen in das Land zog, wo es dunkel wird, und die Zeit stand still. Ringsum starben Menschen. Auch die Sterbenden zählte er nicht mehr. Er erinnerte sich, daß er gesehen hatte, wie Alte und Junge am Wegesrand begraben wurden, während die übrigen Geister weitergingen. Das Sterben hatte offenbar keine Bedeutung. Sie waren alle schon tot. Einige von ihnen, wie Waguli, gingen aus irgendeinem schleierhaften Grund weiter, aber sie waren alle tot. Manche klagten noch, wenn einer von ihnen umfiel und nicht mehr weiterlief, aber Waguli würde nicht klagen. Er würde nicht weinen. Er würde nicht jammern, weil jemand umfiel, der lange schon tot war, so tot wie er selbst. Er war ein Geist. Er wünschte sich, auch sein Körper würde umfallen, so daß man ihn mit dieser seltsamen Erde bedecken würde und sein Geist aus diesem eintönigen Dasein befreit wäre. Neben dem Weg hoben einige ein flaches Grab aus, während die Familie drum herum stand und jammerte und klagte und weinte. Der Leichnam eines Säuglings lag dort zwischen ihnen und wartete auf das Ende der hastigen Arbeit an seiner letzten Ruhestätte. Man würde sein

Grab nicht kennzeichnen. Die Familie würde nicht zurückkommen, um ihm einen Besuch abzustatten. Waguli sah sich diese Szene nicht absichtlich an. Er nahm sie am Rande wahr, während er vorbeitrottete. Das Bild grub sich mit den anderen in sein Gedächtnis ein, mit all den Bildern, die zu einem einzigen verschmolzen – so viele Bilder, daß er sie nicht mehr zählen konnte. Ein weiterer Geist hatte sich entschlossen, nicht mehr weiterzulaufen. Warum sollte sein Geist nicht denselben Entschluß fassen?

Sie waren zwei Tage lang den waldgesäumten Bergpfad entlanggelaufen und lebten von dem Proviant, den die Flüchtlinge sich von ihren eigenen kläglichen Vorräten abgezwackt hatten. Oconeechee hatte nichts von ihnen annehmen wollen, aber sie hatten darauf bestanden. Sie hatten darüber abgestimmt, hatte Wildcat gesagt, und der Stimme des Volkes dürfe man sich nicht widersetzen. Sie waren zwei Tage gelaufen, als Grasshopper auf dem Pfad stehenblieb und die Hand hob, um ihr zu bedeuten, sie solle still sein.

»Wir sind angekommen«, sagte er. »Warte.«

Grasshopper ging weiter bis zu einer Stelle auf dem Pfad, wo man ihn von den Höhlen droben gut sehen konnte.

»Ich bin's«, rief er, »Grasshopper. Ich bin zurückgekommen, und ich habe eine Freundin mitgebracht.«

»Komm näher, Grasshopper«, antwortete eine Stimme. »Bring deine Freundin her.«

Grasshopper sah über die Schulter zurück zu Oconeechee, die wartend auf dem Pfad stand.

»*Inena*«, sagte er. »Laß uns gehen.«

Oconeechee lief los, um Grasshopper einzuholen. Dann liefen sie beide gemeinsam den Pfad hinauf. Bald konnte sie die Leute sehen, die sich vor den Eingängen der Höhlen versammelt hatten und darauf warteten, Grasshopper und die Fremde, die er in ihre Mitte gebracht hatte, zu begrüßen. Die Leute waren neugierig auf Oconeechee, und sie konnte es kaum erwarten, ihnen die Fragen zu stellen, die sie auf dem Herzen hatte, doch der Tradition entsprechend und obwohl sie nur sehr wenig besaßen, bereiteten sie zuerst ein Mal vor, um es mit ihren Gästen zu teilen. Es war ein klägliches Mal, und alle aßen nur sehr wenig, aber alle aßen. Im Hintergrund der Menge erkannte Oconeechee zwei bekannte Gesichter. Badger und Mouse lauerten dort und starrten sie mit harten Mienen an. Das Gesicht von Mouse war von einer häßlichen Narbe verunstaltet. So sind also auch diese beiden irgendwie entwischt, dachte sie.

Sie verscheuchte sie schnell aus ihren Gedanken. Sie waren es nicht wert, daß man über sie nachdachte. Sie hatten damals ihr Glück bei ihr versucht, und sie hatte ihnen eine Lektion erteilt, eine harte Lektion. Aber Cherokee haben ein langes Gedächtnis. Sie unterdrückte einen Schauder und zwang ihre Gedanken, sich auf ihre gegenwärtigen Sorgen zu richten. Die Mahlzeit war beendet, und jetzt konnten sie reden. Wildcat erzählte an ihrer Stelle den Leuten in der Höhle ihre Geschichte. Er erzählte von ihrer Liebe zu Waguli und von ihren Hochzeitsplänen. Er erzählte von Wagulis Gefangennahme und seiner Flucht. Er erzählte nicht, daß man Waguli wieder eingefangen hatte, da er davon ja nichts wußte. Er erzählte von Oconeechees Suche nach ihrem vermißten Geliebten. Die Leute in der Höhle hatten von Waguli gehört, sie hatten von Oconeechees Vater gehört, und sie waren ihr wohlgesinnt. Aber sie konnten ihr nicht helfen. Sie hatten keine neuen Informationen. Keiner von ihnen hatte Waguli gesehen. Sie wiesen Oconeechee einen Schlafplatz in der Höhle zu und versprachen, ihr am nächsten Morgen Proviant mit auf den Weg zu geben. Am nächsten Morgen in aller Frühe nahm sie den Proviant entgegen, bedankte sich bei den Leuten und verließ die Höhle. Sie war allein, und sie wußte nicht, wohin sie gehen sollte. Sie wußte nur, daß sie Waguli finden mußte.

Sie ging flußauf den Oconoluftee,
flußab den Little Tennessee,
flußauf den Nantahala,
flußab den Hiwassee.

14

Whippoorwill, Whippoorwill,
Weißt du nicht, daß sie dich suchte?
Sie suchte dich in Berg und Tal.
Warum du fort bist, weiß sie nicht.
Spürst du die treue Liebe nicht, Whippoorwill?

Schließlich blieben sie stehen. Die Soldaten trieben die lange Kolonne der Cherokee an einem großen Fluß zusammen und schlugen dort ein Lager auf. Waguli kannte den Fluß nicht. Er wußte nicht, wo er war. Er war westlich von seinem Zuhause, auf dem Weg nach Westen. Mehr wußte er nicht. Lagerfeuer wurden aufgebaut, und die Soldaten verteilten Essen: Mais, ein wenig Schinken, Maismehl und Kaffee. Die Cherokee kochten sich ihr eigenes Essen. Waguli hatte man die Fesseln abgenommen, damit er kochen und essen konnte, aber er kochte nicht. Ein anderer Cherokee sah ihn teilnahmslos dasitzen und ging auf ihn zu.

»Du kochst ja gar nicht«, sagte der Mann.

Waguli reichte dem Mann seine Essensration.

»Nimm du es«, sagte er.

Er dachte, er hätte sein Essen weggegeben, aber kurze Zeit darauf brachte der Mann es ihm zubereitet wieder zurück. Waguli war ganz erstaunt, starrte einen Augenblick darauf und nahm dann das Essen an.

»*Wado*«, sagte er.

»Mein Name ist Pheasant«, sagte der Mann. »Meine Frau hat dein Essen gekocht.«

»Ich heiße Waguli. Ich bin allein.«

Waguli dachte einen flüchtigen Augenblick lang an seine Oconeechee, die er verloren hatte. Er hoffte, daß sie irgendwo in Sicherheit war. Er war froh, daß sie nicht seine Frau geworden war. Wäre sie seine Frau, so befände sie sich jetzt bei ihm auf dem Weg ins Land, wo es dunkel wird, und würde sein Elend mit ihm teilen.

»Wenn sie uns Nahrung geben«, sagte Pheasant, »wird meine Frau für dich kochen. Du kannst mit uns essen.«

Waguli nickte. Er nahm den Blechbecher, den Pheasant ihm gebracht hatte, und schlürfte ein wenig von dem heißen Kaffee. Er hatte Geschmack an dem schwarzen Getränk des weißen Mannes gefunden.

»Waguli«, sagte Pheasant, »sie fesseln dir die Hände. Warum?«

»Ich habe mit ihnen gekämpft«, antwortete Waguli, »als sie in meine Stadt kamen, und als sie mich in ihr Gefängnis warfen, habe ich versucht zu fliehen.«

»Wirst du wieder versuchen zu fliehen?«

Waguli dachte lang und angestrengt nach. Er erinnerte sich an die Schläge, die er vom weißen Mann erhalten hatte. Er sagte sich, daß er keine Ahnung hatte, wo er sich befand, und daß er, selbst wenn ihm die Flucht gelänge, in einer fremden Gegend sein würde, umgeben von weißen Leuten. Er dachte an Oconeechee. Er wußte nicht, wo sie war und ob sie in Sicherheit oder überhaupt noch am Leben war. Er wollte dieses Leben nicht mit ihr teilen. Das war kein Leben mehr, dachte er. Es war eine Art Tod. Er erinnerte sich an den alten Cherokee-Propheten und die Dinge, die er gesagt hatte, und dann sah er den Blechbecher des weißen Mannes in seiner Hand an, mit dem *kawhi* des weißen Mannes darin.

»Nein«, sagte er, »das ist sinnlos. Ich habe es schon versucht und bin gescheitert.«

Waguli kicherte fast ein wenig vor sich hin, als er merkte, wie nah er gerade daran gewesen war, den Namen des Mannes auszusprechen, der beinahe sein Schwiegervater geworden wäre. Er spürte das Kichern wie eine Art beißenden Spott ganz tief in ihm drinnen, aber es kam nicht an die Oberfläche.

»Ich werde mit dem Anführer der Soldaten sprechen«, sagte Pheasant. »Ich werde ihm sagen, daß du nicht wieder versuchen wirst zu fliehen. Vielleicht wird er dich dann nicht mehr fesseln.«

»Sprichst du denn die Sprache des weißen Mannes?« fragte Waguli.

»Ja, gut genug.«

Pheasant sprach mit dem Anführer der Soldaten. Waguli sah sie miteinander sprechen. Und in dieser Nacht fesselten die Soldaten Waguli nicht. Er fühlte, daß sie ihn weiter scharf beobachteten. Es war bequemer, ohne die Fesseln zu schlafen, auch wenn er immer noch die Kinder in der Nacht schreien hörte.

Am Morgen lagen sechs große, flache Boote des weißen Mannes im Wasser. Waguli hatte solche Boote schon auf den Flüssen in seiner Heimat gesehen. Sie waren nicht wie die Einbaumkanus der Cherokee. Sie waren größer, und sie waren aus Brettern gebaut. Es waren große, rechteckige Dinger, die flach auf dem Wasser lagen, mit großen Rudern, und der Bootsmann benutzte lange Stangen, um sich abzustoßen und das Boot den Fluß hinunter zu steuern. Aber diese Boote waren noch größer als jene, die Waguli bereits gesehen hatte, und er hatte noch nie so viele auf einmal gesehen. Auf jedem Boot war eine eigene Mannschaft weißer Bootsmänner, ein wilder Haufen. Sie erinnerten Waguli an die Leute aus Georgia, die er gesehen hatte. Sie trugen weder Schuhe noch Stiefel und hatten ihre Hosen bis unter die Knie aufgerollt.

Die Soldaten fingen an zu schreien, und kurz darauf wurden die Cherokee auf die sechs schwankenden Plattformen getrieben. Ein paar Kinder fingen vor Angst an zu schreien. Es war ein völliges Durcheinander, aber schon bald waren die Boote vollgeladen und fingen an, flußabwärts zu treiben. Sie trieben fast den ganzen Tag den Fluß hinunter, dann wurden die Boote angehalten und entladen. Wieder wurde ein Lager errichtet. Wieder wurde Essen ausgeteilt. Wieder kochte Pheasants Frau die Ration für Waguli, und zum erstenmal seit Tagen, seit wie vielen Tagen konnte er nicht sagen, blickte Waguli sich um. Er sah Pheasant und seine Frau und sein Kind und wußte, er würde sich an sie erinnern. Sosehr seine Empfindungen inzwischen auch abgestumpft waren, für einfache Güte war er immer noch empfänglich.

Wieder schliefen sie am Flußufer. Waguli hatte erwartet, daß die Soldaten am frühen Morgen wieder anfangen würden, herumzubrüllen und sie ein zweites Mal auf die flachen Boote zu laden. Er war überrascht. Er schlief lange. Als er sich aufsetzte und um sich blickte, sah er einige immer noch schlafen. Die Soldaten standen herum und warfen hin und wieder einen eher beiläufigen Blick auf die Cherokee, und ein paar Leute badeten im Fluß. Außer der üblichen Verteilung der Essensrationen geschah nichts an diesem Tag.

Am nächsten Tag war es fast dasselbe. Waguli unterhielt sich ein wenig mit Pheasant und erfuhr, daß dessen Frau den Namen Sally trug, den Namen einer weißen Frau, und daß sein Sohn, ein schmächtiger Junge, Yudi hieß. Am Nachmittag kam ein Planwagen. Er war mit neuen Kleidern beladen, mit Kleidern des weißen Mannes. Pheasant erzählte Waguli, die Soldaten wollten den Cherokee neue Kleider geben, und bei dieser Gelegenheit sollten die Namen aller Cherokee in ihr Buch eingetragen werden. Die Cherokee wollten die Kleider nicht haben und ihre Namen nicht nennen. Der Rest des Tages verlief fast genauso wie der vorherige.

Am Morgen des dritten Tages kamen noch mehr Wagen ins Lager. Sie brachten weitere gefangene Cherokee, luden sie ab und fuhren wieder weg, und dann kamen noch zwei flache Boote an. Die Bootsmänner banden die acht Boote zu vier Paaren zusammen, und die Soldaten fingen an, herumzuschreien. Alle Cherokee wurden wieder auf die Boote geladen, zusammen mit den Kleidern, die sie ausgeschlagen hatten, und die Reise den Fluß hinunter ging weiter.

Schon bald fiel Waguli auf, daß der Fluß breiter und tiefer wurde und die Strömung schneller. Die Kinder bekamen wieder Angst. Manche weinten, und manche schrien vor Furcht. Die Strömung wurde immer schneller, und schon bald rasten die Boote in wilder Fahrt den Fluß hinunter. Die Frauen und Kinder schrien, und die Männer brüllten. Die Menschen klammerten sich zur Sicherheit aneinander. Waguli wurde langsam übel. Die Soldaten und Bootsmänner schrien herum in dem sinnlosen Versuch, auf den gefährlich zur Seite kippenden Booten Ordnung zu bewahren. Waguli fragte sich, ob das wohl ihr Ende sein würde. Vielleicht, so dachte er, werden wir rasend schnell auf diesen flachen Booten des weißen Mannes dahinrauschen bis ans westlichste Ende der Welt und dann schreiend in das Land, wo es dunkel wird, geschleudert.

Aber nein. Die Stromschnellen wurden wieder langsamer, das Wasser beruhigte sich, und wieder hielten die Boote an und wurden ausgeladen. Wieder wurde ein Lager errichtet. Wieder wurden Essensrationen ausgeteilt, und sobald sich die Leute von der wilden Fahrt über die Stromschnellen etwas erholt hatten, kochten sie und aßen. Was nun? Diese Frage schoß Waguli immer wieder durch den Kopf, als er langsam in einen unruhigen Schlaf hinüberglitt. Was nun?

Waguli wurde am nächsten Morgen von lautem, heiserem Geschrei geweckt. Man hörte ein Rufen und Schreien und Weinen und ein schrilles Pfeifen und Puffen und Tuckern und ein durchdringendes, widerhallendes Platschen. Er sprang vom Boden auf in der Erwartung, jeden Augenblick kopfüber ins Land, wo es dunkel wird, geschleudert zu werden, und dann sah er das große Boot. Er hatte es schon einmal gesehen, oben von einem großen Hügel aus, auf dem er in sicherer Entfernung gestanden hatte. Jemand hatte ihm erzählt, der weiße Mann würde Holz auf dem Boot verbrennen und mit dem brennenden Holz würde er Wasser zum Kochen bringen und Dampf erzeugen. Irgendwie brachte der Dampf dann die großen Boote in Fahrt. Er hatte noch nie eines aus solcher Nähe gesehen, und es war ein schrecklicher Anblick. Große Wolken häßlichen schwarzen Rauches quollen aus seinen zwei großen Hörnern hervor. Das große Boot hatte drei Ebenen und ein riesengroßes Rad am hinteren Ende. Obwohl er noch ganz benommen war, fühlte Waguli tief in den Eingeweiden eine stechende Angst. Eine Hand berührte seine Schulter, und er fuhr hoch. Es war Pheasant.

»Hast du schon einmal eins gesehen?« fragte Pheasant.

»Einmal«, sagte Waguli.

»Bist du schon einmal auf einem gefahren?«

»Nein.«

»Ich schon. Einmal. Es ist gar nicht so schlecht. Hab keine Angst.«

»Ich habe keine Angst«, sagte Waguli. »Das ist nicht mehr wichtig.«

Die Vorräte wurden auf das große Boot geladen, und auf jeder Seite wurden vier von den flachen Booten festgebunden.

»Ha! Waguli«, sagte Pheasant.

»Was?«

»Weiße Männer geben ihren Booten Namen. Weißt du, wie dieses hier heißt?«

»Nein.«

»Es heißt ›George Guess‹.«

»Woher weißt du das?« fragte Waguli.

»Meine Frau kann die Schrift der weißen Männer lesen. Der Name steht da an der Seite geschrieben. ›George Guess‹. Weißt du, wer das ist?«

»Nein.«

»Das ist der Name, den die weißen Männer Sequoyah gegeben haben. George Guess. Sie lassen uns von Sequoyah in den Westen bringen.«

»Sequoyah?« sagte Waguli. »Das ist der Cherokee, der uns die Schrift brachte, nicht wahr?«

»Ja«, sagte Pheasant, »und jetzt lassen die weißen Männer Sequoyah sein eigenes Volk in den Westen bringen. Die ›George Guess‹. Ha!«

Als die Vorräte aufgeladen und die Boote festgebunden waren, fingen die Soldaten an, die Cherokee wie Vieh aufs Boot zu treiben. Waguli landete auf dem dritten Deck des großen Bootes, hoch über dem Wasser. Er hatte Pheasant angelogen. Er hatte Angst. Und als das große Boot sich in Bewegung setzte, fingen auch Wagulis Eingeweide zu rumoren an. Pheasant hatte recht gehabt. Diese Fahrt war nicht so fürchterlich wie die Fahrt über die Stromschnellen mit den kleinen Booten, aber die Bewegung war so anders, und von dieser Bewegung wurde Waguli schlecht. Er hatte das Bedürfnis, sich zu übergeben, aber er tat es nicht.

Das Tuckern und Knallen, das Fauchen und Klappern und die hin und wieder ertönenden lauten Explosionsgeräusche waren für Waguli schon bald eine Erleichterung. Zum erstenmal, seit man ihn damals in den Pferch gesperrt hatte, konnte er das Schreien der Kinder nicht mehr hören. Er rollte sich auf den Planken des oberen Decks zusammen und drückte sich in eine Ecke der Reling. Er schloß die Augen. Das ganze Elend war von der Wahrnehmung seiner Sinne ausgeschlossen, und obwohl er die Nacht davor geschlafen hatte und obwohl sein Magen von den Bewegungen des großen Bootes noch immer in Aufruhr war, schlief er bald ein, und in seinen Träumen war er wieder zurück in Old Town. Es war die Zeit des Straßenfestes, des Grünen-Mais-Festes, der Feier zum Beginn des neuen Jahres.

Sie hatten die vier heiligen Ballspiele gespielt, die Männer gegen die Frauen, und die Frauen hatten natürlich alle gewonnen. Waguli hatte immerhin einen Punkt gemacht. Er hatte seine zwei Schläger ausgestreckt und den Ball im Flug aufgefangen. Dann hatte er den Ball mit den Schlägern hoch in die Luft geschleudert und den aus Holz geschnitzten Fisch getroffen, der ganz oben auf der Stange steckte, und der Fisch hatte sich einmal gedreht. Und sie hatten die vier Tänze getanzt, die Stampftänze, die die ganze Nacht dauerten. Das Ganze erstreckte sich über einen Zeitraum von mehreren Wochen. Dann kamen die vier Tage, in denen die Lauben und der festgestampfte Grund gereinigt wurden, das Festmahl und das Fasten, das Tanzen der besonderen Tänze, die Zubereitung des heiligen schwarzen Tranks und das Kratzen[1]. Waguli war gekratzt worden, und er hatte geblutet, aber er wußte, daß das Kratzen und das Bluten dazu beitrugen, seinen Körper zu reinigen. Dann kam die Zeit, den besonderen Trank zu trinken. Alle Männer tranken und gingen dann zusammen, sobald das Bedürfnis sie überkam, in den Wald, um sich zu übergeben. Nach der Zeremonie würden sie allen Schmutz des vergangenen Jahres los sein, den ganzen Dreck, der sich im Körper der Leute angesammelt hatte. Alles und jeder wäre sauber und rein, und das Gleichgewicht und die Harmonie der Welt wären wiederhergestellt. Waguli trank, und er fühlte die wogende See in seinem Innern. Er ging in den Wald, fiel auf die Knie und würgte, und in seinen Eingeweiden gab es Spasmen und Krämpfe, die dazu führten, daß sein Körper sich auf groteske Weise wand und ihm die Tränen übers Gesicht liefen, aber er konnte sich nicht übergeben.

Plötzlich war er wach. Das Boot hatte angehalten, und damit hatten auch die Geräusche aufgehört. Waguli kam zu dem Schluß, daß die Stille ihn geweckt hatte. Er konnte das Schreien wieder hören. Die Cherokee wurden eilig an Land

---

1 Das Kratzen erfolgt mit einem siebenzähnigen Kamm aus Truthahnknochen. *(Anmerkung der Übersetzerin)*

getrieben, um erneut am Fluß zu kampieren. Sie errichteten ihre kleinen Kochstellen, und die Soldaten begannen mit der Essensausteilung. Die Bootsmänner sammelten Holz für ihr ausgehungertes Schiff. Waguli fühlte Übelkeit im Magen. Als ihm seine Essensration ausgehändigt wurde, legte er sie auf den Boden. Pheasant kam vorbei und nahm sie mit. Er wollte schon zu der Kochstelle seiner Frau zurückgehen, änderte aber seine Meinung. Er ging neben Waguli in die Hocke.

»Als du geschlafen hast«, sagte er, »ist auf dem Boot ein Kind gestorben.«

Waguli sah Pheasant ins Gesicht, antwortete aber nicht. Es drehte sich ihm der Magen um. Er wollte sich übergeben.

»Und ein anderes ist geboren worden«, sagte Pheasant. »Ich werde das hier zum Kochen mitnehmen.«

Während die Cherokee aßen, fing der Anführer der Soldaten wieder an, zu ihnen zu sprechen. Waguli schenkte ihm keine Beachtung. Er konnte sowieso nichts verstehen. Als der Soldat zu reden aufgehört hatte, spielte Pheasant für Waguli den Dolmetscher.

»Sie bieten uns noch einmal die Kleider an«, sagte er. »Schau. Ein paar gehen hin, um sich welche zu holen.«

Waguli zuckte mit den Achseln.

»Ich glaube, das macht nichts«, sagte er.

Kurz darauf stand Pheasant mit Sally und Yudi in der Schlange. Alle standen Schlange, außer Waguli. Pheasant blickte von seinem Platz in der Schlange zu ihm zurück.

»Waguli«, sagte er, »komm schon.«

Da stand Waguli auf und stellte sich ebenfalls in die Schlange. Nachdem man ihm die neuen Kleider ausgehändigt hatte, ging er zum Fluß und zog sich aus. Er badete, und dann zog er die Kleider des weißen Mannes an. Als er an sich herabsah, konnte er seinen eigenen Körper nicht wiedererkennen. Er fuhr sich mit der Hand an den Kopf und strich über das, was einst ein glattgeschorener Kopf gewesen war. Er war ganz rauh vor lauter Haarstoppeln. Er spürte einen

Krampf in den Eingeweiden und ging wieder zu seinem Platz bei Pheasants Feuer.

Am nächsten Tag fuhren sie wieder auf den großen Booten, und dann schlugen sie wieder ein Lager auf, und in dem Lager starb eine alte Frau. Sie begruben sie dort, und einige Cherokee sangen ein paar seltame Lieder über ihrem Grab. Sie sangen auf Cherokee, aber Waguli kannte die Lieder nicht. Das sind Lieder des weißen Mannes, dachte Waguli. Inzwischen hatte er gelernt, mit der ständigen Übelkeit in seinem Magen zu leben. Sie schliefen dort am Fluß, bei dem frischen Grab der alten Frau.

Die Sonne lugte gerade unter dem fernen östlichen Rand des Himmelszeltes hervor, als Waguli von dem Geräusch des großen Bootes aus dem Schlaf gerissen wurde. Er setzte sich auf und sah das Boot davonfahren. Auch die anderen Cherokee sahen zu dem Boot und warfen sich bestürzte Blicke zu. Die Soldaten standen herum, einige sahen zu den Cherokee, die anderen sahen dem Boot nach. Dann wandte sich der Anführer der Soldaten von dem Boot ab, drehte sich zu den Cherokee um und bellte ein paar Befehle.

»Wir gehen«, sagte Pheasant.

Waguli stand auf, und da erst bemerkte er einen Haufen weißer Leute, die oben auf dem Hügel standen und zu ihnen hinuntersahen. Sie wollen uns wahrscheinlich sterben sehen, dachte er. Auf der Hügelseite lag eine Stadt der weißen Männer. Sie hatten die Nacht genau neben der Stadt der weißen Männer verbracht, und er hatte es nicht einmal gewußt. Als klar war, in welche Richtung sie marschierten, sah Waguli, daß sie genau auf die Stadt zugingen. Sie gingen durch die Menge der Weißen auf dem Hügel, und Waguli hörte sie reden. Er wußte nicht, was sie sagten. Er hatte keine Ahnung, was ihre Gesten zu bedeuten hatten. Er wollte sie nicht ansehen. Aber als sie in die Stadt hineingingen, sah er doch hin. Er sah lange genug hin, um zu sehen, daß die Straßen von neugierigen Weißen gesäumt waren. Er sah nicht lange genug hin, um sehen zu können, welcher Ausdruck auf ihren Gesichtern lag. Die Menge der weißen Männer verschwamm in seinem Kopf, ein weiteres schemenhaftes Bild des Grauens, das sich zu jenen gesellte, die ihm bereits im Kopf herumschwirrten. Sie gingen durch die Stadt, und dann hielten sie an. Von vorne, das Geschrei übertönend, konnte Waguli das überraschte Gemurmel der Cherokee hören, die den Anfang der Kolonne bildeten. Ein Kind begann zu schreien.

»Sie laden uns auf *ajila-dihyeg*«, sagte Pheasant.

Waguli hatte schon von diesen Feuerwagen gehört, die weiße Leute über weite Strecken auf Eisenstraßen beförderten, aber er hatte noch nie einen gesehen. Er war sich früher nie sicher gewesen, ob er überhaupt an deren Existenz glauben sollte. Und jetzt sollte er in einem fahren. Er konnte ihn immer noch nicht sehen, denn es standen ganze Menschentrauben davor. Angetrieben von den Soldaten begann sich die Menge der Cherokee langsam vorwärtszubewegen. Kurz darauf stand Waguli ganz nah vor einem *ujana*, dem Ding, in das man einstieg. Pheasant kletterte hinauf und ging hinein, und Waguli war als nächster dran. Er zögerte. Pheasant drehte sich genau in dem Augenblick zu ihm um, als ein Soldat, der in der Nähe stand, anfing, herumzubrüllen.

»Los, Waguli«, sagte Pheasant. »Es ist in Ordnung. Es ist besser, als zu Fuß zu gehen.«

Waguli kletterte in das große Eisending hinein und fand, daß es aussah wie ein Haus. Es war ein Haus auf Rädern, und es war an anderen Häusern festgemacht, und irgendwo ganz vorne war eine riesige rauchspeiende Maschine, die sie alle die Eisenstraße entlangzog. Waguli hörte ein langgezogenes, schrilles Pfeifen, das ihm fast die Seele durchbohrte. Dann gab es ein lautes, unmenschliches Keuchen, gefolgt von einem heftigen Ruck nach vorn. Mütter umklammerten ihre schreienden, verschreckten Kinder. Sogar Pheasants Sally drückte ihren kleinen Yudi an die Brust, den kleinen Yudi, der immer so mutig war, der sein Bestes tat, um das männliche Verhalten seines Vaters nachzuahmen. Yudi hustete, aber er weinte nicht. Waguli drehte sich der Magen um, aber es kam nichts heraus. Er glaubte, von irgendwoher einen entsetzlichen Schrei gehört zu haben, aber der Lärm des Feuerwagens und das Schreien der Kinder waren zu laut. Er konnte es nicht mit Sicherheit sagen. Schon bald gewann das Häuser hinter sich herziehende Ungeheuer an Geschwindigkeit und flitzte wie eine riesige Schlange aus Eisen über den Erdboden. Waguli schloß die Augen. Er versuchte zu schlafen. Irgend etwas kroch in seinen Magen hinein.

Der mit Cherokee beladene Feuerwagen raste weiter, aber für Waguli schien die Zeit stillzustehen. Hin und wieder versuchte Pheasant, ihn in ein Gespräch zu verwickeln, aber Waguli gab nur kurze, knappe, ausweichende Antworten, und als Yudis Husten schlimmer wurde, wandte Pheasant seine ganze Aufmerksamkeit seiner Frau und seinem Kind zu. Waguli brachte den ganzen Tag damit zu, einzudösen, aufzuwachen und wieder einzudösen.

Er hatte gerade wieder geschlafen, als er durch den Schrei einer Frau ganz in der Nähe zurück in die Welt des Wachens gerufen wurde, ein Schrei, der so nah war, daß er das Gefühl hatte, die Frau habe direkt in sein Ohr geschrien. Er erwachte, aber alles war schwarz. Er konnte in der Dunkelheit ringsum nichts erkennen, aber er konnte das irrsinnige Vorwärtsrasen des Feuerwagens spüren. Wieder hatte er das überwältigende Gefühl, ins Land, wo es dunkel wird, geschleudert zu werden. Vielleicht waren sie schon dort. Seine Augen gewöhnten sich allmählich an das Dunkel, und er sah Pheasant und Sally neben sich, einer hielt den anderen umschlungen, sie jammerten vor Verzweiflung und Kummer, und er sah, daß sie zwischen sich den leblosen Körper ihres kleinen Sohnes hielten. Yudi war tot. Waguli spürte, wie etwas mit großem Druck tief aus seinem Inneren aufstieg. Er beugte sich vor und würgte und japste nach Luft, aber er übergab sich nicht.

Sie begruben Yudi im ersten Licht des folgenden Morgens dort in einem fremden Land, unweit der Eisenstraße des Feuerwagens. Sie waren die ganze Nacht weitergerast, und kurz nach Tagesanbruch war der Feuerwagen langsamer gefahren und hatte dann angehalten. Die Soldaten hatten den Cherokee befohlen, auszusteigen, und entdeckt, daß Yudi und ein anderes Kind in der Nacht gestorben waren. Waguli hatte Bruchstücke eines Gesprächs belauscht, die den schrecklichen Schrei erklärten, den er damals zu Beginn der Reise auf der Eisenstraße gehört hatte. Irgendwie schien ein Mann unter die Räder des Eisenwagens geraten zu sein. Waguli hörte nie wieder etwas von dem Mann, erfuhr nie seinen Namen, erfuhr nie, wo oder wann oder ob man ihn überhaupt begraben hatte. Wieviel, fragte er sich, müssen sie noch ertragen?

15

Sie wurden unweit der Eisenstraße zu einer Stelle am Fluß gebracht, und dort wurde ihnen gesagt, sie sollten wieder ein Lager aufschlagen. Wieder wurden Essensrationen ausgeteilt. Feuerstellen wurden errichtet. Waguli hörte das Gerücht, fünfundzwanzig Indianer seien geflohen. Für einen Augenblick dachte auch er an Flucht, aber nein, sagte er sich, er hatte es bereits versucht – zweimal schon –, und außerdem hatte er versprochen, es nicht noch einmal zu versuchen. Hätte er das nicht versprochen, würden sie ihn sicher immer noch fesseln. Er fragte sich, was diese fünfundzwanzig tun wollten. Wo wollten sie hin? Wußten sie, wo sie waren? Waguli wußte es nicht. Selbst wenn ihm die Flucht gelingen würde, wäre er hoffnungslos verloren. Und wenn er irgendwie den Weg zurück finden würde, was würde ihn da erwarten? Trotzdem wünschte er den fünfundzwanzig Erfolg, und trotzdem wünschte etwas in ihm, er wäre bei ihnen – ganz gleich, wo.

Während der ersten Nacht in diesem neuen Lager starben zwei weitere kleine Kinder. Die Kinder schienen krank zu sein. Und die Alten waren ebenso krank. Und die Krankheit bereitete sich aus. Viele in Wagulis Alter erkrankten daran. Schon bald, stellte sich Waguli vor, würden sie alle krank sein, und bald würden sie alle sterben, und dann würden die Soldaten alle nach Hause gehen. Sie hätten ihre Arbeit getan. Ihm drehte sich vor Ekel der Magen um.

Sie blieben sechs Tage in dem Lager, und dann kamen ein paar von den flachen Booten der weißen Männer. Wieder wurden sie auf die schwerfälligen Boote verladen und trieben den Fluß hinab. Die Reise dauerte nur einen Tag, dann wurden sie ausgeladen, um wieder ein Lager aufzuschlagen, und es starben drei weitere Kinder. Auch hier wurde eines geboren. Jemand erzählte, in der Nacht seien 118 Cherokee geflohen. Nach zwei Tagen kam wieder eines von den großen, lauten Booten. Dieses, so sagte Pheasant, hieß ›Smelter‹. Der Name sagte Waguli nichts. Sie wurden auf die ›Smelter‹ verfrachtet, und die Reise ging weiter.

Am nächsten Tag hielt die ›Smelter‹ an, damit die Bootsmänner mehr Holz sammeln konnten, und wieder starb ein Cherokee-Kind. Seine Mutter stieß einen durchdringenden Klagelaut aus, dem unmittelbar ein Blitzstrahl folgte, der den Horizont zerteilte. Dann gab es einen ohrenbetäubenden Donnerschlag. Die Soldaten trieben die Cherokee schnell wieder zurück auf die ›Smelter‹, und die Bootsmänner beeilten sich, ihr Holz aufzuladen. Das Jammern der Mutter hielt an, und Blitz und Donner wurden heftiger. Starke Winde brachten Regen von der Seite, und die ›Smelter‹ schaukelte heftig auf dem aufgewühlten Wasser des Flusses. Die Bootsmänner riefen sich verzweifelt Befehle zu. Ein paar der Leute fanden einen Unterschlupf, aber die meisten wurden auf den offenen Decks der ›Smelter‹ zusammengetrieben, wo sie den heftigen Windböen und dem peitschenden Regen ausgesetzt waren. Der Sturm tobte den restlichen Tag und die ganze Nacht hindurch, aber mit der Morgensonne kehrte wieder Ruhe ein, und die ›Smelter‹ setzte sich wieder in Bewegung. Sie fuhren vier Tage auf der ›Smelter‹. Waguli zählte sie nicht. Er erfuhr, daß drei weitere Kinder gestorben waren.

Dann hielten sie bei einer Stadt des weißen Mannes. Sie war groß und laut und schmutzig. Pheasant erzählte Waguli, daß die Stadt Little Rock genannt wurde und daß sie jetzt in Arkansas seien. Er sagte, das bedeute, daß sie fast am Ende ihrer Reise angelangt seien. Waguli fragte sich, ob das hieß, daß sie bald alle tot sein würden. Sie blieben nur kurz in Little Rock, bevor sie wieder auf ein anderes großes Boot geladen wurden. Dieses, sagte Pheasant, hieß ›Tecumseh‹. Waguli hatte von Tecumseh gehört. Wieder ein Boot des weißen Mannes, das den Namen eines Indianers trug.

»Was bedeutet das«, fragte Waguli, »wenn die weißen Männer einem großen Boot einen Namen geben?«

»Ich weiß nicht«, sagte Pheasant. »Ich nehme an, es ist eine Art Ehrbezeugung. Sie geben ihrem Boot den Namen eines großen Mannes.«

»Wenn sie die Indianer so hochachten«, sagte Waguli, »daß sie ihre Boote nach ihnen benennen, warum behandeln sie uns dann so schlecht?«

Pheasant schüttelte einfach nur traurig den Kopf.

»Ich weiß nicht, Waguli«, sagte er. »Es gibt vieles an den weißen Männern, das ich nicht verstehe.«

Sie fuhren nur einen Tag auf der ›Tecumseh‹. Dann wurden sie ausgeladen und schlugen ein Lager auf, und es wurden Wagen hergebracht. Es gab dreiundzwanzig Wagen, und die Soldaten beluden sie mit den Kranken. Es gab nicht genug Platz. Ein paar Kranke wurden zurückgelassen. Die Soldaten sagten, am nächsten Tag würden noch mehr Wagen kommen und die übrigen Kranken mitnehmen. Waguli, Pheasant und Sally gingen, zusammen mit den übrigen, hinter den Wagen her. Die meisten der Soldaten gingen mit ihnen.

»Sie haben nur die Kranken zurückgelassen«, sagte Pheasant. »Sie werden nicht viele Soldaten brauchen, um sie zu bewachen.«

Um sie sterben zu sehen, dachte Waguli. Es war heiß und feucht. Die ganze Luft an diesem Ort, diesem Arkansas, ist krank, dachte Waguli. Fliegen, Stechmücken und Mosquitos quälten Mensch und Tier, die Kranken wie die Gesunden. Waguli bemerkte mit einem Gefühl des Grauens, daß die Kinder nicht mehr schrien. Sie waren zu krank, um noch schreien zu können. Waguli trottete stumpf vor sich hin. Er glaubte, er würde neben Pheasant und Sally hergehen. Er war sich nicht sicher. Der Staub, den die Wagen vor ihm aufwirbelten, war zu dicht. Es war sogar für die Soldaten zu heiß. Gegen Mittag befahlen ihnen die Soldaten, anzuhalten. Sie würden warten, sagten sie, bis nächsten Morgen vor Sonnenaufgang. Drei waren an jenem Tag gestorben. Waguli nahm an, daß man sie beerdigt hatte.

Am nächsten Tag wurden sie von den Wagen mit den übrigen Kranken, denen, die sie zurückgelassen hatten, eingeholt, und der Rest des Marsch verschwamm in Wagulis Kopf zu einem einzigen Bild. Er wußte nicht, wie viele Tage sie gelaufen waren. Er wußte nur, daß unterwegs jeden Tag drei oder vier oder fünf gestorben waren. Eines Tages, irgendwo auf der Mitte der Strecke, war Sally diejenige, die sterben sollte. Waguli blieb mit Pheasant an der Straße stehen, um ihr ein Grab zu schaufeln. Ein Soldat saß auf seinem Pferd, das Gewehr in der Hand, und sah ihnen zu, bis sie fertig waren. Dann ritt er hinter ihnen her, während sie den anderen folgten, die ohne sie weitergegangen waren. Sie holten die anderen ein, die mit ihnen am Mittag eine Rast eingelegt hatten, um abzuwarten, bis die heißesten Stunden des Tages vorüber waren. Pheasant sprach nicht mehr für den Rest der Reise. Schließlich hielten sie an, und irgend jemand sagte, sie hätten nun das Ende des Weges erreicht. Es war vorüber. Waguli hörte dem Gespräch zu. Er erfuhr, daß die Reise von den Einpfählungen bis hierher sechs Wochen gedauert hatte. 70 Menschen waren unterwegs gestorben, und 203 waren geflohen. Die Soldaten waren mit 875 gefangenen Cherokee aufgebrochen, von denen 602 übriggeblieben waren. 200 von ihnen waren krank. Waguli sah sich die fremde Landschaft ringsum an und den lärmenden Haufen der heruntergekommenen Einwanderer, zu denen auch er gehörte. In seinem Magen knurrte und grummelte es, und er spürte einen plötzlichen und heftigen Krampf, der so stark war, daß er sich vor

Schmerzen krümmte und sich den Bauch hielt. Auf den Knien wand er sich vor Qual im Dreck des Westens. Er würgte. Er japste nach Luft. Doch als er sich übergeben wollte, kam nichts heraus.

Anfang Juni wurden verschiedene Gruppen, insgesamt etwa fünftausend Personen, von den Truppen zur alten Agentur am Hiwassee, dem heutigen Calhoun, Tennessee, und nach Ross' Landing (heute Chattanooga) und Gunter's Landing (heute Guntersville, Alabama) gebracht, dann den Tennessee entlanggetrieben, schließlich auf Dampfschiffe verfrachtet und auf dem Tennessee und dem Ohio auf die andere Seite des Mississippi gebracht, wo sie die Reise ins Indianerterritorium auf dem Landweg fortsetzten. Bei dieser Umsiedelung, die in der heißesten Jahreszeit stattfand, kam es zu so vielen Krankheits- und Todesfällen, daß Ross und die anderen Häuptlinge nach einem Beschluß des Nationalrates der Cherokee General Scott um Erlaubnis angingen, die Cherokee im Herbst, nach der ungesunden Jahreszeit, selbst ins Umsiedelungsgebiet zu bringen. Dem wurde mit der Auflage zugestimmt, daß am 20. Oktober alle aufgebrochen sein müßten, mit Ausnahme der Kranken und Alten, die vielleicht nicht so rasch vorankommen würden. Der Rat der Cherokee ernannte nun Beauftragte, die mit der Durchführung der Umsiedelung betraut wurden; die Indianer wurden in Untergruppen zu je tausend aufgeteilt, mit jeweils zwei beauftragten Führern und einer für den Zweck ausreichenden Zahl von Wagen und Pferden. So machte sich die Restgruppe, die (zusammen mit den schwarzen Sklaven) laut offizieller Zählung etwa 13 000 Personen umfaßte, im Spätherbst auf ihren langen Weg. (...) Schließlich erreichten sie ihr Ziel. Im Oktober 1838 waren sie aufgebrochen, und nun war es März 1839, die Reise hatte also fast sechs Monate gedauert und das in der schlimmsten Zeit des Jahres.

Es ist schwer, genaue Angaben über die Zahl der Cherokee

zu machen, die infolge der Umsiedelung starben. Nach den offiziellen Zahlen starben von jener Gruppe, die unter Ross' Führung umgesiedelt war, unterwegs etwa 1600 Personen. Wahrscheinlich war bei der ersten, unter militärischer Aufsicht umgesiedelten Gruppe die Sterberate noch höher, da schließlich ihr Leid zu dem Vorschlag der Beauftragten der Cherokee-Nation geführt hatte, die Umsiedelung selbst in die Hand zu nehmen. Hunderte starben in den Einpfählungen und Übergangslagern, vor allem aufgrund der Nahrungsmittelrationen, die sie zu ihrer Verpflegung erhielten und die aus Mehl und anderen Lebensmitteln bestanden, die sie nicht gewohnt waren und nicht richtig zuzubereiten wußten. Weitere Hunderte starben kurz nach ihrer Ankunft im Indianerterritorium an Krankheit und den Folgen der Unterkühlung, unter der sie auf der Reise zu leiden hatten. Alles in allem wird, möglicherweise zu recht, behauptet, daß über 4000 Cherokee als direkte Folge der Umsiedelung starben.

(Aus: James Mooney, *Historical Sketch of the Cherokee,* 1900.)

Als die Umsiedelung der Cherokee schließlich abgeschlossen war, betrachtete es die Regierung als ihr vorrangiges Ziel, für innere Stabilität zu sorgen, um Tugenden wie Fleiß, Sparsamkeit und Respekt vor der gesetzlich verfaßten Autorität, durch die sie in ihrer Heimat im Osten so große Fortschritte erzielt hatten, zu vermehren und zu fördern. Dies war jedoch ein schwieriges Unterfangen. Die Mittel, die von der Regierung eingesetzt wurden, um den Abschluß und die Anerkennung nicht nur des Vertrages von 1835, sondern auch der Verträge von 1817 und 1819 zu erreichen, hatten in ihren Reihen zu großen Uneinigkeiten und Bitterkeit geführt, die in der Vergangenheit bereits häufig in Ungerechtigkeiten und sogar Gewalttaten eskaliert waren.

Angesichts der Frage, wie die Nation in ihrer neuen Heimat westlich des Mississippi zusammenwachsen sollte, waren sie uneins und durch Parteistreitigkeiten und Verbitterung so gespalten, daß fast keine Hoffnung auf Versöhnung mehr bestand. Die Parteien erhielten folgende Bezeichnungen:

1. Die Partei der »Alten Siedler«, bestehend aus jenen Cherokee, die bereits vor dem Vertrag von 1835 freiwillig in den Westen des Mississippi gezogen waren und unter einer eigenen ordnungsgemäß eingesetzten Regierung lebten.

2. Die »Vertrags«- oder »Ridge«-Partei, die aus dem von John Ridge angeführten Teil der Nation bestand, der die Vertragsverhandlungen von 1835 gefördert und unterstützt hatte.

3. Die »Regierungs«- oder »Ross«-Partei, die zahlenmäßig die große Mehrheit der Nation umfaßte. Sie folgte der Führung von John Ross, der jahrelang oberster Häuptling der Nation gewesen war und ein steter und erbitterter Feind des Vertrags von 1835 sowie jeglicher Abtretung ihrer Gebietsansprüche östlich des Mississippi.

Nach der Ankunft der Emigranten in ihrer neuen Heimat bestand die Ross-Partei auf der Schaffung eines neuen Regierungs- und Rechtssystems für die ganze Nation. Dem widersetzten sich die Alten Siedler und erhielten dabei Unterstützung von der Ridge-Partei, die forderte, daß die bestehende Regierung und die bei den Alten Siedlern bereits in Kraft getretenen Gesetze weiterhin verbindlich bleiben sollten, bis im folgenden Oktober allgemeine Wahlen durchgeführt würden, bei denen die neugewählte gesetzgebende Kraft solche Gesetze erlassen könnte, falls Weisheit und gute Politk sie geboten erscheinen ließen. Dennoch wurde im neuen Ratshaus in Takuttokah eine allgemeine Ratssitzung der gesamten Nation einberufen, die einen Ausgleich der Interessen bewirken und die Meinungsverscheidenheiten beilegen sollte. Diese Ratssitzung dauerte vom 10. bis zum 22. Juni, erzielte jedoch keine Einigung. Es waren etwa sechstausend Cherokee anwesend. Mit ähnlichem Ziel wurde von John Ross eine zweite Ratssitzung einberufen, die am 1. Juli 1839 auf dem Lagergelände von Illinois stattfinden sollte.

(Aus: Charles C. Royce, *The Cherokee Nation of Indians,* 1887.)

16

Selbstverständlich hatte man uns alles über den Pfad der Tränen erzählt. Ich wußte, daß es Cherokee in Oklahoma gab, und ich wußte, daß sie dort hingekommen waren, weil die Regierung sie hatte hinbringen lassen. Es gab sogar einen kleinen Kasten unten auf einer Seite in meinem Schulgeschichtsbuch, und darauf war ein Farbbild von Indianern, die auf Pferden und in Planwagen saßen, und von ein paar andern, die zu Fuß gingen und neben denen Soldaten herritten. Da stand auch eine kleine Geschichte; sie hieß »Der Pfad der Tränen«, und darin stand, der Pfad der Tränen sei eine dunkle Seite in der Geschichte der Vereinigten Staaten, weil die Regierung alle Cherokee nach Westen getrieben hatte und einige unterwegs gestorben waren. Ich erinnere mich, daß ich Mr. Grimes, meinen Geschichtslehrer, gefragt hatte, wie das denn, wo sie doch alle Cherokee nach Westen getrieben hatten, möglich sei, daß ein paar von uns immer noch hier waren, und ich erzählte ihm, daß mein Großvater und meine Großmutter gar nicht weit von hier mit noch vielen anderen Cherokee im Cherokee-Reservat lebten. Er sagte nur, das wisse er nicht. Ein paar von uns seien wohl später zurückgekommen, sagte er. Ich hatte also schon vom Pfad der Tränen gehört, aber ich hatte wohl nie richtig begriffen, was das eigentlich bedeutete. Und als ich Großpapa zuhörte, wie er mir auf seine Weise die Geschichte erzählte, mit all den Einzelheiten über die Leute, die den ganzen Weg in Planwagen und auf Dampfschiffen und flachen Booten und ein Stück auch im Zug zurücklegen mußten, und wie einige von ihnen den ganzen Weg zu Fuß gegangen sind und wie so viele von ihnen krank wurden und starben, so viele kleine Kinder und sogar Babys, na ja, da war das für mich so, als hätte ich zuvor noch gar nichts darüber gehört.

Ich saß einfach ganz still da, als Großpapa die Geschichte zu Ende erzählt hatte. Mir war irgendwie übel. Ich glaube, ich war völlig platt. Ich wußte nicht, was ich sagen sollte, und ich merkte, wie mir die Tränen in die Augen stiegen, aber ich nahm mich ganz arg zusammen, um sie zurückzuhalten. Ich wollte nicht weinen. Großpapa war ein großartiger Erzähler. Er hat schon immer gut erzählen können. Er stand auf und kam zu mir und legte mir seine große Hand auf den Kopf und zerzauste mir das Haar. Dann zog er mich an seine Brust und drückte mich an sich, und ich konnte all das riechen, wonach Großpapa immer roch, und das roch so warm und freundlich und angenehm.

»Das alles geschah vor langer, Zeit, chooj«, *sagte er.*

Oconeechee wußte, daß sie verfolgt wurde, und sie war sich ziemlich sicher, daß sie auch wußte, von wem. Sie hatten gesagt, die Soldaten würden nicht mehr die Berge nach Cherokee absuchen, also war es unwahrscheinlich, daß es Soldaten waren. Es könnten Leute aus Georgia sein, dachte sie, aber sie glaubte das nicht wirklich. Sie hatte in der Gegend so hoch oben in den Bergen keine Leute aus Georgia gesehen, und sie konnte sich keinen richtigen Grund vorstellen, warum sie hier oben sein sollten. Wenn irgendeiner von ihnen sie tatsächlich verfolgen sollte, so mußte das ein Zufall sein. Sie wußten nicht, wo die Höhlen waren, in denen die Leute sich versteckten, und sie war noch nicht weit von den Höhlen entfernt. Nein. Sie glaubte nicht, daß es Soldaten oder Leute aus Georgia waren. Die einzig denkbare Möglichkeit, die einzige Erklärung, die ihr irgendwie sinnvoll erschien, war, daß Mouse und Badger ihr auf der Spur waren und mit ihr quitt werden wollten für das, was sie ihnen bei ihrer letzten Begegnung angetan hatte, weil sie das zu Ende bringen wollten, was sie damals tun wollten. Sie war entschlossen, Waguli zu suchen, aber sie wußte, daß sie vorsichtig sein mußte, daß sie auf dem Rückweg aufpassen und sichergehen mußte, daß sie sie nicht einholten oder sie überfielen, wenn sie gerade nicht aufpaßte.

Sie war den ganzen Tag gelaufen, zurück nach Old Town. Vielleicht würde Waguli dorthin zurückkehren. Zumindest konnte sie dort einen Anfang machen. Waguli war aus der Einpfählung geflohen, und er war nicht bei den anderen, die sich oben in den Bergen versteckten. Er mußte irgendwo sein. Sie würde in Old Town beginnen. Die Leute aus der Höhle hatten ihr ein wenig Proviant mit auf den Weg gegeben, etwas *guhwisda*, feingemahlenes Maismehl, etwas getrocknetes Bärenfleisch und etwas *kanutche*, zu Bällchen gerollte, getrocknete Hickorynüsse. Grasshopper hatte ihr ein Messer gegeben, und ein alter Mann hatte ihr ein Blasrohr und sechs Pfeile gegeben. Sie fühlte sich gut vorbereitet auf die lange Reise.

Die Sonne stand tief an der westlichen Unterseite des Himmelszeltes, und bald würde sie unter dem Rand hindurchkriechen und für die Nacht verschwinden. Old Town, oder was davon noch übrig war, war nicht mehr fern. Oconeechee wußte das, und sie wußte auch, daß es da noch ein Problem zu lösen gab. Falls Badger und Mouse ihr auf der Spur waren – und sie war sich fast sicher, daß sie das waren –, würde jede Rast, die sie einlegte, ihnen Gelegenheit geben, sie zu überfallen. Sie konnte nicht einfach nur weiter vor ihnen davonlaufen. Das würde ihrem Vorhaben schaden. Sie suchte nach Waguli, und sie hatte nicht die Absicht, ihren Verfolgern zu gestatten, sie an der Ausführung ihres heiligen Vorhabens zu hindern. Heilig. Ja. Es gab kein anderes Wort für ihre Liebe zu Waguli, den Whippoorwill. Sie wußte, wenn sie ihn je finden sollte, würde es keinen anderen Mann in ihrem Leben geben, ganz gleich, wie lange sie leben würde. Aber es war für sie unvorstellbar, daß es ihr nicht gelingen könnte, ihn zu finden. Sie mußte ihn finden. Sie würde ihn finden. Und

Badger und Mouse würden sie nicht aufhalten, sie nicht daran hindern. Sie war entschlossen, daß sie das nicht tun würden.

Obwohl man sich auf dem Bergpfad, wenn es dunkel war, leicht verirren konnte, beschloß Oconeechee, noch ein paar Stunden weiterzulaufen. Badger und Mouse würden sich sicher für die Nacht ein Lager bereiten. Sie würden sich einbilden, daß es für sie ein leichtes sei, ein Mädchen zu fangen, also würden sie sich keine Sorgen machen, daß sie Zeit verloren, wenn sie sich eine gute Mütze Schlaf gönnten. Damit hätte sie ein paar Stunden gewonnen. Das würde ihr Zeit geben, nachzudenken und einen Plan zu fassen und Vorbereitungen zu treffen – Zeit, einen Entschluß zu fassen, wie sie mit Badger und Mouse verfahren sollte. Sie lief weiter in die Nacht hinein. Ihr Schritt war langsamer geworden, aber das kümmerte sie nicht. Sie war sicher, daß ihre Verfolger bereits zum Schlafen eine Rast eingelegt hatten. Also ging sie weiter. Sie war diesen Weg erst einmal gegangen, aber sie erinnerte sich daran, daß er schmaler wurde und daß es auf einer Seite, auf der linken in der Richtung, in der sie jetzt ging, einen gefährlichen Abgrund gab. Die Nacht war klar, und es war Vollmond, doch der Weg war fast schwarz wegen des dichten Dachs aus Blattwerk über ihrem Kopf. Sie tastete sich langsam und vorsichtig den engen, gewundenen Pfad entlang.

Einmal rutschte sie aus und hörte die Steine, die ihr Fuß aus Versehen losgetreten hatte, hinter sich in den Abgrund poltern. Sie kauerte sich an die Felswand zu ihrer Rechten und sah über die Schulter, aber sie konnte zwischen dem Weg, auf dem sie stand, und dem leeren Raum darunter nicht unterscheiden. Plötzlich hatte sie Angst. Ihr übertriebenes Selbstvertrauen, ihre Arroganz, hatte sie in diese schwierige Lage gebracht. Sie konnte sich nicht bewegen, konnte weder vor noch zurück. Sie fragte sich, ob sie sich die ganze Nacht an den Felsen klammern könne oder ob der Schlaf sie übermannen und sie in das schwarze Nichts hinter ihr fallen würde. Sie dachte daran, sich hinzusetzen oder zu knien oder sich auf die Hände niederzulassen und den Weg entlangzukriechen, aber sie konnte sich nicht bewegen. Dann ertönte aus dem Dunkel der Nacht vor ihr der klare, helle Schrei des Ziegenmelkers. Er schrie viermal, und Oconeechee kam es so vor, als schreie er direkt in ihre Richtung, und dann verstummte er. Sie hatte ihre Entschlossenheit wiedergefunden und damit auch ihren Mut. Sie ging weiter, und sie zögerte nicht.

Oconeechee war noch vor Sonnenaufgang wieder auf den Beinen. Sie war im Dunkel der Nacht ihrem Weg gefolgt, hatte die gefährlich enge Wegstrecke überwunden, und als sie wieder sicheren Grund unter den Füßen hatte, hatte sie angehalten, um zu schlafen. Nach ein paar Stunden fühlte sie sich ausgeruht und erfrischt, aber sie war hungrig. Sie nahm etwas von dem getrockneten Bärenfleisch aus ihrem Beutel. Sie hätte es lieber erst gemahlen, wie Maismehl, und dann in Wasser gekocht, aber sie hatte es immer noch eilig. Sie riß mit ihren Zähnen ein Stück davon ab und kaute es, während sie sich den Beutel und das Blasrohr über die Schulter hängte. Dann ging sie weiter. Von der Stelle, wo sie eine Rast eingelegt hatte, war es nicht mehr weit bis nach Old Town, und mittlerweile lugte im Osten auch schon die Sonne hervor; sie konnte das rauschende Wasser des Flusses hören, der an der Stadt vorbeifloß. Kurz darauf erblickte sie die Ruinen von Old Town.

Von der Oconeechee abgewandten Seite der Stadt betraten zwei Männer die Ruinen. Beide trugen ein altes Kentucky-Gewehr mit langem Lauf und hatten zwei Steinschloßpistolen im Hosenbund und ein langes Messer im Gürtel stecken. Sie hielten die Gewehre schußbereit, und ihr Blick wanderte nervös hin und her. Der größere und hagerere von beiden ging zu einem Haufen aus Asche und verbranntem Holz, der einmal ein Haus gewesen war, und trat dagegen.

»Verdammt, John«, sagte er. »Wohin wir auch gehen, immer ist uns schon jemand zuvorgekommen.«

Unterdessen stocherte der, den er John genannt hatte, mit dem Kolben seines langen Gewehrs in einem anderen Haufen herum.

»Sieh mal her, Luke«, sagte er. »Sie haben nicht einmal die guten Sachen mitgenommen. Sie haben einfach alles niedergebrannt. Da waren noch gute Sachen drin. Schau!«

Luke ging hinüber, um zu schauen, von welchen guten Sachen John sprach. Er kniete nieder und zog eine Pistole aus dem Aschehaufen.

»Vielleicht können wir die wieder reparieren«, sagte er. »Sie ist ziemlich verbrannt, aber vielleicht können wir sie wieder richten.«

Er ließ sie in eine Tasche seiner weiten Weste fallen.

»Das war einfach böse Absicht«, sagte John. »Die guten Dinge so zu verbrennen, das ist einfach gemein.«

Luke stocherte weiter in dem Haufen herum, bis er die Stahlklinge eines Messers fand. Der Holzgriff war völlig verbrannt.

»Hei«, sagte er. »Das ist gut. Laß uns mal schnell das ganze Zeug hier durchwühlen. Da sind noch wertvolle Sachen drin. Laß uns nachschauen.«

Ihre anfängliche Enttäuschung schlug schon bald in Begeisterung um, denn nach kurzer Zeit hatten John und Luke aus der Asche von Old Town einen ganzen Haufen kleiner Schätze herausgeholt: Silberamulette und Armreifen, die Metallteile von Pistolen, Gewehren, Messern, Schwertern und Äxten, Eisentöpfe und Pfannen und sogar ein paar Schmuckstücke aus Gold. Ihre Kleider, ihre Hände und sogar ihre Gesichter waren ganz schwarz vom Durchwühlen der Asche.

»Luke«, sagte John, »wir sind reich. Nicht wahr? Wir sind reich, Luke, oder?«

»Na ja«, sagte Luke, »ich weiß zwar nicht, ob das ganze Zeug uns reich machen wird, aber einen Haufen Kleingeld wird es uns sicher einbringen. Zumindest können wir eine Weile davon leben.«

»Verflucht noch mal. Whiskey und Frauen«, sagte John.

»Dazu haben wir später noch Zeit, mein Junge. Wir sind erst zur Hälfte durch. Grab weiter.«

»Hei, ich darf doch wohl reden, während ich grabe, oder? Reden darf ich doch wohl?« Er zog aus den schwarzen Überresten eine geschwärzte, aber ansonsten unbeschädigte Brille hervor. »Hei, Luke, sieh mal. Hast du je einen von den verdammten Rothäuten Augengläser tragen sehen?«

»Leg sie auf den Stapel«, sagte Luke.

John warf die Brille hinüber zum Rest ihrer Beute. Dann schoß ihm plötzlich ein Gedanke durch den Kopf, und er ließ sich auf die Knie fallen und beugte sich zu seinem Komplizen vor.

»Hei, John. Wenn hier eine Stadt gestanden hat, in der Menschen lebten, dann muß es doch hier in der Nähe eine Grabstätte geben. Ich habe gehört, daß die Rothäute wertvolle Gegenstände mit ihren Toten vergraben. Hab' ich recht?«

»Ich hab' schon darüber nachgedacht«, sagte John. »Wenn wir hier fertig sind, gehen wir die Gräber suchen, dann graben wir sie auf und sehen nach, was wir mitnehmen können. Jetzt such weiter.«

Oben auf dem Bergpfad, nicht weit vom anderen Ende der Stadt, stand Oconeechee. Sie war stetig bis zur ehemaligen Heimatstadt ihres vermißten Geliebten gelaufen, und dann sah sie die beiden weißen Männer und blieb stehen. Hätten die Aasgeier von ihrer Drecksarbeit aufgeblickt, sie hätten sie leicht dort oben stehen sehen können. Als ihr schließlich bewußt wurde, daß sie von allen gesehen werden konnte, daß sie dort ungeschützt war, verließ sie den Weg und suchte Schutz im dichten Dorngestrüpp. Hinter ihr – sie wußte nicht genau, wie weit hinter ihr – waren Badger und Mouse, und jetzt vor ihr diese weißen Männer. Was sollte sie tun? Sie konnte eine andere Richtung einschlagen und sich ihren eigenen Weg durch den Wald bahnen, aber wohin würde das führen? Old Town war ihr unmittelbares Ziel. Und selbst wenn sie den Weg mitten durch den Wald nahm, war das keine Garantie, daß Badger und Mouse oder gar die weißen Männer dann nicht ihre neue Spur entdecken und sie verfolgen würden. Sie mußte sich etwas überlegen. Sie würde nicht fortlaufen. Denn das würde bedeuten, daß sie nicht mehr auf der Suche war, sondern ein Flüchtling sein würde, daß sie vor niederträchtigen Weißen und niederträchtigen, mehr als niederträchtigen Cherokee flüchten würde. Nein. Sie würde es nicht zulassen, daß diese Männer sie von ihrem Ziel abbrachten.

Sie fragte sich, wie lange es noch dauern würde, bis Badger und Mouse sie eingeholt hätten. Dann wurde ihr klar, daß sie mehr tun mußte, als sich bloß Fragen zu stellen, und ging den Weg zurück, schlich den Rand des Weges entlang, bis sie aus dem Blickfeld der beiden weißen Männer im Dorf war. Erst dann trat sie wieder auf den Pfad hinaus. Eine Weile stürmte sie vorwärts, aber dann verlangsamte sie aus Vorsicht ihren Schritt, um sich umzuschauen und zu lauschen, ob es irgendein Anzeichen gab, daß Badger und Mouse sich näherten. Schließlich gelangte sie auf dem Pfad auf eine Anhöhe, eine Stelle, die ihr in der Nacht zuvor nicht aufgefallen war. Sie mußte in der Dunkelheit vorbeigelaufen sein. Von einem sicheren Aussichtspunkt aus konnte sie gut den hinter ihr im Tal liegenden Bergpfad überschauen und schien fast bis zu der Stelle sehen zu können, wo der Pfad sich so gefährlich verengte. Sie ließ sich dort nieder, um zu warten und zu schauen. Sie hatte noch immer keinen besonderen Plan.

Sie wäre beinahe eingeschlafen, als sie sie plötzlich erblickte. Badger und Mouse erschienen auf dem Pfad, nachdem sie soeben den engen, gewundenen Weg unten überwunden hatten. Sie war wieder wach und angespannt. Sie beobachtete sie eine Weile beim Näherkommen und spürte in sich neue Stärke, neue Zuversicht, neue Kraft. Sicher, sie waren ihr auf der Spur, aber *sie* konnte sie sehen. Sie wußte, wo sie waren. Sie hatten sie noch nicht gesehen und wußten auch nichts von den beiden Plünderern vor ihnen. Sie ließ sie ein bißchen näher kommen, dann kehrte sie wieder um und ging auf Old Town zu. Sie kam wieder an die Stelle, von der aus sie die weißen Männer zuerst gesehen hatte. Mittlerweile befanden sie sich näher an diesem Rand der Stadt. Sie waren zwar näher, aber immer noch nicht ganz in Schußweite. Sie fragte sich, ob es ihr gelingen würde. Sie würde es versuchen. Selbst wenn sie danebenschießen würde, überlegte sie, wäre das nicht besonders schlimm. Die Hauptsache war, ihre Aufmerksamkeit zu erregen. Sie hakte den Riemen vom oberen Ende des Blasrohrs los, das ihr über den Rücken hing, und nahm das Blasrohr in die Hand. Sie machte einen der scharfen Pfeile von dem Lederriemen los, mit dem sie an dem Rohrstock befestigt waren. Sie steckte den Pfeil am einen Ende in die Waffe und führte das Rohr an die Lippen. Sie stand höher als die weißen Männer, also müßte der Pfeil selbst für ein Ziel, das sich mehr oder minder direkt vor ihr befand, eine lange Wegstrecke zurücklegen. Sie holte tief Atem. Es war nicht genug. Sie ließ langsam die Luft ausströmen, dann holte sie noch einmal Luft. Diesmal füllte sie ihre Lungen. Sie sog die Luft so lange ein, bis sie nicht mehr konnte. Sie preßte ihre Lippen fest auf das Blasrohr und sog dabei sogar durch die Nasenflügel noch mehr Luft ein, so daß sowohl ihr Mund als auch ihre Lungen gefüllt waren. Ihre Wangen blähten sich auf, und ihre Haut wurde so gedehnt, daß es fast weh tat. Dann blies sie, stieß in einem kräftigen Stoß auf einmal die ganze Luft aus Wangen und Lungen in das enge Loch des langen Rohres. Der Pfeil flog ein Stück geradeaus, dann beschrieb er einen Bogen nach unten.

»Au!« John, der sich gerade über einen Aschehaufen beugte, schlug nach dem scharfen Schmerz zwischen seinen Schulterblättern. Luke blickte von seiner Arbeit auf, um zu sehen, was los war, und sah den Pfeil in Johns Rücken stecken. Dann sah er zu dem Pfad hoch, der aus Old Town herausführte, und sein Blick folgte dem Weg bis zu Oconeechee, die dort herausfordernd seinen Blicken standhielt.

»Guter Gott«, sagte er, »schau mal da oben!«

Unterdessen war es John unter großen Anstrengungen gelungen, seinen Arm so zu drehen, daß er sich das Geschoß, von dem er getroffen worden war, aus dem Rücken ziehen konnte. Er hielt es in der Hand und betrachtete es, verärgert und verwirrt. Dann sah er Luke an. Er folgte Lukes Blick hoch zum Pfad, und seine Augen weiteten sich.

»Eine Squaw«, sagte er. »Sie hat mich angeschossen. Hat sie mich etwa mit diesem Ding angeschossen?«

»Da wette ich drauf«, sagte Luke.

John stand auf und hob sein langes Gewehr an die Schulter. Er spannte den Hahn, aber als er gerade abdrückte, schlug ihm Luke mit dem Kolben seines eigenen Gewehrs dagegen, so daß der Schuß ins Leere ging.

»Hei«, schrie John.

»Du verdammter Narr«, sagte Luke. »Ist das deiner Meinung nach etwa das Beste, was man mit einer gutaussehenden Squaw anstellen kann? Los. Wir holen sie uns.«

Luke fing an, den Pfad zu Oconeechee hochzulaufen.

»Oh«, sagte John. »Oh, yeah. Ich verstehe, was du meinst. Okay.«

Er folgte Luke und ließ dabei sein Gewehr sinken. Oconeechee stand einen Augenblick lang in arroganter Haltung auf dem Pfad und sah die beiden Männer in ihrer Richtung näher kommen. Dann drehte sie sich um und lief los.

»Los«, sagte Luke und rannte ihr hinterher. John folgte dicht hinter seinem Gefährten.

Oconeechee wußte, daß es entscheidend war, ob sie Zeitpunkt und Entfernung richtig berechnet hatte. Sie lief weiter bis zu einer Wegbiegung, dann schlug sie sich seitlich des Pfades ins Gebüsch. Als sie sich neben dem Stamm einer großen Eiche niederkauerte, hörte sie ihr Herz in der Brust hämmern. Sie nahm noch einen Pfeil und lud das Blasrohr wieder, nur für den Fall, daß es nötig sein sollte. Sie konnte die stampfenden Schritte der weißen Männer hören, die hinter ihr den Pfad hinaufstürmten. Sie hatte gesehen, wie der eine mit dem Gewehr auf sie gezielt hatte und der andere den Schuß absichtlich verhindert hatte, und sie wußte, was sie wollten. Sie waren genau wie Badger und Mouse, in vielerlei Hinsicht so verschieden und doch die gleichen. Das Stampfen kam näher, und schon bald konnte sie auch ihren keuchenden Atem hören und die jammernde und klagende Stimme des einen Mannes. Dann rannten sie an ihr vorbei. Der erste Teil ihres Plans war gelungen. Sie wartete, aber sie mußte nicht lange warten.

Die beiden Cherokee, die kurz darauf um die Wegbiegung geschlendert kamen, erschraken genauso wie die beiden rennenden Männer, als sie sich so plötzlich und unerwartet gegenüberstanden. John blieb so abrupt stehen, daß er ausrutschte und mit einem lauten Fluch hart auf den Rücken fiel. Luke kam etwas anmutiger zum Stehen und hob sein langes Gewehr an die Schulter. Badger schrie und sprang beiseite, um in dem Gebüsch Schutz zu suchen, so daß die Bleikugel, die ihm zugedacht war, vorbeiging, ohne ihn zu verletzen. Mouse schwang seine Stahlaxt über dem Kopf, schrie und rannte direkt auf Luke zu, der sein leergeschossenes und damit nutzloses Gewehr fallen ließ und nach einer der beiden Pistolen in seinem Gürtel griff. Mouse spaltete mit seiner Axt Lukes Brustkorb genau in dem Augenblick, da dieser abdrückte und Mouse eine Kugel in den Magen jagte. Luke wurde von der Wucht des Hiebes umgeworfen und lag leblos auf dem Rücken, während die Axt immer noch in seiner Brust steckte und dickes, rotes Blut daraus hervorquoll. Mit einem dummen Gesichtsausdruck sank Mouse langsam auf die Knie, während seine Hände das Loch in seinem Bauch umklammert hielten.

John hatte sich wieder auf die Knie aufgerappelt und starrte einen Moment lang entsetzt auf seinen toten Partner, bis er seine fünf Sinne wieder beisammen hatte. Er zog eine Pistole aus dem Hosenbund und schoß aus kürzester Entfernung dem verwundeten Mouse von der Seite eine Kugel in den Kopf. Es gab einen Ruck in Mouses Kopf. Sein ganzer Körper wurde schlaff und fiel zu Füßen des Leichnams seines eigenen Opfers zu einem Haufen zusammen. Da kam Badger aus seinem Versteck herbeigerannt, er hielt einen altmodischen Kriegsknüppel mit einem Stein an der Spitze in der Hand. John warf die leergeschossene Pistole zur Seite und griff nach der anderen, aber sie verhakte sich in seinem Hosenbund. Badger stand fast schon über ihm. Er schrie und wich dem Hieb auf den Kopf aus, den Badger ihm versetzen wollte, dann stellte er sich schnell wieder auf die Füße. Er wollte seine Pistole losmachen, aber er brauchte seine ganze Konzentration, um den Knüppel abzuwehren, den Badger nach ihm schwang. Badger schlug noch einmal zu und verfehlte sein Ziel, als John die Pistole losbekam. Er spannte den Hahn und wollte sie schon in Schießposition bringen, als Badger ihn aus der Rückhand mit einem Hieb seines Knüppels erwischte und die Steinspitze John gegen die rechte Schläfe schmetterte. John stand tot auf seinen Beinen, aber die Wucht des Hiebes löste eine Reflexreaktion aus, die durch seinen ganzen Körper ging. Seine Hand spannte sich fest um die Pistole, und seine Finger drückten ab. Die Kugel zerschmetterte Badger die rechte Kniescheibe.

Oconeechee spähte vorsichtig aus ihrem Versteck im Gestrüpp. Sie sah die beiden toten weißen Männer und den toten Mouse dort auf dem Pfad liegen, und zwischen den Leichnamen, das Knie zerschmettert und blutig, das Bein in einem grotesken und unnatürlichen Winkel verdreht, saß Badger.

Sie trat auf den Weg hinaus, und Badger erblickte sie. Er sah sie mit einem flehenden Blick an.

»Ich brauche Hilfe«, sagte er.

»Von mir wirst du sie nicht bekommen.«

Zufrieden, daß sie der Verfolgung der Männer heil entkommen war, drehte sie sich um und wollte schon gehen.

»Warte«, sagte Badger. »Hilf mir. Wenn du mich hier so liegenläßt, werde ich sterben.«

Oconeechee drehte sich stolz nach dem mitleidheischenden Badger um.

»Warum bist du mir gefolgt?« fragte sie. »Was wolltest du mir antun? Glaubst du etwa, ich wüßte nichts davon?«

»Hilf mir, Oconeechee.«

Sie blieb einen Augenblick stehen, empört, aber unentschieden. Sie sollte nicht auf ihn hören. Dann zog sie den Riemen ihres Beutels über den Kopf und warf ihn neben Badger auf den Boden.

»Da hast du etwas zu essen.«

Sie legte das Blasrohr und die übriggebliebenen Pfeile an eine Stelle, an der er sie ohne große Mühe erreichen konnte. Dann sah sie sich um. Es standen ihm verschiedene Waffen zur Verfügung – seine eigene Keule, das Beil von Mouse, die Gewehre und Messer der weißen Männer. Ihr Blick fiel auf das lange Gewehr, das neben dem Leichnam des weißen Mannes lag. Sie hob es auf und nahm es so, daß der Lauf auf den Boden gerichtet war und sie den Kolben unterm Arm hielt.

»Schau«, sagte sie. Sie hielt es wie eine Krücke. »Das ist alles, was ich für dich tun werde, und es ist mehr, als du verdienst.«

Sie legte das Gewehr neben ihm nieder, drehte sich um und ging.

»Oconeechee«, schrie Badger ihr nach. »Laß mich nicht allein. Ich bin ein Cherokee. Du bist eine Cherokee. Komm zurück.«

Aber sie ging nicht zurück. Sie blickte sich nicht einmal um. Sie ging den Pfad hinunter, der sie zu den Ascheruinen von Old Town bringen würde.

17

An dem Tag, als Großvater irgendwas Geschäftliches in der Stadt zu erledigen hatte, ich weiß nicht mehr genau, was es war – vielleicht, weil ich es damals nicht richtig kapierte, jedenfalls sagten sie, ich würde mich langweilen dabei –, an jenem Tag also blieb ich zu Hause bei Großmutter. Sie hatte alles mögliche Zeug auf dem Tisch im Haus ausgebreitet. Es gab dort einen großen Sack voller Bohnen und einen ganzen Haufen geschälten Mais in einer Pfanne, und das Ganze trug sie raus in ihren Garten gleich hinterm Haus. Dort auf dem Tisch lagen ein paar lange Grashalme ausgebreitet und ein paar Blätter, und dort lagen auch die Schalen oder Hülsen, die sie von den Maiskolben abgezogen hatte. Und schließlich hatte sie dort verschiedene Töpfe und Pfannen und verschiedene Arten von Körben aufgereiht, alle fertig zum Gebrauch, und obwohl es ein warmer Tag war, hatte sie auf der Feuerstelle ein kleines Feuer gemacht.

»Was soll das werden, Großmama?« fragte ich.

»Ich backe Bohnenbrot, Sonny«, sagte sie. »Du kannst mir helfen.«

»Okay.«

»Zuerst muß ich die Bohnen aufs Feuer stellen«, sagte sie und schüttete die Bohnen in einen großen schwarzen Topf mit etwas Wasser drin und stellte den Topf auf die Kochstelle. »So. Und jetzt gehen wir runter zum Bach. Hier, das kannst du nehmen.«

Sie gab mir einen großen Eimer, und ich folgte ihr nach draußen und lief vor ihr her zum Bach. Sie kam schon bald hinterher.

»Hierhin«, sagte sie.

Ich lief zu ihr hin, und dort war eine Feuerstelle, die sie aus ein paar großen Steinen aus dem Bach gebaut hatte. Sie hatte noch einen anderen großen Topf mit einem Deckel und einen Korb mitgebracht. Sie stellte sie ab und machte zwischen den Steinen ein Feuer. Als es richtig schön brannte, sagte sie mir, ich solle mit meinem Eimer zum Bach gehen, ihn mit Wasser füllen und ihn ihr dann bringen, was ich auch tat, ohne sonderlich viel zu verschütten, obwohl er sehr schwer war. Sie stellte ihren schwarzen Topf direkt aufs Feuer, und dann nahm sie meinen Eimer und schüttete das Wasser in den Topf.

»So«, sagte sie. »Jetzt müssen wir noch mehr Sachen aus dem Haus holen.«

Wir gingen zurück zum Haus. Großmama sah nach den Bohnen und sagte, sie wären genau richtig, und dann nahm sie die Pfanne mit dem Mais und reichte sie mir.

»Trag das für mich«, sagte sie.

»Okay.«

Anschließend ging sie rüber zur Feuerstelle und nahm einen Kasten, der voll Asche war. Dann nahm sie noch einen der Körbe, und wir gingen nach draußen und wieder hinunter zum Bach. Wir stellten das ganze Zeug hin, und dann staunte ich ganz schön, als sie den Korb nahm, und etwas Asche hineinschütten wollte.

»Großmama«, sagte ich, »in deinem Korb sind doch lauter Löcher drin.«

Sie kicherte und machte einfach weiter und schüttete die Asche hinein.

»Das ist mein Siebkorb, Sonny«, sagte sie. »Ich siebe etwas Asche ins Wasser, um eine gute, kräftige Lauge zu machen.«

Sie beugte sich über den Topf und schüttelte den Korb vor und zurück, und die Asche fiel durch die Löcher in den Topf mit Wasser. Kurz darauf nahm sie den Mais, den ich für sie runtergetragen hatte, und warf ihn auch da hinein. Dann nahm sie einen Stock und rührte es um. Sie rührte eine ganze Weile, und dann hörte sie damit auf und sah einfach zu und wartete, und dann rührte sie weiter. Oben in einem Baum ganz in der Nähe schnatterte ein graues Eichhörnchen. Es sah genau zu uns hin, und es klang, als würde es uns dafür ausschimpfen, daß wir dort waren.

»Oh, sei still, saloli*«, sagte Großmama. »Wir leben auch hier.«*

Sie rührte weiter in dem Topf, und mir wurde langweilig. Ich begann, mich umzusehen und ein wenig herumzulaufen, nicht zu weit, nur zum Ufer runter und ein Stückchen am Bach hin und her. Sonst nichts. Auf der anderen Seite des Baches kam ein ganzer Schwarm Kardinalsvögel angeflogen und ließ sich in einem großen Gebüsch nieder.

»Schau, Großmama«, sagte ich.

»Dojuwha«, *sagte sie.*

»Was?«

»Dojuwha. *So nennen wir sie auf Cherokee. Der Rotvogel.* Dojuwha.«

»Ein paar von ihnen sind braun«, sagte ich. »Na ja, rot sind sie schon irgendwie – ein bißchen.«

»Das sind die Mamas«, sagte Großmama.

»Dojuwha«, *sagte ich. »Rotvogel.«*

Großmama rührte wieder im Topf, beugte sich vor und fischte mit ihrem Rührstock ein Maiskorn heraus. Dann nahm sie es zwischen Daumen und Zeigefinger.

»Was machst du da?« fragte ich.

»Ich muß es probieren«, sagte sie, »um zu sehen, ob sie fertig sind. Ja. Die Haut *geht schon ab.«*

»Laß mich sehen«, sagte ich, und sie zeigte mir die glitschige Haut des Maiskorns.

»Jetzt«, sagte sie, »müssen wir sie abwaschen.«

Sie packte den schwarzen Topf am Griff, wobei sie ihre Schürze als Topflappen benutzte. Dann schüttete sie den Mais in den Siebkorb, trug den Korb zum Fluß und stellte ihn ins Wasser, um den Mais zu waschen und von den Häuten zu befreien. Sie stellte einen Topf mit klarem, frischem Flußwasser aufs Feuer, und dann sammelten wir das ganze restliche Zeug ein und gingen zurück zum Haus, aber diesmal ging Großmama nicht hinein. Sie trug den

Mais ums Haus herum auf die Seite, wo der hölzerne Mörser stand, kanona, *so hatte sie ihn schon einmal genannt. Eigentlich war das ein Baumstumpf, der Großmama bis zu den Knien ging. Oben war er so was wie ausgerundet oder eher ausgehöhlt, so daß er wie eine Schüssel aussah. Großmama schüttete den Mais hinein, und dann nahm sie den langen Stößel, der bei dem Mörser an der Hauswand lehnte. Am einen Ende war er ganz dick, und sie hielt ihn in beiden Händen, so daß das dicke Ende oben war. Dann fing sie an, mit dem schmalen Ende den Mais zu mahlen. Na ja, sie mahlte und mahlte, und dann beugte sie sich vor und befühlte den Mais mit den Fingern, aber ich nehme an, da war es schon nicht mehr einfach nur Mais. Es war Maisschrot. Großmama hat das gesagt. Was sie da mache, sei Mais schroten.*

»Großmama«, sagte ich, »Mama kauft ihr Maisschrot in Tüten im Lebensmittelladen. Warum machst du dir all die Mühe, um es selbst zu machen?«

»Weil's besser schmeckt, Sonny«, sagte sie. »Du brauchst nur deine Mama zu fragen. Jetzt lauf schnell rein, und hol mir die große weiße Pfanne.«

Ich fand die Pfanne, eine große, flache Pfanne mit Email darauf, bei der hier und da schon kleine Stückchen abgesprungen waren, und brachte sie ihr. Sie schüttete den ganzen Schrot in die Pfanne, und dann gingen wir ins Haus. Großmama stellte die Pfanne auf den Tisch. Sie ging rüber zum Herd und nahm den großen Topf mit Bohnen, dann stellte sie ihn auf den Tisch, schüttete das Ganze auf den Maisschrot und vermischte es mit einem großen Holzlöffel. Dann griff sie hinein und holte eine ganze Handvoll von dem Teig heraus, den sie gemacht hatte, und klopfte ihn ein wenig, bis ein Ball daraus geworden war.

»Möchtest du auch einen machen?«

»Klar«, sagte ich und nahm mir eine Handvoll, genau so, wie sie es gemacht hatte, und machte einen Ball.

»Und jetzt müssen wir sie flachdrücken«, sagte Großmama, »etwa so. Wir nennen sie ›Breitschwerter‹, wenn wir sie so flachdrücken.«

Ich machte ihr einfach alles nach, und als wir unsere Breitschwerter alle flachgedrückt hatten, nahm sie ein Hüllblatt, Lieschen nannte sie das, gab sie mir und nahm sich selbst auch eines. Wir wickelten unsere Breitschwerter in diese Blätter, und dann banden wir sie mit den langen Grashalmen zusammen, die sie dort auf dem Tisch ausgebreitet hatte und bei denen ich mich gefragt hatte, wozu sie eigentlich gut sein sollten. Als wir ein paar Breitschwerter in Lieschen eingewickelt hatten, machten wir noch mehr davon und wickelten die dann in Eichenblätter. Schließlich hatten wir den ganzen Teig aufgebraucht, und vor uns stand ein großer Korb voll eingewickelter Breitschwerter. Großmama nahm den Korb, und ich folgte ihr nach draußen und runter zur Feuerstelle am Fluß, wo das Wasser schon am Kochen war. Großmama legte die ganzen eingewickelten Breitschwerter ins kochende Wasser und deckte den Topf mit einem Deckel zu.

»Jetzt warten wir ein bißchen«, sagte sie.

Na ja, und nach einer Weile setzten wir uns dann einfach dort am Fluß neben dem Feuer auf den Boden und aßen ein paar von diesen Breitschwertern, die heiß und frisch waren, und ich kann euch sagen, das war das beste Bohnenbrot, das ich je gegessen habe.

»Wird Großpapa nach Hause kommen, bevor sie kalt werden?« fragte ich sie.

»Er müßte jetzt eigentlich sehr bald kommen«, sagte sie. »Wir sollten Kaffee kochen. Er trinkt gern Kaffee zum Brot.«

Kurz darauf waren wir sozusagen zum Fluß umgezogen. Großmama kochte Kaffee auf dem Feuer dort, und wir hatten die beiden Metallstühle runtergebracht, den grünen und den roten, die immer hinterm Haus stehen. Und wir hatten sogar Tassen, und alles war fertig, als Großpapa mit seinem alten braunen Kombi zurückkam. Er fuhr gar nicht erst zum Haus hoch, wo er ihn normalerweise parkte. Als er uns sah, machte er gleich unten am Fluß halt, stieg aus, ging zu uns rüber und setzte sich in seinen roten Stuhl. Großmama goß ihm eine Tasse Kaffee ein, und ich reichte ihm ein Breitschwert.

»Oh«, sagte er, »ihr seid fleißig gewesen, während ich weg war.«

Ich weiß nicht, wer von uns am meisten gegessen hat, jedenfalls haben wir an diesem Abend das ganze Brot aufgegessen, und ich habe sogar auch etwas heißen Kaffee getrunken. Zu Hause bei Mama bekomme ich nie heißen Kaffee, aber zusammen mit Großpapa habe ich manchmal welchen getrunken. Die Sonne ging unter, und Großmama und Großpapa saßen in ihren Stühlen. Ich lag auf dem Boden ausgestreckt und war einfach satt und glücklich. Dann hörte ich einen komischen Laut aus dem Wald. Ich weiß, wie sich der Schrei einer Eule anhört. Zumindest glaubte ich, daß ich das wüßte, und das klang für mich nicht nach einer Eule. Nicht wirklich. Ich setzte mich auf und lauschte, und da hörte ich es wieder.

»Was war das?« fragte ich.

»Waguli«, sagte Großpapa.

»Whippoorwill, der schreiende Ziegenmelker?«

»Genau der, chooj.*«*

»Großpapa«, sagte ich, »was geschah mit Whippoorwill, nachdem der Pfad der Tränen vorbei war?«

»Oh«, sagte er, »der war ja noch gar nicht vorbei, als er dort ankam. Die Armee brachte sie in drei verschiedenen Gruppen dorthin, glaube ich. Ich glaube, es waren drei. Waguli gehörte nur zu einer dieser Gruppen, aber es gab noch zwei andere. Die mußten auch weggehen.«

»Ging es den beiden andern Gruppen auch so schlecht wie der Gruppe, in der Waguli war?«

»Es ging allen schlecht, chooj. *Viele starben. Es war ein heißer Sommer, und viele waren krank. Außerdem war es eine beschwerliche Reise. Nicht so, wie heute in einem Auto auf asphaltierten Straßen. Allen ging es schlecht.«*

»Sie nannten das ahuhsidasdi*«, sagte Großmama, »oder* digejiluhstanuh.*«*

»Was heißt das?« fragte ich.

»Ahuhsidasdi«, *sagte sie, »heißt: etwas vom einen Ort zum andern bringen.* Digejiluhstanuh *beschreibt sozusagen die Art, wie sie gezwungen wurden, oder wie sie wie Herdenvieh dorthin ge-*

trieben wurden, fort von dem Ort, an dem sie bleiben wollten. So etwas in der Art heißt das. Es läßt sich schwer übersetzen.«

»Aber dann kam noch etwas hinzu«, sagte Großpapa. »Die ersten drei Wanderungen waren so hart, es starben so viele Menschen dabei, daß der alte John Ross, du weißt schon, der Häuptling Cooweescoowee, zur Armee ging und sagte, sie sollten sie allein hinziehen lassen. Wir können das besser, sagte er. Zumindest machen wir es nicht schlechter als eure Männer. Und schließlich konnte er sie dazu überreden, aber es wurde Oktober, bevor die Sache losgehen konnte. Als die restlichen Cherokee, jene, die man gefangengenommen hatte, alleine loszogen, war es Winter. Sie gingen in zwölf verschiedenen Gruppen los, Wellen nannten sie sie.«

»Dreizehn«, sagte Großmama.

»Dreizehn Wellen«, sagte Großpapa. »Und auch dabei starben viele Menschen. Die erste Gruppe, welche die Armee mitnahm, zog im Juni los, glaube ich, im Juni 1838, und die letzte, die von Cherokee angeführt wurde, zog im März '39 in den Westen. Fast neun Monate.«

»Zwischen der ersten und der letzten Welle lagen also neun Monate?« fragte ich.

»Ja, chooj. *Alles in allem dauerte es etwa so lange. Und dann fingen die Schwierigkeiten erst richtig an. Dort im Westen zumindest.«*

»Was für Schwierigkeiten?« fragte ich.

»Erinnerst du dich an diese Cherokee, von denen ich dir erzählt hatte, die den Vertrag unterzeichnet hatten? Major Ridge und John Ridge und Elias Boudinot hießen sie und Stand Watie, und dann gab es noch ein paar andere, aber diese da waren ihre Anführer. Erinnerst du dich?«

»Ja.«

»Das waren die wichtigsten. Sie hatten den Vertrag unterzeichnet, und dann gingen sie einfach in den Westen. Nun ja, und nach dem Pfad der Tränen, nach den ganzen neun Monaten, da mußten diese Menschen, die gelitten hatten und die so viele ihrer Freunde und Verwandten auf dem Pfad hatten sterben sehen, einfach

irgendwie versuchen, sich zu rächen. Und ich nehme an, sie wußten, daß sie nicht einfach Washington, D. C., oder Georgia oder Alabama angreifen konnten. Sie konnten mit den Vereinigten Staaten oder den Weißen nicht einfach einen Krieg anzetteln, jedenfalls keinen, den sie hätten gewinnen können, und da machten sie sich über die Unterzeichner des Vertrages her. Sie nannten sie Verräter und gaben ihnen die Schuld an dem ganzen Leid. Und das war wohl das Schlimmste von allem, was damals geschah, daß drüben im Westen Cherokee von Cherokee umgebracht wurden.

Unmittelbar nach der Vertagung der Takuttokah-Ratssitzung wurden drei der Anführer der Vertragspartei, John Ridge, sein Vater Major Ridge und Elias Boudinot auf brutalste und grausamste Weise ermordet. Die Aufregung im ganzen Volk war groß. Boudinot wurde dreihundert Meter vor seinem Haus ermordet, nur zwei Meilen von John Ross' Wohnsitz entfernt. Die Freunde der Ermordeten waren davon überzeugt, daß John Ross die Männer zu diesen Verbrechen angestiftet hatte, da allgemein bekannt war, daß die Mörder zu seinen Anhängern zählten. John Ross' Freunde stellten jedoch unverzüglich eine Freiwilligengarde von sechshundert Mann auf, die in der Umgebung seines Wohnsitzes zu seinem Schutz ständige Patrouillen durchführte.

(Aus: Charles C. Royce, *The Cherokee Nation of Indians,* 1887.)

Nach ihrer Ankunft im Indianerterritorium begannen die Umsiedler unverzüglich mit dem Bau von Häusern und dem Anlegen von Feldern, da die Regierung ihnen vertraglich zugesichert hatte, sie ein Jahr lang mit Lebensmitteln zu versorgen. Ihre Stammesgenossen, die »Arkansas Cherokee«, in deren Besitz sich das Land seit den früheren Verträgen von 1828 und 1833 befunden hatte – und die von nun an zur besseren Unterscheidung die »Alten Siedler« genannt wurden –, hießen sie willkommen. Da sie jedoch bereits eine eigene Regierung gegründet und eigene Häuptlinge gewählt hatten, waren sie keinesfalls gewillt, sich der Regierungsautorität der Neuankömmlinge zu beugen. Es entwickelten sich Rivalitäten, bei denen sich die von Ridge angeführte Minderheit bzw. die Vertragspartei der Emigranten auf die Seite der Alten Siedler schlug und sich gegen die Ross-Partei oder Nationale Partei stellte, die fast dreimal soviel Anhänger hatte wie die anderen beiden zusammen.

Als diese Meinungsverschiedenheiten ihren Höhepunkt erreicht hatten, wurde die Nation in helle Aufregung versetzt durch die Nachricht, daß Major Ridge, sein Sohn John Ridge und Elias Boudinot – alles Anführer der Vertragspartei – unmittelbar nach dem Ende des Allgemeinen Rats, der nach zweiwöchigen Debatten vertagt wurde, ohne zum Beschluß gemeinsamer Aktionen geführt zu haben, von Anhängern der Nationalen Partei ermordet worden waren. Major Ridge wurde unweit der Grenze von Arkansas gefangengenommen und erschossen, sein Sohn wurde aus dem Bett gezerrt und mit Kriegbeilen in Stücke gehackt, während Boudinot auf hinterhältige Weise bei seinem Haus in Park Hill, im Indianerterritorium, ermordet wurde. Alle drei wurden am selben Tag getötet, dem 22. Juni 1839.

(Aus: James Mooney, *Historical Sketch of the Cherokee,* 1900.)

18

Waguli war schon fast sechs Monate im Westen, als die letzte Welle Cherokee über den Weg, der damals schon Pfad der Tränen genannt wurde, in ihre neue Heimat gebracht wurde. Man sagte, 4000 Cherokee seien gestorben. Immer wenn Waguli das hörte, fragte er sich, wie viele wie er wandelnde Tote waren und nur deshalb nicht zu den Todesopfern gezählt worden waren. Seit dem schrecklichen Ende der Reise hatte er fast nichts getan. Pheasant und ihm war es gelungen, sich am Waldrand beim Fluß, nicht weit von Fort Gibson, der Armeegarnison, einen kleinen Wetterschutz zu bauen. Er war nicht solide genug, um eine Hütte genannt zu werden. Er war nicht aus Pfählen gebaut, sondern aus langen Ästen und Stöcken, und in aller Eile nachlässig mit Flußschlamm verputzt. Er war klein, aber sie brauchten nicht viel Platz. Sie besaßen wenig: jeder ein Kleidungsstück zum Wechseln und eine Decke. Ihre Essensrationen kamen aus Fort Gibson, da die Regierung der Vereinigten Staaten sich bereit erklärt hatte, die Cherokee bis ein Jahr nach der Umsiedelung mit Nahrung zu versorgen, und Waguli und Pheasant gaben ihre Rationen den Nachbarn, und diese luden dafür die beiden Männer zum gemeinsamen Mahl ein. Manchmal, wenn sie auf jemanden trafen, der Geld besaß, verkauften sie ihre Rationen oder einen Teil davon. Um Fort Gibson herum konnte man Whiskey bekommen. Das war zwar illegal, aber wenn jemand Geld hatte und welchen haben wollte, konnte er ihn auch bekommen.

Pheasant hatte Frau und Kind verloren. Waguli hatte, so dachte er, alles verloren: Oconeechee, seinen Stolz, seine Männlichkeit, sein Land, seine ganze Vorstellung davon, wie das Universum gebaut war und auf welche Weise es funktionierte. Im Laufe der Zeit, die nur langsam dahinkroch, verkauften sie immer öfter ihre Rationen und gaben immer mehr Geld für den Whiskey des weißen Mannes aus – *wisgi* nannten sie ihn. Immer öfter waren sie betrunken. Wenn sie es sich leisten konnten, blieben sie betrunken. Wenn sie nüchtern waren, sehnten sie sich nach dem wohltuenden Alkohol, nach dem Vergessen und der Benommenheit von Körper und Geist. Immer öfter leisteten Waguli und Pheasant nur noch solchen Leuten Gesellschaft, die sich wie sie nach dem Trost des scharf schmeckenden Wassers des weißen Mannes sehnten. Zunächst konnte Waguli nicht viel davon trinken. Es brannte ihm auf der Zunge, in seiner Kehle und in seinem Magen. Er mußte husten und spucken. Doch schon bald trank er zusammen mit den anderen.

Fast von Anfang an spürte Waguli den brennenden Alkohol unruhig in seinem Magen rumoren, spürte, wie er sich bewegte, als wäre er ein Lebewesen und wolle nicht da bleiben, wo er ihn hingetan hatte. Er hatte die beunruhigenden Gefühle in seinen Eingeweiden willkommen geheißen und gedacht und gehofft, es komme da unten zu einem Ausbruch. Das war aber nicht der Fall. Also trank er den braunen Alkohol, weil er ihm das Hirn umnebelte und in seinen Gedärmen Übelkeit hervorrief, und hoffte weiter. Er hoffte, er würde vergessen, er würde den Schmerz und das Leid vergessen, die Qual und das Elend, die Krankheit und die Toten und die Erniedrigung. Er sehnte sich danach, den Verlust seines Zuhauses zu vergessen, den Verlust der Gewißheit, wie die Welt gemacht war und was alles bedeutete. Er sehnte sich danach, daß das vorübergehende Vergessen, zu dem das grauenhaft scharf schmeckende Wasser führte, ein dauerhaftes Vergessen werden würde, daß er im völligen Nichts sein werde, ganz und gar vom schwarzen Nebel verschluckt werden würde und daß sein Verstand völlig umnebelt sein würde. Und er hoffte, daß er sich übergeben würde.

Manchmal konnten Waguli und Pheasant, trotz ihrer neuen Trinkbekanntschaften, keinen *wisgi* bekommen, und dann wurden sie langsam und schmerzvoll wieder nüchtern, und ihre Gefühle und Erinnerungen und Gedanken kehrten zurück. Dann schmerzte und hämmerte es in Wagulis Kopf, und im Mund hatte er den Geschmack der ekelerregenden, übelriechenden und gasigen Dämpfe aus seinem Magen, dessen Inhalt er immer noch nicht herauswürgen konnte. Aber das Schlimmste von allem war, daß er dann ins Nachdenken kam. Er dachte über all die Dinge nach, die ihm als Kind beigebracht worden waren, über die Dinge, an die er immer fraglos geglaubt hatte: daß es drei Welten gab, eine ganz oben über dem großen Himmelszelt, eine andere unter den Wassern und die in der Mitte, die, auf der Waguli ging. Die Welt über ihm war gar nicht so verschieden von der, die Waguli kannte, nur daß dort die ursprünglichen Lebensformen zu Hause waren und all die verstorbenen Vorfahren. Und auf der siebten Höhe lebte der große Verteiler, der Gott aller Götter, der für alle Menschen ein Mysterium war. Die Welt unten war der von Waguli völlig entgegengesetzt. Das Unerwartete war dort etwas ganz Gewöhnliches. Es war die Welt des Chaos, beherrscht von seltsamen und gefährlichen Kreaturen, und die Cherokee vollzogen ihre Rituale und Zeremonien, um das prekäre Gleichgewicht zwischen diesen beiden anderen Welten und die Harmonie in ihrem Leben aufrechtzuerhalten.

Was war geschehen? Was hatte das Gleichgewicht durcheinandergebracht? Hatte der alte Prophet recht gehabt? Hatten die Cherokee dieses Verhängnis selbst über sich gebracht, indem sie mit den Dingen, die sie vom weißen Mann erhalten hatten, das empfindliche Gleichgewicht ihrer Welt gestört hatten? Oder stimmte das alles gar nicht? Ein Stahlmesser war etwas Nützliches, und Waguli konnte in einer Tasse Kaffee nichts wirklich Gefährliches sehen. Er war sich aber nicht sicher. Alles war Verwirrung und Chaos. Es war, als wäre die Welt unten aufgestiegen, um an die Stelle der Welt zu treten, die er gekannt hatte. Er wußte nicht einmal, wo er sich befand, nur daß er irgendwo im Westen war, weit weg von zu Hause. Er redete mit niemand über diese Dinge, nicht einmal mit Pheasant. Er behielt sie für sich, hielt sie in seinem Innern verschlossen, wo sie eiterten und gärten und seinen Verstand vergifteten und ihn dazu brachten, sich immer mehr nach der süßen, wohltuenden, die Sinne umnebelnden Trunkenheit zu sehnen, die ihm der *wisgi* brachte.

Waguli saß alleine in dem Wetterschutz. Er saß auf der Erde, die Ellbogen auf den Knien, den Kopf in den Händen. Er hatte Kopfschmerzen, und in seinem Magen rumorte es. Er war nüchtern. Er dachte nach. Er erinnerte sich. Dann hörte er laute Stimmen, rauhes Gelächter und Schritte, die lauter wurden und näher kamen. Er machte sich nicht die Mühe, aufzustehen und nachzusehen, wer sich da nähern mochte. Er hob noch nicht einmal den Kopf, das tat er erst, als die Stimmen schon in dem Wetterschutz waren, und da erkannte er den, der ihn ansprach und bei seinem Namen nannte.

»Waguli.«

Es war Pheasant. Waguli hob langsam seinen schweren Kopf. Pheasant war mit vier anderen gekommen. Mit Männern, die Waguli nie zuvor gesehen hatte. Es waren alles Indianer. Waguli gab als Antwort einen Grunzlaut von sich.

»Schau«, sagte Pheasant, »meine Freunde haben *wisgi.*«

Man reichte Waguli den Krug, und er nahm einen langen, wohltuenden Zug. Das Zeug brannte sich seinen Weg die Kehle hinunter und rumorte in seinen Eingeweiden. Er hustete und nahm noch einen Schluck. Sein Kopf wurde wieder klar. Es hämmerte jetzt nicht mehr darin, und die schmerzlichen Erinnerungen und quälenden Fragen verschwanden ebenfalls. Er gab den Krug an Pheasant weiter.

»Das ist Waguli«, sagte Pheasant zu den Fremden. »Er ist mein *unaligohi*, mein Partner. Wir sind zusammen hierhergekommen – unter den Gewehren der Soldaten. *Unaligohi*. Er war bei mir, als meine Frau starb. Und als mein Kind starb.«

Pheasant fing an zu heulen. Waguli konnte sehen, daß Pheasant schon viel mehr *wisgi* getrunken hatte als er selbst. Er starrte die anderen an.

»Pheasant«, sagte er, »wer sind diese Männer?«

Es war ihm eigentlich egal, wer sie waren, er wollte Pheasant nur von seinem Kummer ablenken.

»Oh«, sagte Pheasant, »ich vergaß sie vorzustellen. Thigh, Swim, Bud Soldier, Dirt Thrower.«

»Setzt euch«, sagte Waguli.

Die fünf Männer setzten sich in dem Wetterschutz auf den Boden und ließen den Krug von Hand zu Hand gehen.

»Ihr beide seid im Sommer gekommen«, sagte Thigh, »in der Zeit der Krankheit, und seid von den weißen Soldaten hergebracht worden.«

»Ja«, sagte Waguli.

»Das war schlimm«, sagte Thigh. »Ich weiß. Ich habe davon gehört. Wir sind im Winter gekommen, uns haben andere Cherokee hergebracht. Ich bin mit Häuptling Ross gekommen. Seine eigene Frau war unter denen, die wir am Wegrand begraben mußten. Das war schlimm genug, aber wenigstens gab es bei uns keine Soldaten.«

Waguli brummte etwas und zuckte die Achseln.

»Sie mußten Waguli fesseln«, sagte Pheasant, »weil er mit ihnen gekämpft hatte.«

Pheasant griff nach Wagulis Faust und hielt sie den anderen hin, damit sie sie sich ansahen.

»Seht ihr die Narben?« fragte er. »Und auf seinem Rücken sind immer noch Peitschenspuren. Der hier hat nicht aufgegeben. Er hat mit ihnen gekämpft. Und er ist einmal geflohen. Ja. Er ist mein Partner. *Unaligohi*.«

Waguli schämte sich. Pheasant prahlte mit ihm, versuchte, einen Helden aus ihm zu machen. Und es stimmte nicht, was Pheasant da sagte. Er hatte aufgegeben, und er hatte auf die schlimmste Weise aufgegeben: in seinem Herzen. Als er wieder an die Reihe kam, griff er gierig nach dem Krug und spülte noch etwas mehr von dem warmen Vergessen hinunter in sein Verdauungssystem.

»Viele sind gestorben«, sagte Thigh.

»Sie behaupten, es sind viertausend gewesen«, sagte Bud Soldier. »Viertausend. Alte Leute. Frauen. Babys.«

Dirt Thrower nahm den Krug und tat einen langen Zug, dann reichte er ihn an Swim weiter.

»Daran sind diese Verräter schuld«, sagte er, »die den Vertrag unterzeichnet haben. Sie haben dem weißen Mann unser Land verkauft. Wenn sie dieses Papier nicht unterschrieben hätten, wären wir immer noch zu Hause.«

»Das stimmt«, sagte Thigh. »Sie sind schuld daran.«

»Unsere Gesetze fordern den Tod für jeden, der Cherokee-Land verkauft«, sagte Dirt Thrower. »Oder etwa nicht?«

»Ja, das stimmt«, sagte Pheasant.

Der Krug war wieder bei Waguli angelangt, der ihn kurz an die Lippen führte und dann in dem Wetterschutz mitten auf den Boden warf.

»Er ist leer«, sagte er.

»Man sollte diese Männer umbringen«, sagte Thigh.

Dirt Thrower erhob sich, er stand noch recht sicher auf den Beinen.

»Los«, sagte er. »Ich weiß, wo wir noch welchen bekommen können.«

»Inena«, sagte Pheasant.

Als Waguli aufstand, um den anderen zu folgen, schwirrte ihm der Kopf, es drehte sich ihm der Magen um, und seine Beine zitterten, aber er kippte nicht um und ging ihnen hinterher. Er wußte nicht, wohin sie gingen. Er folgte. Er wußte nicht, woher sie ihren *wisgi* hatten oder wie sie ihn hatten bezahlen können, aber er setzte sich zu ihnen unter einen Walnußbaum und half ihnen dabei, einen weiteren Krug zu leeren. Als der zweite Krug leergetrunken war, drehte sich Wagulis Welt im Kreise, aber Thigh hatte noch einen dritten, und irgend jemand schlug vor, sie sollten zu dem Wetterschutz von Waguli und Pheasant zurückkehren und den dritten Krug dort leeren. Irgendwie schaffte es Waguli, den Weg zu seinem neuen Heim zurückzulegen. Auf dem ganzen Weg torkelte und wankte er hin und her. Manchmal dachte er, die Welt sei auf eine Seite gekippt, und er versuchte weiterzugehen, als müsse er an einer steilen Klippe entlanglaufen. Ein paarmal fiel er hin, aber es gelang ihm dennoch, mit den anderen Schritt zu halten. Als sie wieder in ihrem Wetterschutz waren, fiel er auf dem Boden in Ohnmacht, bevor der dritte Krug geleert war. Er erinnerte sich, um sich herum Stimmen gehört zu haben, aber irgendwann seit der Hälfte des zweiten Kruges hatte er die Worte nicht mehr verstanden. Er glitt in die Bewußtlosigkeit hinüber, während die Erde um seinen Kopf herumwirbelte. Die Nacht war eiskalt, und Pheasant und Thigh machten ein Feuer. Dann kippte einer nach dem anderen um wie Waguli, und das Feuer brannte ohne Aufsicht in dem Wetterschutz weiter.

Waguli versuchte, wieder zu Bewußtsein zu gelangen, als er spürte, daß man ihn über den Boden schleifte. Er spürte, wie es plötzlich empfindlich kälter wurde, und hörte um sich herum aufgeregte Stimmen, Rufe und Geschrei, aber sobald man seinen Körper wieder losließ und er nicht mehr über den Boden geschleift wurde, gab sein Bewußtsein den Kampf auf, und er glitt wieder ins Reich der Empfindungslosigkeit hinüber.

Schließlich wachte er auf, langsam und schmerzvoll. Nach und nach nahm er das Bild war, das sich ihm bot. Der Wetterschutz war bis auf den Boden niedergebrannt. Pheasant sah, wie er versuchte aufzustehen, und ging zu ihm hin, um mit ihm zu reden.

»Wir haben unser Haus niedergebrannt«, sagte er.

Waguli brummte etwas.

»Wir haben Bud Soldier verbrennen lassen. Er ist tot.«

Waguli sah Pheasant nur für einen kurzen Augenblick ins Gesicht, dann blickte er wieder zu Boden. Sein Kopf tat ihm weh. Er hatte Bud Soldier nicht gekannt. Die Nachricht, daß dieser Mann in seinem Wetterschutz gestorben war, schmerzte ihn nicht. Er hatte schon so viel Tod gesehen, so viel sinnlosen Tod, daß ihm einer mehr nichts mehr ausmachte. Er war taub für Schmerz und Leid und Elend. Trotzdem dachte er, er müsse irgendwie Interesse, wenn nicht gar Mitleid zeigen.

»Und die anderen?« fragte er.

»Sind alle da«, sagte Pheasant, »außer Thigh. Er hat in der Nacht seine Hose beschmutzt und ist in den Wald gegangen.«

Waguli lachte, aber es war ein hohles, fast schmerzvolles Lachen. Er zwang sich aufzustehen, und seine Beine fühlten sich an, als wären keine Knochen darin.

»Wie bin ich hier herausgekommen?« sagte er.

»Ich habe dich rausgeholt.«

Waguli griff sich mit den Händen an seinen pochenden Schädel.

»Was ist mit dem *wisgi*?« fragte er.

»Alles in Ordnung«, sagte Pheasant. »Wir haben ihn leergetrunken, bevor wir uns schlafen legten.«

»Mir ist übel«, sagte Waguli. »Ich wollte, ich könnte mich übergeben. Können wir noch mehr *wisgi* bekommen?«

19

Sie tranken ein wenig *wisgi*, um sich von innen aufzuwärmen, aber sie waren noch nicht sturzbetrunken. Dirt Thrower warf eine Decke auf den Boden und schlug die Enden zurück, um zu zeigen, was er ihnen mitgebracht hatte. Es waren Messer und Kriegsbeile. Er verriet ihnen nicht, woher er diese Dinge hatte. Dann streckte er die Hand aus und griff nach einem verrosteten Kriegsbeil mit Kerben in der Klinge. Es war ein bißchen größer und schwerer als eine richtige Kriegsaxt oder ein Kriegsknüppel. Pheasant nahm sich ein Messer. Auch Swim griff nach einem Messer. Thigh schnappte sich das übriggebliebene Kriegsbeil, und dann blieben noch zwei Stahlmesser übrig. Waguli saß da und starrte vor sich hin. Dirt Thrower griff nach einem der Messer und warf das andere mit dem Griff voran Waguli zu. Waguli packte den Griff mit der rechten Hand. Dirt Thrower steckte sich das andere Messer in den Gürtel. Es war später Abend, und die Sonne stand tief im Westen. Dirt Thrower stand auf, das Kriegsbeil in der Hand.

»Laßt uns gehen«, sagte er.

Sie hatten sich an einem Ort in der Nähe von Talequah versammelt, ein paar Meilen von Fort Gibson entfernt, dem Ort, der vor kurzem zur Hauptstadt der Cherokee-Nation bestimmt worden war. Nur ein paar Meilen von der Hauptstadt entfernt, im Wald drinnen, lag die Gemeinde Park Hill. Dort hatten Häuptling John Ross und andere berühmte Cherokee schöne neue Häuser errichten lassen. Die fünf auf so primitive Weise bewaffneten Cherokee gingen schweigend durch den Wald in Richtung Park Hill. Dirt Thrower hatte in Erfahrung gebracht, daß Elias Boudinot, der in Park Hill wohnte, nicht weit von seinem Zuhause einem Nachbarn beim Hausbau helfe. Die Baustelle lag zwei Meilen von dem stilvollen Haus entfernt, in dem der Häuptling lebte, und das Rose Cottage genannt wurde. Elias Boudinot, ein Vollblut-Cherokee, früher unter dem Namen Buck Watie bekannt, war der Bruder von Stand Watie. Als junger Mann war er auf ein College der Weißen geschickt worden, hatte eine weiße Frau aus dem Norden kennengelernt und geheiratet. Damals hatte er auch seinen Namen geändert. Er hatte den Namen jenes weißen Mannes angenommen, der ihm geholfen hatte, als er noch im Norden zur Schule ging. Ehe die Cherokee umgesiedelt wurden, war Boudinot Protokollführer des Nationalrates der Cherokee und Herausgeber des ›Cherokee Phoenix‹ gewesen, jener zweisprachigen Zeitung, welche die Cherokee-Nation herausgab, nachdem Sequoyah für sein Volk eine Silbenschrift entwickelt hatte, damit es seine Sprache auch schreiben konnte. Er hatte dem Missionar Reverend Samuel Worcester geholfen, das Neue Testament aus der Bibel des weißen Mannes in die Sprache der Cherokee zu übersetzen, und er hatte sogar einen Roman geschrieben. Zusammen mit seinem Cousin John Ridge hatte Boudinot ständig Reisen zu den Weißen unternommen und Reden gegen die Umsiedelung gehalten, in der Absicht, bei den weißen Amerikanern um Verständnis für die Anliegen der Cherokee zu werben. Er war nach Washington gegangen, um dort mit Mitgliedern der Regierung der weißen Männer zu reden. Aber eines Tages hatten Boudinot und sein Bruder Stand Watie, ihr Cousin John Ridge und dessen Vater, der als Major Ridge bekannt war, plötzlich ihre Meinung geändert. Jetzt versuchten sie die Cherokee davon zu überzeugen, daß es besser sei, den Kampf aufzugeben und nach Westen zu gehen. Sie hatten gesagt, es bestehe keine Hoffnung, daß sie in ihrem Heimatland bleiben könnten. Die Umsiedelung, so sagten sie, sei unvermeidbar. Es wäre für alle einfacher, wenn sie mit den Vereinigten Staaten kooperieren und freiwillig nach Westen ziehen würden. Dann hatten sie den Vertrag unterschrieben, wie Andrew Jackson, der Präsident der weißen Männer, das von ihnen verlangt hatte. Sie hatten das Land verkauft und versprochen, daß alle Cherokee nach Westen ziehen würden.

Der kleine Trupp Cherokee, der durch den Wald ging und unter denen sich auch Waguli befand, hatte beschlossen, daß Boudinot für dieses Verbrechen sterben müsse. In jener Nacht gingen noch andere zu John Ridges Haus. Und dann noch ein paar, denen die Namen der übrigen Vertragsunterzeichner bekannt waren. Das Gesetz sagte, daß jeder, der Cherokee-Land verkaufe, sterben müsse. Diese Männer hatten beschlossen, daß sie selbst dafür sorgen würden, daß dieses Gesetz erfüllt würde. Sie blickten grimmig drein, und obwohl der *wisgi* immer noch ein wenig in ihnen brannte, hatte der lange Marsch und die Bedeutsamkeit ihres Vorhabens sie wieder nüchtern gemacht. Es hämmerte in Wagulis Kopf. Es drehte sich ihm der Magen um. Er hatte davon geträumt, ein Krieger zu sein und sich Ehre und Achtung zu erwerben, indem er die Feinde der Cherokee tötete, aber die großen Kriegszeiten der Cherokee waren schon vor seiner Geburt zu Ende gegangen. Nun ging er mit diesen anderen – lauter Männer, von denen er außer Pheasant keinen einzigen kannte –, um einen anderen Cherokee zu töten. Er versuchte, sich das Elend in Erinnerung zu rufen, das er durchlitten hatte, das Leid, dessen Zeuge er gewesen war, und diesem Mann alle Schuld daran zu geben, seinen ganzen Haß und seine ganze Wut auf diesen Mann zu richten, aber er konnte nicht viel Haß aufbringen. Sein Inneres war immer noch taub. Er hatte keine richtigen Gefühle. Sie waren aus ihm herausgeprügelt worden, oder er hatte sie von sich fortgeschoben, um durchzuhalten. Und doch folgte er ihnen mit dem Messer im Gürtel.

Dirt Thrower hob die Hand, um die Prozession zum Stehen zu bringen, dann ließ er die vier Männer einen engen Kreis um sich bilden.

»Dort sind sie«, sagte er.

Etwas weiter weg stand eine Gruppe von Männern auf einer Lichtung am Ende des Weges. Das Gerüst eines Hauses stand schon. Es sah aus, als wollten sie gerade für den heutigen Tag die Arbeit niederlegen. Bald würde die Sonne unter dem westlichen Rand des Himmelszeltes hindurchkriechen, und dann würde es dunkel sei. Waguli klopfte das Herz in der Brust.

»Swim und Pheasant werden ihn holen gehen. Wißt ihr, welcher von ihnen Boudinot ist?«

»Ich kenne ihn«, sagte Swim.

»Gut. Sagt ihm, sein Freund sei an *onisquagani-junahisna* erkrankt. Er habe Schmerzen auf der Seite, und das Atmen tue ihm weh. Er habe Schüttelfrost und Fieber. Er huste und spucke Schleim. Es ist bekannt, daß Boudinot eine Medizin für diese Krankheit hat. Er wird mit euch gehen. Ihr geht jeder auf einer Seite und führt ihn diesen Weg hinunter. Seht euch diesen Baum hier an. Merkt euch die Stelle. Wenn ihr ihn hergebracht habt, genau dahin, wo wir jetzt stehen, dann packt ihn bei den Armen, damit er nicht weglaufen kann. Haltet ihn ganz fest. Wir besorgen den Rest.«

»Hawa«, sagte Swim, und er und Pheasant gingen los zu dem unvollendeten Haus und der kleinen Gruppe von Männern, die dort stand. Waguli schwitzte. Dirt Thrower legte Waguli und Thigh die Hände auf die Schulter und stieß sie vom Pfad weg hinter die Bäume.

»Wartet auf mich«, sagte er. »Ich werde ihm den ersten Schlag versetzen. Dann könnt ihr auch zuschlagen, aber wartet auf mich. Rührt euch erst, wenn ich ihm einen Hieb versetzt habe.«

Waguli war übel. Er lehnte an dem großen Baum, hinter dem er sich versteckt hatte. Es hämmerte in seinem Kopf, sein Herz klopfte, und in seinem Magen rumorte es. Er sehnte sich nach einem Schluck *wisgi*. Unten am Ende des Weges konnte er sehen, wie drei Männer losgingen und sich auf die Stelle zubewegten, an der er und die anderen auf Lauer lagen. Ihr Plan schien zu funktionieren. Er konnte die Gestalten nicht genau erkennen, aber es mußten Pheasant und Swim sein, mit Boudinot in der Mitte. Sie kamen näher, und er konnte ihre Stimmen hören.

»Wir müssen erst zu meinem Haus gehen, damit ich die Medizin holen kann«, hörte er Boudinot sagen.

»*Hawa*. Geht in Ordnung«, sagte Swim. »Das Haus meines Freundes ist nicht weit von hier.«

Plötzlich, zu plötzlich für Waguli, waren sie bei ihm. Noch ein paar Schritte, und schon waren sie vorbeigegangen. Dann packte Swim einen von Boudinots Armen, und Pheasant packte den anderen. Sie blieben stehen und hielten ihn fest gepackt. Boudinot stolperte.

»Was soll das?« sagte er.

Dirt Thrower stürzte aus seinem Versteck hervor, schwang das alte Kriegsbeil hoch über dem Kopf und ließ es mit großem Schwung zwischen Boudinots Schulterblättern niedersausen. Boudinot schrie einmal, nicht lange. Waguli dachte, dieser Hieb allein müßte ihn schon getötet haben. Trotzdem kam Thigh aus dem Dunkeln hervor, schwang seine Axt und zerschmetterte Boudinots Schädel. Der Körper des Opfers hing einen Augenblick leblos zwischen den beiden Männern, die ihn stützten, dann ließen sie ihn fallen. Dirt Thrower zog mit großer Mühe sein Kriegsbeil aus dem Rücken der Leiche und schlug wieder und wieder zu. Thigh tat dasselbe, und Pheasant und Swim stießen ihre Messer immer und immer wieder in den Körper. Waguli war auf den Weg hinausgetreten. Er stand da und sah ihnen fassungslos und fasziniert zu, aber als er einen kurzen Blick den Weg hinunter auf die Baustelle warf, sah er Männer auf sie zurennen. Sie hatten den Schrei gehört.

»Sie kommen«, sagte er.

»Los, weg von hier«, sagte Dirt Thrower und fing an, den Weg in die Richtung zurückzulaufen, aus der sie gekommen waren. Die anderen folgten ihm. Er rannte ein Stück den Weg hinunter, dann schlug er sich in die Wälder. Es war nun stockfinster geworden, und Waguli rannte blindlings durch den dichten Wald, allein. Die anderen hatte er aus dem Blick verloren. Sein Messer, von dem er keinen Gebrauch gemacht hatte, hatte er fallen lassen. Er rannte. Er rannte, bis er nicht mehr wußte, wo er sich befand. Er rannte, bis er glaubte, nun weit genug von dem Ort des brutalen Mordes, an dem er sich beinahe beteiligt hätte, entfernt zu sein. Oder hatte er sich etwa doch daran beteiligt? Er rannte, bis er nicht mehr konnte und bis er nicht mehr wußte, in welche Richtung er rennen sollte. Dann brach er zusammen. Die Erde war kalt, und die Nachtluft war kalt. Die blutige Szene, die er mit angesehen hatte, ging ihm im Kopf herum. Er hörte den Schrei und die gemeinen Hiebe und Stiche immer und immer wieder, und er sah das Blut. Boudinot war ein Verräter, sagte er sich. Aber ihm war immer noch übel, und er wollte sich übergeben.

Die Nacht ging vorüber, im Osten kam die Sonne heraus, und Waguli hatte eine ungefähre Vorstellung, welche Richtung er einschlagen mußte, um wieder nach Fort Gibson zu kommen. Er konnte gar nicht sagen, warum er wieder dahin zurückging. Sein Heim war niedergebrannt, und im Grunde war es sowieso nie wirklich sein Zuhause gewesen. Er hatte keine Familie, keine richtigen Freunde. Er wollte Dirt Thrower und Swim und Thigh nicht wiedersehen, niemals, und er wollte auch Pheasant nicht unbedingt wiedersehen, zumindest eine Weile nicht. Er ging Richtung Fort Gibson. Warum? Wenigstens war es ihm vertraut. Vielleicht war das der Grund. Nein. Er kam auf den wahren Grund, und der war ganz einfach. Ganz leicht zu erraten. Er war nur allzu offensichtlich. Er wollte *wisgi*. In Fort Gibson wußte er, wo er welchen bekommen konnte, und er wollte welchen. Unbedingt.

Er fand Pheasant und die anderen gleich neben der Asche ihres niedergebrannten Wetterschutzes auf dem Boden liegen. Sie schliefen alle oder waren bewußtlos, alle außer Dirt Thrower, der sich rührte, als Waguli näher kam. Als er sich in ihre Mitte stellte, setzte sich Dirt Thrower langsam auf und rieb sich das Gesicht.

»Du hast zurückgefunden«, sagte Dirt Thrower.

»Wisgi agwaduli«, sagte Waguli.

Dirt Thrower erhob sich schwerfällig und sah sich um. Er ging hinüber zu der Stelle, wo Swim auf dem Bauch lag, das Gesicht in den verschränkten Armen vergraben, die noch einen Krug umschlangen. Er nahm den Krug und schüttelte ihn, dann setzte er ihn sich an die Lippen und nahm einen Zug. Er drehte sich zu Waguli um und warf den Krug durch die Luft. Waguli fing ihn und trank gierig daraus.

»Hast du Neuigkeiten gehört?« fragte Dirt Thrower.

»Ich habe nichts gehört.«

»Die anderen haben den alten Ridge und John Ridge getötet, aber Watie konnte entkommen.«

Waguli nahm noch einen langen Zug. Die Ridges waren ihm gleichgültig. Er wollte das nicht hören. Er wollte betrunken sein und umfallen, wie die anderen, die dort lagen. Dirt Thrower wollte er ganz bestimmt nicht zuhören. Plötzlich haßte er Dirt Thrower. Er wünschte, sie hätten Dirt Thrower in Stücke gehackt und nicht diesen – diesen anderen Mann. Waguli hatte seinen Namen vergessen.

»Gib mir noch was«, sagte Dirt Thrower.

Waguli reichte ihm den Krug und sah ihm beim Trinken zu. Ich sollte diesen Mann umbringen, dachte er. Aber als Dirt Thrower ihm den Krug wieder reichte, trank er.

»Der wird nie mehr irgendwelche Papiere von Weißen unterschreiben«, sagte Dirt Thrower und lachte, ein gräßliches Gewieher, dachte Waguli. »Dafür haben wir schon gesorgt. Dem haben wir es richtig gut besorgt. Gib mir den *wisgi.*«

Waguli hatte gerade den Krug von seinem Mund abgesetzt, nachdem er die letzten brennenden Tropfen herausgesaugt hatte.

»Keiner mehr drin.«

Dirt Thrower fing plötzlich an, Englisch zu reden.

»Scheiße«, sagte er. Er drehte Waguli den Rücken zu, um den Boden nach einem anderen Krug abzusuchen, in dem noch ein bißchen Schnaps sein könnte, und als er das tat, holte Waguli mit dem leeren Krug aus und schmetterte ihn gegen Dirt Throwers Hinterkopf. Dirt Throwers Knie gaben nach, und er stand einen Moment lang auf Zehenspitzen, die Knie gebeugt, die Arme hingen leicht nach außen verdreht herab, und dann kippte er vornüber und landete mit dem Gesicht voran auf dem steinigen Grund. Waguli warf den Krug weg. Er fragte sich, ob er den widerwärtigen Dirt Thrower wohl umgebracht hatte. Er beugte sich über die allem Anschein nach leblose Gestalt und drehte sie herum, und da konnte er sehen, daß Dirt Thrower noch am Leben war. Er war ein bißchen enttäuscht, aber nicht genug, um die Sache zu Ende zu bringen. Es war nicht wirklich seine Absicht gewesen, den Mann umzubringen. Er hatte bloß aus einem Impuls heraus zugeschlagen. Er durchsuchte Dirt Throwers Taschen und fand ein paar Münzen. Dann ging er noch die Taschen der anderen durch, die vom Alkohol immer noch bewußtlos waren. Er fand noch ein bißchen Geld. Vielleicht hatte er mit dem ganzen Geld von ihnen allen genug zusammen, um sich noch etwas *wisgi* kaufen zu können. Er schob die Münzen tief in die Taschen seiner Hose, der Hose eines weißen Mannes, und ging fort. Er würde den *wisgi*-Mann schon selbst finden, dachte er. Er kam auch ohne die anderen aus.

Die Wochen schleppten sich langsam und beschwerlich dahin, und Oconeechee setzte ihre einsame Suche weiter fort. Sie fand ihre alte Heimatstadt Soco Gap in demselben Zustand vor wie Old Town: verlassen, niedergebrannt, geplündert. Eigentlich sahen alle Cherokee-Städte, die sie gesehen hatte, genauso aus. Sie sah ein paar schöne Cherokee-Häuser, die immer noch standen, aber es wohnten Weiße darin, und sie sah, wie die Weißen neue Häuser auf Cherokee-Land bauten. Sie war vorsichtig und achtete darauf, von diesen Weißen nicht gesehen zu werden. Sie reiste durch das ganze alte Land der Cherokee und suchte mit viel Gedud und Gründlichkeit nach Waguli. Wenn ihr Nahrungsvorrat aufgezehrt und ihre Kleider abgetragen sein würden, würde sie zu den Leuten zurückkehren, die sich in den Bergen versteckten, um sich auszuruhen und neue Vorräte zu holen. Danach würde sie wieder losziehen. Ihre Suche war nicht nur frustrierend, sondern auch deprimierend. Das Land, das sie ihr ganzes Leben lang gekannt hatte, hatte sich verändert. Es war ihr feindlich, weil es nun nicht mehr von ihrem Volk, sondern von Weißen bevölkert war. Und es befanden sich jetzt schon mehr Weiße in diesem Land, als je Cherokee dort gewesen waren. An manchen Orten erbauten sie neue Städte, Städte des weißen Mannes. Das Land, das jahrelang von Cherokee-Farmern bestellt worden war, wurde nun von weißen Farmern gepflügt und bepflanzt. Trotzdem setzte sie ihre Suche fort. Sie suchte weiter, denn für sie gab es kein Leben ohne Waguli.

20

Waguli war nicht überrascht, als kurz nach dem Mord an den Ridges und Boudinot Freunde, Verwandte und Anhänger dieser Männer Vergeltung zu üben begannen. Die Cherokee-Nation wurde in einen Bürgerkrieg verwickelt. Die eine Seite wurde die Vertragspartei oder manchmal auch die Ridge-Partei genannt. Die andere nannte man gewöhnlich die Ross-Partei. Die Killer der Ross-Partei waren ihren Feinden bald schon bekannt, zumindest einige von ihnen. Waguli überraschte auch das nicht. Als Dirt Thrower einmal betrunken war und nicht darauf achtete, wer sich alles in Hörweite befand, prahlte er mit seiner Rolle bei der Ermordung Boudinots. Waguli versuchte, sich von Dirt Thrower und dessen Freunden fernzuhalten, aber nicht etwa, weil er Angst hatte, von Mitgliedern der Vertragspartei angegriffen und getötet zu werden. Seit man ihn damals wieder eingefangen und ins Lager gesperrt hatte, hatte er sich nie wieder lebendig gefühlt. Er hatte keine Angst vor dem Tod. Der Tod schien ihm sogar willkommen zu sein. Manchmal fragte er sich, warum er sich nicht einfach selbst umbrachte und allem ein Ende machte. Warum führte er noch weiter dieses Schattendasein, das er nur mit Hilfe von *wisgi* ertragen konnte? Er hatte keine Antwort auf diese Frage.

Er lungerte im Fort herum und suchte nach einer Gelegenheit, sich etwas Geld zu verdienen oder zu erbetteln. Er war auf einen weißen Soldaten zugegangen, der ihn grob zur

Seite geschoben und etwas auf englisch gesagt hatte, das wie eine Drohung klang. Er beschloß, sich von den Soldaten fernzuhalten. Es gab noch viele andere Leute beim Fort: weiße Zivilisten und Indianer. Er dachte darüber nach, irgendwo anders hinzugehen, aber es fiel ihm kein Ort ein, an den er gerne gehen würde. Er fand eine Stelle am Palisadenzaun und setzte sich, lehnte sich gegen den Zaun und zog die Knie an. Das erinnerte ihn an die andere Umzäunung, und er verspürte das Verlangen, sich umzudrehen und ein Loch unter dem Zaun zu graben. Er wußte, daß das ein unsinniges Verlangen war. Er ließ den Kopf zwischen die Knie hängen und versuchte, die Welt um ihn herum auszuschalten, aber er hatte immer noch den Wunsch, zu graben.

»Waguli.«

Waguli hob den Kopf. Es war Pheasant. Er stand dort vor Waguli, mit einem breiten Grinsen auf dem Gesicht.

»Laß uns gehen«, sagte er.

Waguli rührte sich nicht.

»Los«, sagte Pheasant.

»Wohin?«

Pheasant reichte Waguli die Hand, immer noch grinsend, und öffnete langsam seine Faust, in der eine Handvoll Münzen waren.

»Wo hast du das ganze Geld her?« fragte Waguli.

»Ist doch egal«, sagte Pheasant. »Laß uns gehen.«

Waguli stand auf und ging neben Pheasant her. Er wußte, wo sie hingingen. Er wußte es sofort, als er sah, daß Pheasant Geld hatte. Die Richtung, in die sie gingen, bestätigte nur seine Ahnung. Sie würden *wisgi* kaufen und sich betrinken.

Der Krug war schon halb leer, und Pheasant und Waguli gingen zu dem halb fertiggestellten Wetterschutz neben der Asche. Keiner von ihnen hatte vorgeschlagen, dort hinzugehen. Sie gingen einfach hin, denn es gab keinen anderen Ort, an den sie gehen könnten. Letztlich war es so etwas wie ein Zuhause. Waguli nahm Pheasant den Krug ab und trank im Gehen. Als sie beim Wetterschutz ankamen, torkelte er schon. Dirt Thrower und seine Freunde lagen neben der armseligen Hütte herum.

»*Siyo*«, sagte Dirt Thrower. »Wir haben hier auf euch gewartet.«

»Hallo, Freunde«, sagte Pheasant. »Wir haben etwas *wisgi* da. Nehmt einen Schluck.«

Er nahm Waguli den Krug aus der Hand und reichte ihn Dirt Thrower. Dirt Thrower nahm einen langen Zug, dann reichte er Thigh den Krug. Als Thigh trank, verspürte Waguli das Bedürfnis zu pinkeln. Er nahm das kurzerhand zum Vorwand, sich aus der Gesellschaft dieser unwillkommenen Gäste zu entfernen, und ging hinter den Wetterschutz und noch ein paar Fuß weit in den dichten Wald hinein. Dann hörte er das Geräusch heranreitender Pferde und die Stimmen der Reiter.

»Wer kommt da?« fragte Dirt Thrower.

»Ich weiß nicht«, sagte Pheasant.

Waguli blieb im Wald und wartete. Er hörte die Pferde näher kommen und suchte sich einen Platz, von dem aus er zumindest ein bißchen von dem sehen konnte, was da vor sich ging, ohne jedoch, wie er dachte, selbst gesehen zu werden. Die Reiter sahen wie Mischlinge oder wie Weiße aus. Die Papierunterzeichner, dachte er. Als sie noch näher herankamen, zog jeder der Reiter eine Pistole aus dem Gürtel.

»Lauft weg«, sagte Dirt Thrower, aber sie hatten zu langsam reagiert. Einer der Reiter schoß mit seiner Pistole Dirt Thrower direkt in den Hinterkopf. Waguli sah Dirt Thrower leblos vornüber zu Boden stürzen. Thigh hatte gesessen, und als er sich gerade aufrappeln wollte, schoß ihm einer der Reiter in die Brust. Swim rannte den Weg zum Fort hinunter. Einer der Reiter riß sein Pferd herum und stürmte ihm nach. Als er an der Seite des fliehenden Swim angelangt war, hielt der Reiter seine Pistole nach unten, bis sie nur einen Fuß weit von Swims Kopf entfernt war, und drückte ab. Swims Kopf flog zur Seite. Er stolperte noch drei oder vier Schritte weiter und brach dann neben der Straße zusammen. Pheasant sprang auf den Reiter zu, der Dirt Thrower erschossen hatte, und packte ihn bei der Jacke. Der Mann kämpfte darum, im Sattel zu bleiben. Er schlug Pheasant mit der leergeschossenen Pistole auf den Kopf, während sein Pferd nervös herumtänzelte. Ein anderer Mann, dessen Pistole immer noch geladen war, sprang vom Pferd und lief hinter Pheasant her. Er zielte mit seiner Pistole genau zwischen die Schulterblätter auf Pheasants Rücken. Waguli stürzte aus seinem Versteck hervor.

»Nein!« schrie er.

Der Mann gab Feuer, und Pheasant schrie auf und fiel nach hinten. Die Reiter drehten sich alle zu Waguli um, der sich mit seinem Schrei verraten hatte. Einer von ihnen zielte mit der Pistole auf ihn, und Waguli stand, von dem Anblick des Pistolenlaufs wie gebannt, da und starrte ihm ins Gesicht. Der Mann drückte ab, und der Hahn fiel mit einem harmlosen Klick herunter. Waguli machte kehrt und rannte zurück in den Wald. Er hörte jemanden zu Fuß in den Wald stürzen, um ihn zu verfolgen, dann hörte er einen anderen losbrüllen:

»Komm schon. Laß ihn laufen. Machen wir, daß wir hier wegkommen.«

Waguli rannte trotzdem weiter. Er lief noch tiefer in den Wald hinein, bis er sicher war, daß ihn niemand mehr verfolgte. Er blieb stehen, sah sich um und wartete. Schließlich machte er sich daran, zum Schauplatz des Gemetzels zurückzugehen. Er ging zurück bis zu der Stelle, an der er sich versteckt hatte, als die ersten Männer herangeritten kamen, und blieb eine ganze Weile dort stehen. Vögel sangen in den Bäumen, und ein leichter Windhauch brachte das trockene Laub zum Rascheln. Waguli wurde sich erst jetzt bewußt, daß die Hosen des weißen Mannes, die er trug, naß waren. Er trat hinaus ins Freie, und beim Anblick der Leichen, die dort lagen, wurde ihm schlecht. Langsam ging er hinüber zur Leiche von Pheasant. Er lag auf dem Rücken, und wären seine Augen nicht weit offen gestanden und hätten sie nicht ausdruckslos in den Himmel geblickt und wäre da nicht ein blutiges Loch in seinem Brustbein gewesen, hätte es für Waguli so ausgesehen, als hätte sich Pheasant einfach wieder bis zur Besinnungslosigkeit betrunken. Er ließ sich auf die Knie fallen und sah Pheasant ins Gesicht, und er dachte an Sally und Yudi und fragte sich, ob Pheasant sie wohl im Land, wo es dunkel wird, auf der anderen Seite des Himmelszeltes finden würde und ob sie wohl dort auf ihn warteten. Er spürte, wie sich sein Magen heftig zusammenkrampfte, und hielt sich den Bauch. Sein Magen krampfte sich so stark zusammen, als hätten ihn riesige, unsichtbare Hände in der Mitte seines Körpers gepackt und würden ihn zusammendrücken, ihn auswringen wie einen nassen Lappen. Er machte den Mund weit auf, weil er dachte, er müsse sich gleich übergeben, aber es kam nichts heraus. Die Krämpfe ließen nach, und als sie vorbei waren, blieb nur die vertraute Übelkeit in der Magengrube.

Waguli begrub Pheasant und bedeckte das Grab mit einem kleinen Aufbau aus Holz, der aussah wie das Dach eines Hauses. Zuerst dachte er, daß er sich nicht um die anderen kümmern würde, um Dirt Thrower und seine Freunde, aber dann merkte er, daß er es nicht über sich bringen würde, sie einfach so daliegen und unter freiem Himmel verwesen zu lassen. Also begrub er auch sie, nicht weit von Pheasants Grab entfernt, aber er machte sich nicht die Mühe, ihre Gräber zu markieren. Dann packte er das wenige, das er besaß, zusammen, darunter auch sein Messer und die kleine Axt, die aus dem Vorrat von Mordwaffen übriggeblieben war, und verließ den Ort, der ihm als Heimat gedient hatte, um nie wieder dorthin zurückzukehren. Er suchte sich eine neue Stelle, auch diese unweit von Fort Gibson entfernt, und baute sich eine einfache Hütte aus Baumstämmen. Dann gewöhnte er sich allmählich an ein Leben, das aus lauter Routine bestand. Er ging sich seine Essensrationen holen und bestellte ein kleines Feld: Mais, Bohnen, verschiedene Kürbissorten, Kartoffeln und Süßkartoffeln und Tomaten. Er ging die Früchte der wilden Pflanzen sammeln, die er kannte und die er in seiner neuen Umgebung finden konnte: Walnüsse, Kastanien, Hickorynüsse, wilde Trauben, Pilze. Er fing an, zu fischen und im Fluß und den zahlreichen Strömen und Bächen in der Umgebung Flußkrebse zu fangen. Er fand Schilfrohr, Gleditschien, Disteln und Osagedorn und fertigte sich ein Blasrohr und Pfeile an, einen Bogen und ein paar Jagdpfeile.

Bald schon stellte er fest, daß sein Land viel mehr abwarf, als er für sich selbst zum Leben benötigte, und daß er den Überschuß den Weißen im Fort oder den Cherokee, die Geld hatten, verkaufen konnte. Offenbar galt er nicht als einer der Boudinot-Mörder, und man zählte ihn auch nicht zu einer bestimmten Fraktion. Und doch war er sich irgendwo im Hinterkopf immer noch dessen bewußt, daß er, wie kurz auch immer, von denen, die Pheasant und die anderen getötet hatten, gesehen worden war. Sie konnten ihm jederzeit begegnen und ihn wiedererkennen. Noch lief er frei im Fort herum und hatte herausgefunden, daß er von den Weißen die merkwürdigsten Gelegenheitsarbeiten bekommen konnte, Holz fällen und abtransportieren, waschen, alles, was die weißen Männer oder Frauen getan haben wollten, aber lieber nicht selbst taten. Und mit dem Geld, das er durch den Verkauf seines Ernteüberschusses und mit diesen merkwürdigen Arbeiten verdiente, kaufte er sich *wisgi*, und am Abend trank er sich in einen tiefen Schlaf.

21

»Ich weiß, ihr denkt, daß der weiße Mann, daß die föderalistische Regierung euch das Land gestohlen hat«, sagte Wil Usdi, »aber das stimmt so nicht ganz. Er hat es gekauft. Er hat euch diesen Verkauf aufgezwungen, das stimmt wohl, aber trotzdem war es ein Verkauf. Und auch wenn ihr der Umsiedelung entkommen seid, ihr seid immer noch Cherokee. Das Land gehörte euch nicht weniger als denen, die in den Westen getrieben wurden, und ihr solltet von Rechts wegen einen Anteil von dem Erlös dieses Verkaufs erhalten. Versteht ihr mich? Etwas von dem Geld ist euer Geld.«

Oconeechee hörte nur mit halbem Ohr zu bei dem, was Will Thomas, Little Will, der weiße Unterhändler, der bei den Cherokee aufgewachsen war, zu sagen hatte. Sie war gerade von einem langen Marsch zurückgekehrt, den sie auf der Suche nach Waguli durch das alte Land der Cherokee unternommen hatte. Sie war müde und niedergeschlagen. Sie war wieder zu den Flüchtlingen in den Berghöhlen zurückgekehrt, um eine kurze Pause einzulegen und wieder zu Kräften zu kommen, um ihre Wegzehrung wieder aufzufüllen, um in Ruhe darüber nachzudenken, wo sie weitersuchen sollte, um sich selbst ein paar Fragen zu stellen und zu versuchen, eine Antwort zu finden. Wo hatte sie noch nicht nachgeforscht? Wo könnte sie noch hingehen? Wo könnte er nur sein? Und als sie ankam, war der weiße Mann da.

»Ich bin in der Stadt Washington gewesen«, fuhr Wil Usdi

fort. »Ich will versuchen, die Regierung dahin zu bringen, daß sie euch euer Geld gibt. Wenn es mir gelingt, für euch das Geld zu bekommen, dann kann ich versuchen, damit etwas von diesem Land zurückzukaufen. Das Land muß von mir gekauft und mir überschrieben werden. Euch werden sie es nicht kaufen lassen. Aber wenn ihr mich dazu ermächtigt, über euer Geld zu verfügen, werde ich das Land kaufen und euch einen sicheren Ort zum Leben verschaffen.«

Ein großer Cherokee mit Namen Ut'sala oder Lichen trat vor. Dieser Mann, das hatte Oconeechee erfahren, hatte in ihrem Land die Führerschaft über diese Gruppe von Flüchtlingen übernommen.

»Wenn wir dir unser Geld geben«, sagte Lichen zu Wil Usdi, »wie können wir dann wissen, ob du es zu unserem Vorteil nutzen wirst? Selbst wenn du tust, was du sagst, und etwas von diesem Land kaufst, das ohnehin uns gehört, das uns von Gott gegeben ist, woher können wir wissen, daß du uns nicht genauso daraus vertreiben wirst, wie wir schon vorher vertrieben wurden?«

»Ich weiß, daß es nach all dem, was passiert ist, schwierig ist, dem Wort eines weißen Mannes zu vertrauen«, sagte Wil Usdi, »aber die meisten von euch kennen mich seit vielen Jahren. Ich bin unter euch aufgewachsen. Der einzige Vater, den ich je gekannt habe, war Yonaguska, Ertrinkender Bär. Glaubt mir, nur eure Interessen liegen mir am Herzen.«

Es fiel Oconeechee schwer, sich auf Wil Usdis Worte zu konzentrieren. Ihr Geist war ganz mit eigenen Gedanken und Sorgen beschäftigt. Ihr Herz war nicht mit ihr, hier oben in den Bergen. Es war irgendwo anders. Es war bei Waguli – irgendwo dort draußen. Und doch hatte sie alles gehört und war geneigt, dem kleinen weißen Mann zu glauben. Sie kannte ihn seit ihrer Kindheit, allerdings nicht besonders gut. Ihr Vater hatte sie oft mitgenommen, wenn er mit Wil Usdi handelte, und sie hatten ihn immer als fairen und ehrlichen Mann betrachtet. Und doch war es schwer zu glauben, daß irgendwer, selbst ein vertrauenswürdiger weißer Mann, irgend etwas tun könnte, um das Elend zu lindern, das die Regierung des weißen Mannes über die Cherokee gebracht hatte. Wil Usdi machte eine Pause in seiner Rede. Als er sah, daß von Lichen keine weitere Antwort kam, brach er das Schweigen.

»Was wollt ihr denn mit dem Geld anfangen, solange ihr euch hier in den Bergen versteckt?« sagte er. »Könnt ihr etwa zur Regierung gehen und euch das Geld geben lassen? Und selbst wenn, könntet ihr dann Land kaufen? Wo könntet ihr euer Geld denn ausgeben? Laßt es mich für euch versuchen. Wenn ihr euch einverstanden erklärt, werde ich zurück nach Washington City gehen und diesen Ort nicht verlassen, bis ich meine Aufgabe erfüllt oder bei dem Versuch, sie zu erfüllen, umgekommen bin.«

Ut'sala kehrte Wil Usdi den Rücken zu und mischte sich, scheinbar ohne rechtes Ziel, wieder unter die Menge der versammelten Cherokee. Hier und da machte er halt und sagte leise jemandem etwas ins Ohr, dann hörte er zu, während die Person ihm auf dieselbe Art antwortete. In dieser Art sprach er mit Männern und Frauen. Als er zu Oconeechee kam, legte er ihr die Hand auf die Schulter und seinen Kopf nah an ihren.

»Was hältst du von dem, was dieser Mann uns vorgeschlagen hat?« fragte er.

»Ich habe nicht richtig unter euch gelebt«, sagte sie. »Ich habe nur eure Güte ausgenutzt. Ich sollte nicht sprechen.«

»Du bist eine von uns. Was hältst du davon?«

»Ich weiß nicht, was ich von dem Plan halten soll. Ich verstehe nichts von Regierungen oder Geld oder Landkäufen. Mein Vater hat immer nur gut von dem kleinen weißen Mann gesprochen. Er hat ihm vertraut, und er mochte ihn.«

»Dein Vater war ein großer Mann«, sagte Ut'sala, dann schlenderte er weiter und sprach noch mit ein paar anderen. Als letztes machte er bei einer alten Frau halt und sprach eine ganze Weile mit ihr. Dann ging er zurück durch die Menge und stellte sich neben Wil Usdi.

»Wir alle kennen dich«, sagte er. »Wir vertrauen dir alle. Kauf unser Land – in deinem Namen. Wir werden hier alle auf dich warten, um zu hören, welche Neuigkeiten du uns bringst.«

»Ich werde morgen früh losziehen«, sagte Little Will.

Den Rest des Tages verbrachten sie damit, einander zu besuchen und zu essen. Verschiedene Leute fanden Gelegenheit, mit Wil Usdi zu sprechen, in Erinnerungen an alte Zeiten zu schwelgen oder ihn zu fragen, wie er seine Chancen bei der Regierung einschätze. Er sagte ihnen, daß seine Aufgabe keine leichte sein werde. Es werde etwas Zeit brauchen, sagte er, aber er glaube, gute Chancen zu haben. Einige der Männer vom Kongreß würden einer solchen Lösung gegenüber immer nachgiebiger werden – ganz allmählich. Viele Weiße fühlten sich schuldig für das, was die Regierung den Cherokee angetan hatte. Manche seien sogar wütend. Es werde zwar wahrscheinlich einige Zeit kosten, aber Wil Usdi war einigermaßen zuversichtlich, daß es ihm eventuell gelingen könnte, seine Aufgabe zu erfüllen. Er hatte ihnen etwas Kaffee in die Berge gebracht, und die Leute mochten den Geschmack. Schließlich erholte sich Little Will ein wenig von den ständigen Gesprächen und setzte sich mit einer Tasse des dampfenden schwarzen Getränks nieder. Oconeechee sah die Gelegenheit für sie gekommen, ging zu ihm und setzte sich hin.

»Ich bin Oconeechee«, sagte sie.

»Ich erinnere mich an dich«, sagte Wil Usdi, »und an deinen Vater auch. Ich bin froh, dich hier zu sehen und daß dir nichts passiert ist.«

»Danke.«

Wil Usdi schlürfte etwas heißen Kaffee aus seinem Blechbecher.

»Dein Vater ist jetzt schon seit einiger Zeit von uns gegangen«, sagte er. »Bist du allein, oder hast du jetzt einen Mann?«

»Ich habe einen Mann«, sagte Oconeechee. Sie zog den Kopf ein. »Na ja, ich sollte verheiratet werden – bevor das ganze Elend begann. In meinem Herzen bin ich verheiratet.«

»Dein – Mann ist nach Westen gebracht worden?«

»Nein. Er wurde gefangengenommen, aber er floh. Es sind einige hier, die das gesehen haben.«

»Vielleicht«, sagte Wil Usdi, »vielleicht wurde er getötet.«

»Nein, das glaube ich nicht. Ich wollte mit dir sprechen, weil du an Orten gewesen bist, an denen ich nicht gewesen bin, an Orten, an die ich nicht gehen kann. Vielleicht hast du ihn ja gesehen oder etwas von ihm gehört.«

Wil Usdi stellte seinen Blechbecher neben sich auf den Boden und verschränkte die Arme über den Knien. Er sah Oconeechee ins Gesicht, dann blickte er nieder auf seine verschränkten Arme.

»Wie heißt er?« fragte er.

»Waguli. Aus Old Town. Er sieht altmodisch aus mit seiner Kleidung und mit seinem geschorenen Kopf. Aber er ist ein junger Mann.«

»Hm. Nein«, sagte Wil Usdi. »Ich kenne ihn nicht. Ich habe nie viele Leute aus Old Town gekannt. Sie sind nicht oft zu meinem Handelsposten heruntergekommen. Ich habe nichts von deinem Whippoorwill gehört. Es tut mir leid. Wahrscheinlich wäre es das Beste für dich, du würdest versuchen, ihn zu vergessen. Fang ein neues Leben an. Es gibt noch andere junge Männer.«

»Für mich gibt es keinen anderen«, sagte Oconeechee.

»So fühlst du vielleicht jetzt. Du bist jung. Die Zeit heilt alle Wunden. Viele von euch haben Menschen, die sie geliebt haben, verloren. Das ist traurig, aber du mußt weitermachen. Du mußt dein eigenes Leben leben.«

»Nicht ohne Waguli. Ohne Waguli habe ich kein Leben. Er ist irgendwo dort draußen, und ich werde ihn finden. Eines Tages, irgendwie, werde ich ihn finden.«

Sie stand auf und wollte schon fortgehen.

»Oconeechee«, sagte Wil Usdi, »warte.«

Oconeechee blieb stehen und drehte sich nach ihm um. Der kleine weiße Mann stand auf und ging zu ihr hin. Wie sie so dort stand, war sie größer als er, und sie wartete ab, was er ihr zu sagen hatte.

»Du bist sehr entschlossen«, sagte er.

»Er ist mein Leben.«

»Wenn er lebt«, sagte Wil Usdi, »und wenn irgend jemand irgend etwas über ihn weiß, wird Gun Rod das erfahren.«

»Gun Rod?«

» Gun Rod ist ein alter weißer Mann, der früher einmal mit einer Cherokee verheiratet war. Sie hatten Kinder, aber sie haben sie alle vor Jahren durch eine Krankheit verloren. Vor kurzem verlor Gun Rod auch seine Frau, und jetzt ist er ganz allein auf der Welt. Ich habe ihn vor nicht allzu langer Zeit gesehen, und er scheint über alles im Bilde zu sein, was mit den Leuten geschehen ist, über viele von ihnen. Ich war erstaunt, wie viel er wußte.«

»Wo kann ich Gun Rod finden?« fragte Oconeechee.

»Er hat mit deinem Vater an der Schlacht bei Horseshoe Bend teilgenommen«, sagte Little Will. »Kennst du diesen Ort?«

»Ja«, sagte sie. »Mein Vater hat mich einmal dorthin mitgenommen, um mir zu zeigen, wo es passiert ist.«

»Gun Rod lebt dort in der Nähe. Das ist eine lange Reise für dich.«

»Ich werde hingehen.«

»Er ist ein alter Mann mit langen weißen Haaren und einem langen weißen Bart. Er lebt allein in einer kleinen Hütte beim Schlachtfeld. Die Cherokee kennen ihn unter dem Namen Gun Rod, aber sein weißer Name ist Titus Hooker. Kannst du dir das merken? Titus Hooker.«

»Titus Hooker«, wiederholte Oconeechee und hatte einige Mühe mit der englischen Aussprache. »Titus Hooker, Gun Rod.«

»Falls du wirklich entschlossen bist, dorthin zu gehen und deine Suche fortzusetzen«, sagte Wil Usdi, »zeichne ich dir eine Karte, mit der du vom Schlachtfeld aus den Weg zu Gun Rods Haus finden kannst.«

Am nächsten Morgen machte Wil Usdi sich auf den Weg. Letztes Ziel seiner Reise war Washington City. Oconeechee brach fast zur gleichen Zeit auf. Sie war für eine lange Reise bestens ausgerüstet, aber sie ging auch mit viel leichterem Herzen fort als bei ihren vorherigen Streifzügen. Diesmal hatte sie ein Ziel. Sie würde nicht ziellos durch die Gegend ziehen. Sie hatte den Namen eines Mannes, und sie hatte eine Karte. In ihrer Vorstellung konnte sie Gun Rod vor sich sehen, diesen weißen Mann mit dem weißen Haarschopf, und er kam ihr wie ein richtiges Abbild vom Gott des weißen Mannes vor, und je länger sie ging, desto mehr kam dieser Marsch in ihrer Vorstellung einer heiligen Pilgerfahrt gleich. Dieser gottähnliche weiße Mann, dieser Gun Rod, der soviel Wissen in seinem altehrwürdigen Kopf trug, würde ihr die Antworten auf ihre Fragen liefern.

Am ersten Tag ihrer Reise legte sie nicht einmal eine Rast ein, um etwas zu essen, so sehr brannte sie darauf, zu Gun Rod zu kommen, dort bei Horseshoe Bend, in dem Land, das die Weißen Alabama nannten. Doch am zweiten Tag wurde ihr Schritt allmählich langsamer, obwohl sie es so eilig hatte. Sie war von dem schnellen Marsch des vergangenen Tages müde, und sie wußte, daß sie etwas essen mußte, um bei Kräften zu bleiben. Ihr wurde auch klar, daß ihre Lage immer gefährlicher wurde, je weiter sie sich von der Bergfeste von Ut'sala und den anderen entfernte. Sie konnte es sich nicht erlauben, gefangengenommen oder verletzt oder gar getötet zu werden, wo sie doch jetzt ihrem Ziel so nahe war. Und sie wußte, daß sie ihm immer näher kam. Wil Usdi hatte sie zu Gun Rod geschickt, und Gun Rod würde die Antworten haben. Sie setzte ihre Reise nun mit etwas mehr Vorsicht fort.

Wenn es möglich war, wanderte sie nachts und suchte sich bei Tageslicht irgendein Versteck zum Schlafen. Sie hielt sich von den großen Reiserouten fern, und wenn sie Menschen sah, versteckte sie sich schnell und verhielt sich reglos und still, bis sie wieder fort waren. Sie hatte gehört, daß die Weißen jetzt nicht mehr versuchten, Cherokee zu fangen, um sie nach Westen zu schicken, aber Ut'sala und seine Leute versteckten sich immer noch in den Bergen, und sie war mindestens so mißtrauisch wie jene. Sie würde das Schicksal nicht unnötig herausfordern. Sie würde Gerüchten keinen Glauben schenken. Sie wollte nicht, daß man sie finge, weil sie sorglos oder nachlässig oder sich allzu sicher gewesen wäre.

Aber Oconeechee war sich sicher. Einmal abgesehen davon, daß Wil Usdi ihr neue Hoffnung gegeben hatte, indem er ihr von Gun Rod erzählte, war sie auch noch zu dem alten Mann gegangen, den man Breath nannte und der dort unter den Flüchtlingen lebte und als Zauberer galt. Sie hatte ihm von ihrer Suche nach Waguli erzählt. Der alte Mann hatte zwei Perlen aus einer kleinen Tasche geholt, eine schwarze und eine rote. Er brauchte Oconeechee die Bedeutung der Farben nicht zu erklären. Sie wußte, daß die rote Erfolg bedeutete und daß die schwarze nichts Gutes versprach und Unglück verhieß. Ohne es zu merken, hatte sie aufgehört zu atmen, und sie konnte ihr Herz in der Brust klopfen hören, als der alte Mann die Perlen hochnahm. Er hielt sie, die schwarze in der linken und die rote in der rechten Hand, zwischen Daumen und Zeigefinger. Er starrte die Perlen fest an und murmelte ihnen etwas zu, leise, zu leise, als daß Oconeechee hätte verstehen können, was er sagte. Die Zeit schien stillzustehen. Und dann fing ganz plötzlich zu ihrem Entsetzen die schwarze Perle an, Leben zu bekommen. Sie fing an, an den ledrigen alten Fingern von Breath entlangzukriechen, und Oconeechee stand für einen Augenblick das Herz still. Dann bewegte sich die rote Perle, und die schwarze bewegte sich zurück in ihre ursprüngliche Lage. Die rote Perle schien einen Moment lang zu zittern, dann schoß sie den ganzen Weg zum ersten Gelenk von Old Breath' Fingern zurück. Oconeechee stieß die angestaute Luft aus ihren Lungen. Sie würde Erfolg haben, der alte Mann hatte es ihr gesagt. Sie würde Waguli finden.

Eines Tages schlief sie auf freiem Feld, es war spät am Abend. Sie hatte entdeckt, daß die Gegend, durch die sie wanderte, stark von Weißen bevölkert war, und sie traute sich nicht, bei Tage unterwegs zu sein. Das Feld war von hohem Gras bedeckt, und sie war ein Stück weit vom Weg abgegangen, um sich in den Schutz des Grases zu legen. Nach Sonnenuntergang würde sie hervorkriechen und ihre Reise fortsetzen. Der Himmel war den ganzen Tag klar gewesen, und sie hoffte auf eine helle, sternenklare Nacht, in der es sich gut wandern ließe. Sie wurde von dem Geräusch eines bellenden Hundes aus dem Schlaf gerissen. Sie setzte sich auf und horchte. Der Hund schien näher zu kommen, und sie konnte die Stimmen von weißen Männern hören, konnte sie durchs Gras stapfen hören. Sie richtete sich so weit auf, wie sie sich traute, und strengte sich an, um in dem dämmrigen Abendlicht etwas zu erkennen. Da waren drei weiße Männer mit Gewehren, die einem Hund folgten, und sie liefen geradewegs auf sie zu. Sie hatten sie nicht gesehen, konnten nicht wissen, daß sie dort war. Es war einfach nur Pech, daß sie in diese Richtung gingen. Von panischer Angst gepackt, fragte sie sich, was sie tun sollte. Wenn sie still sitzenbliebe, würden sie sicher auf sie stoßen. Selbst wenn die Männer vorbeilaufen würden, ohne sie zu bemerken, würde der Hund sie sicher entdecken. Wenn sie aufspringen und wegrennen würde, würden sie ihr sicher hinterherjagen. Den Männern könnte sie wohl entkommen, aber nicht dem Hund.

Dann hörte sie zu ihrer Linken, aus der Richtung, aus der sie gekommen war, den lauten, klaren Schrei eines Ziegenmelkervogels aus den Bergen, gefolgt vom Geraschel trockenen Grases und Flügelgeflatter. Der Hund bellte und lief dem Geräusch nach, und die Männer schrien und liefen dem Hund hinterher. Oconeechee blieb sitzen und sah zu, bis sie fast aus ihrem Blickfeld verschwunden waren, dann stand sie auf und lief schnell in die andere Richtung.

»Waguli«, sagte sie laut.

Als sie angekommen war, erkannte sie das Schlachtfeld wieder. Sie erinnerte sich daran, wie Junaluska sie vor vielen Jahren hergebracht hatte. Es hatte sich nicht sehr verändert. Sie sah die Stelle, auf die ihr Vater sie voller Stolz hingewiesen hatte, mit einem Stolz, der später zu Bedauern wurde, die Stelle nämlich, an der er Old Hickory, Tseg'sgin, das Leben gerettet hatte. Die Gedanken an ihren Vater trieben ihr die Tränen in die Augen, aber sie wischte sie fort und zog die Karte hervor, die Wil Usdi für sie gezeichnet hatte. Das Haus von Gun Rod mußte genau hinter dem Hügel zu ihrer Rechten liegen. Sie war fast angekommen, und das war auch gut so, denn der Proviant war ihr ausgegangen, und sie war den ganzen Tag gelaufen, ohne zu essen. Sie fühlte sich schwach und erschöpft vor Hunger und körperlicher Anstrengung.

»Gun Rod ist gleich da hinten«, sagte sie.

Sie freute sich, daß Wil Usdis Karte so genau und so leicht zu lesen war. Sie fing an, geradewegs über das freie Schlachtfeld auf den Hügel zuzugehen, der ihr Ziel vor ihrem Blick verbarg. Ihre Beine schienen einem eigenen Willen zu gehorchen. Sie marschierte im Sturmschritt voran. Sie sah nichts als den Hügel. Sie lief in langen, ausholenden Schritten über das Feld. Als sie am Fuß des Hügels angekommen war, wurde ihr Schritt langsamer, aber sie lief immer weiter, immer geradeaus. Als der Weg steiler bergan führte, lehnte sie sich immer mehr nach vorn, bis ihre Hände schließlich den Boden berührten, der sich wie eine Wand vor ihr zu erheben schien. Dann kroch sie auf allen vieren. Und dann war sie auf dem Gipfel des Hügels angelangt.

Sie richtete sich gerade auf und füllte ihre Lungen mit Luft, ihre Brust hob und senkte sich schwer. Ihr Kopf fühlte sich leicht an, und ihr Blick wurde ein wenig verschwommen, aber unten konnte sie eine Hütte erkennen, aus der blaugrauer Rauch träge aus einem steinernen Schornstein in den Himmel stieg. Es war Gun Rods Hütte. Es konnte keine andere sein. Oconeechee lief wieder los. Sie lief schneller. Fast rannte sie den steilen Abhang hinunter, dann stolperte sie und fiel vornüber. Sobald sie sich wieder aufgerappelt hatte, fiel sie auch schon wieder hin und rollte den Hang hinunter. Als sie unten angekommen war, stand sie auf und ging auf unsicheren Beinen auf die Hütte zu. Der alte Mann hatte sie wohl kommen hören, denn er öffnete die Vordertür und trat unter das kleine Vordach hinaus. Er war klein, wenn auch nicht so klein wie Wil Usdi, und er war kräftig gebaut. Seine blaugrauen Augen, seine rote Nase und die leichten Tränensäcke unter den Augen waren alles, was man in der Masse weißen Haares und in dem Bart von seinem Gesicht sehen konnte. Er sah von dem erhöhten Vorbau auf Oconeechee herunter, die schmutzig und übel zugerichtet dort vor ihm stand, und sie glaubte, in diesen klaren alten Augen sowohl Neugierde wie Mitleid lesen zu können.

»Gun Rod«, sagte sie, und dann fing die Welt um sie herum zu kreisen an, und die wenige Kraft, die ihr noch geblieben war, verließ ihre Beine. Die Knie gaben unter ihr nach, und sie sank bewußtlos zu Boden.

22

Sie ging nach Alabama
an einen Ort, Big Bend genannt,
wo ihr Vater gerettet Old Hickory
und wo einen Freund sie fand.
Sie weinte und klagte beklommen:
»Warum gab man Leides mir so viel,
und wer hat von mir genommen
meinen tapferen Whippoorwill?«

Old Titus Hooker sprang fast von der Veranda, als er sah, daß das Mädchen in Ohnmacht gefallen war. Er rannte die paar Schritte von seiner Veranda bis zu der Stelle, an der sie lag, und kniete sich mit einem lauten Ächzen schwerfällig neben sie hin. Vorsichtig rollte er sie auf den Rücken und streckte ihr Arme und Beine aus. Er lauschte einen Augenblick auf ihren Atem, stellte zufrieden fest, daß sie einigermaßen regelmäßig atmete, schob seine kräftigen Arme unter ihren Körper und hob sie auf, um sie ins Haus zu tragen. Drinnen legte er sie sanft auf seinem Bett nieder. Dann suchte er einen sauberen Lappen und tauchte ihn ins Wasser, das in einer Schüssel auf einem kleinen Tisch stand. Er wrang den Lappen aus und kehrte zurück an ihre Seite, um ihr das Gesicht und die Beine zu waschen. Dann legte er ihr die Hand auf Wange und Stirn.

»Kein Fieber«, sagte er. »Ich nehme an, sie ist einfach erschöpft.«

Er sprach Englisch, führte laut Selbstgespräche, während er eine Decke über das bewußtlose Mädchen breitete. Dann trat er einen Schritt zurück, um sie anzuschauen. Er fragte sich, wer diese fremde junge Frau wohl sein mochte und was sie zu seiner einsamen Hütte geführt hatte. Er war sich sicher, sie nie zuvor gesehen zu haben, aber dann dachte er: Sie hat mich doch bei meinem Indianernamen gerufen. Sieht so aus, als hätte sie einen langen, harten Weg zurückgelegt, nur um mich zu finden. Warum bloß? Na ja, ich nehme an, sie wird bald wieder zu sich kommen. Dann werde ich es herausfinden.

Als ihm klar wurde, das er fürs erste nichts mehr für sie tun konnte, wandte er sich wieder dem zu, was er vor ihrer Ankunft getan hatte. Er war damit beschäftigt gewesen, einen Eintopf zuzubereiten – oder zusammenzubrauen, wie er es nannte. Wenn das Mädchen wieder zu sich kommt, wird sie ohnehin etwas essen müssen. Also kann ich genausogut weitermachen. Er warf die letzten Zutaten in den schwarzen Topf und hängte diesen an die Eisenstange, mit der man ihn auf den Herd und wieder zurück schwingen konnte. Dann stieß er den Topf über das Feuer.

»So ist's gut«, sagte er. Er hatte sich daran gewöhnt, seine eigene Stimme zu hören, und empfand es als angenehm. Er hatte schon seit Jahren niemanden mehr im Haus gehabt, mit dem er hätte reden können, jedenfalls nicht regelmäßig. Natürlich kamen hin und wieder Besucher vorbei, aber gewöhnlich war er allein, und deshalb führte er Selbstgespräche. Der Eintopf kochte bereits, und das Mädchen war immer noch bewußtlos. Er nahm eine kurze Tonpfeife und einen Tabaksbeutel vom Tisch und füllte den Pfeifenkopf. Dann ging er zum Feuer und hielt das Ende eines langen Stocks in die Flammen. Als der Stock brannte, zündete er sich damit die Pfeife an; dann ging er zurück zum Tisch, zog den Stuhl vor und setzte sich hin, um zu rauchen. Er starrte durch das kleine Zimmer auf das Mädchen, das bewußtslos in seinem Bett lag. Er wußte, sie war eine Cherokee, denn sie hatte ihn bei seinem Cherokee-Namen gerufen, und zwar in der Sprache der Cherokee. Sie war jung. Gun Rod hielt sie für nicht älter als zwanzig, wahrscheinlich noch nicht einmal so alt. Bei ihrem gegenwärtigen Zustand war das schwer zu schätzen, aber trotzdem, dachte er, nicht älter als zwanzig. Und sie war schön. Soviel konnte er sagen. Fast so schön wie … Seine Gedanken schweiften ab in seine Jugend und zu einem anderen jungen und schönen Cherokee-Mädchen. Er hatte geglaubt, es würde nie wieder eine wie sie geben, und er hatte sie geliebt, ganz bestimmt, mehr als je ein Mann eine Frau geliebt hat oder je lieben würde. Er hatte geglaubt, er könne nicht ohne sie leben, aber nun tat er genau das schon seit etlichen Jahren. Er fragte sich oft, was das nächste Leben wohl bringen werde. Würde es ein nächstes Leben geben? Und wenn ja, würde sie dann dort auf ihn warten? Würde sie wieder so jung und schön sein wie früher? Und würde er wieder der junge Mann sein, in den sie sich verliebt hatte? Würden sie für alle Ewigkeit in immerwährendem Glück zusammensein? Würden sie sich lieben, so wie sie es auf der Erde getan hatten? Machten Geister überhaupt Liebe? Und die Kinder – waren sie irgendwo dort mit ihrer Mutter, und würde die ganze Familie wieder vereint sein im Land der Geister, im Land, wo es dunkel wird, im Land der Cherokee auf der anderen Seite des Himmelzeltes, oder würden sie im Himmel des weißen Mannes sein? Welcher Himmel würde es sein? Oder würde es keiner von beiden sein? War das, was nach dem Tod kam, nur ein Nichts, ein Vergessen, ein Ende allen Bewußtseins und aller Fürsorge und aller Gefühle und allen Wissens, ein Verschmelzen mit dem Universum? Ach mein Gott, wie sehr er sie alle vermißte – die Kinder, ja natürlich, aber vor allem sie. Vor allem sie.

Oconeechee öffnete langsam die Augen. Ihre Lider fühlten sich ungewöhnlich schwer an. Das erste, was sie erblickte, war das Holzdach über ihrem Kopf. Sie starrte es einen Augenblick an, dann ließ sie ihre Augen vorsichtig zur Seite wandern, und ihr Blick fiel auf die Wand. Dann drehte sie vorsichtig, als habe sie Angst, sie könnte sich weh tun, den Kopf in die andere Richtung. In dem Augenblick, da sie den alten Mann dort am Tisch sitzen saß, bemerkte er, daß sie ihren Kopf bewegte.

»Ah«, sagte er, »dann bist du also wieder in diese Welt zurückgekehrt.«

Sie versuchte sich aufzusetzen, aber ihr war noch immer ganz schwindlig im Kopf.

»Bleib einfach liegen«, sagte er. »Hab Geduld. Ich hole dir was zu essen.«

»Gun Rod«, sagte sie.

»So nennen mich die Cherokee«, sagte er. »Falls du nach dem alten Gun Rod gesucht hast, so hast du ihn gefunden, und ich bin ebenso neugierig zu erfahren, was dich hierherführt, wie du darauf brennst, es mir zu sagen. Aber das hat noch Zeit. Zuerst wirst du etwas essen.«

Er hatte ihr eine Schüssel mit Eintopf vollgeschöpft und ging damit zu ihr ans Bett. Er stellte die Schüssel auf den Boden und half ihr dabei, sich soweit aufzusetzen, daß sie bequem essen konnte. Dann nahm er wieder die Schüssel und tauchte einen Holzlöffel hinein. Er führte den Löffel an ihre Lippen.

»Hier«, sagte er. »Iß ein bißchen davon. Das wird dich wieder zu Kräften bringen.«

Sie nippte an dem Löffel; der Eintopf war heiß und gut. Sie spürte, wie er durch ihren Körper lief, und hatte das Gefühl, daß sie allmählich schon wieder zu Kräften kam. Als sie den Eintopf aufgegessen hatte, reichte ihr Gun Rod Tee in einer Tasse, und sie trank ihn. Dann setzte sie sich auf.

»*Wado*«, sagte sie. »Es geht mir schon viel besser.«

»Das freut mich«, sagte Gun Rod. »Aber nur keine Aufregung jetzt. Immer mit der Ruhe.«

»Ich heiße Oconeechee«, sagte sie. »Mein Vater war Junaluska.«

Der alte Mann hob die Augenbrauen und sah ihr eindringlich ins Gesicht. Er sah sie so lange und so direkt an, daß sie anfing nervös zu werden. Dann erinnerte er sich daran, daß die Cherokee es nicht mögen, wenn man sie so unmittelbar anstarrt, und wandte den Blick ab.

»Ja«, sagte er. »Ich kann erkennen, daß du die Tochter meines alten Freundes bist. Er war ein fabelhafter Mann und ein guter Freund, und ich vermisse ihn. Als er noch lebte, habe ich ihn gemocht und respektiert, und jetzt, da er nicht mehr unter uns ist, ehre ich sein Angedenken. Ich bin froh, daß du hier bist. Ich bin froh, daß ich nun Gelegenheit habe, dich kennenzulernen, aber ich denke nicht, daß du nur deshalb hierhergekommen bist.«

Oconeechee zog den Kopf ein.

»Nein«, sagte sie. »Ich bin gekommen, weil ich deine Hilfe brauche. Wil Usdi hat gesagt, du könnest mir helfen. Er sagt, du weißt besser als jeder andere, was in diesen schlimmen Zeiten mit den Leuten passiert ist.«

»Nun ja, ich habe versucht, mich auf dem laufenden zu halten«, sagte Gun Rod. »Sag mir, was du wissen willst, dann werde ich schon sehen, ob ich dir helfen kann.«

»Ich sollte verheiratet werden«, sagte Oconeechee. »Mein Vater gab seine Einwilligung, kurz bevor er starb. Waguli heißt der Mann, der mein Ehemann werden sollte. Waguli aus Old Town. Bevor wir heiraten konnten, kamen die Soldaten nach Old Town und nahmen alle gefangen. Sie verschleppten Waguli zu einem ihrer Lager, aber er konnte fliehen. Er ist geflohen, aber ich habe ihn nie wiedergesehen. Ich habe die ganze Zeit nach ihm gesucht.«

»Das ist jetzt schon über drei Jahre her, Mädchen«, sagte Gun Rod mit ungläubiger Stimme.

»Ich habe nach ihm gesucht.«

Gun Rod sah sie wieder an, und wieder sah er in ihr die andere junge Cherokee-Frau von vor langer Zeit. Er dachte an seine Sehnsucht, an seine eigene verlorene Liebe, und er glaubte dem Mädchen. Sie hatte sich die ganze Zeit nach ihrem Liebsten gesehnt. Sie würde weitersuchen. Das wußte er sicher.

»Woher weißt du, daß er geflohen ist?« fragte er.

»Ein paar von den Leuten droben in den Bergen wurden gefangengenommen und konnten fliehen. Ein paar von denen, die jetzt dort oben sind, haben ihn gesehen. Sie haben es mir erzählt. Er grub mit seinen Händen ein Loch unterm Zaun und lief nach dem Dunkelwerden davon.«

Gun Rod stand auf und begann im Zimmer auf und ab zu gehen.

»Waguli«, sagte er. »Waguli aus Old Town. Ich kenne ihn nicht. Ich habe nie viele Leute aus Old Town gekannt. Erzähl mir etwas über ihn.«

»Ich – ich weiß nicht viel über ihn«, sagte sie. »Ich habe ihn nicht lange gekannt. Er war jung und sehr gutaussehend. Er kleidete sich wie einige von den ganz alten Männern in alten Zeiten, und er schor sich den Kopf auf die alte Weise. Die Leute in Soco Gap haben ihn angestarrt und fanden, daß er komisch aussah. Sein Clan ist der Clan der Wölfe, und ich liebe ihn. Ohne ihn werde ich dieses Leben nicht lange weiterleben. Das ist alles, was ich dir sagen kann. Das ist alles, was ich weiß.«

»Vielleicht ist es genug«, sagte Gun Rod. »Zumindest vorläufig. Es gibt ein paar Leute, mit denen ich darüber sprechen kann. Ich werde sehen, was ich herausfinden kann.«

Oconeechee stand voller Hast und Ungeduld auf.

»Wo sollen wir hingehen?« fragte sie.

»Du kannst nicht mit mir gehen, Mädchen. Ich muß alleine gehen. Du mußt dich ausruhen und wieder zu Kräften kommen. Außerdem sind einige von den Leuten, zu denen ich gehen werde, weiße Männer – Soldaten. Hier bist du besser aufgehoben. Bleib hier, und fühl dich hier ganz wie zu

Hause. Ich werde in ein paar Tagen zurück sein. Vielleicht weiß ich dann etwas.«

In den nächsten vier Tagen fühlte sich Oconeechee, die nun in der Hütte von Gun Rod ganz allein war, wie ein Tier in einem Käfig, aber sie versuchte, die Zeit möglichst gut zu nutzen. Sie nahm ein Bad im nahe gelegenen Fluß und versorgte ihre Schnittwunden und blauen Flecken. Sie kochte sich Mahlzeiten aus den Vorräten des alten Mannes und flickte die Risse in ihrer Kleidung. Sie machte sich nützlich, indem sie in Gun Rods Hütte saubermachte und nach Dingen Ausschau hielt, die repariert werden mußten. Aber Gun Rod war ein guter Hausmann. Es gab nicht viel zu tun. Sie fand einen Garten hinterm Haus und verbrachte einige Zeit damit, sich um die Pflanzen zu kümmern. Die meiste Zeit jedoch dachte sie darüber nach, wo Gun Rod wohl sein mochte, und fragte sich, was er wohl für sie herausbekommen würde. Und sie dachte an Waguli und sehnte sich danach, ihn wiederzusehen, sehnte sich danach, ihn zu berühren, und in der Nacht lauschte sie auf den Schrei des Ziegenmelkervogels. Am Nachmittag des fünften Tages kehrte Gun Rod zurück.

»Ja«, sagte er zu ihr, »ich glaube, er lebt. Was du gehört hast, war die Wahrheit, aber es war nur ein Teil der Wahrheit. Ich glaube, Waguli wurde in Old Town gefangengenommen, so wie du gesagt hast. Er kämpfte mit den Soldaten, und so fesselten sie ihm die Hände. Sie brachten ihn in das Lager von Hiwassee Island, und nach einer Weile nahmen sie ihm die Fesseln ab. Das war damals, als er sich einen Fluchtweg nach draußen grub, aber sie fingen ihn wieder ein. Er wurde von den Soldaten in einer der ersten Gruppen nach Westen gebracht. Viele starben unterwegs, wie du weißt, aber ich glaube, daß Waguli lebt. Er lebt im Westen.«

»Ich muß ihn suchen gehen«, sagte Oconeechee.

»Nein«, sagte Gun Rod, »das ist zu weit und zu gefährlich. Es gibt zu viele weiße Männer auf dem Weg. Du müßtest durch ihre Städte und Großstädte gehen. Ich werde ihn holen gehen und ihn dir zurückbringen.«

»Warum willst du das tun?« fragte sie.

Titus Hooker trat an eines der Fenster heran und sah hinaus zu den fernen Bergen. Er hörte von irgendwo draußen das Tschirpen der Kardinalsvögel und dachte an die Liebe, die diese junge Frau für ihren Mann fühlte. Sie hatte über drei Jahre lang nach ihm gesucht, und sie würde nicht aufgeben. Und er dachte an seine eigene Liebe, eine Liebe, die schon so alt war und die ihm immer noch im Herzen brannte. Er wußte nicht, ob er diese Frage beantworten konnte.

»Es wird mir langsam zu einsam hier«, sagte er. »Ich würde gerne eine Reise machen. Mach dir keine Sorgen. Ich werde ihn finden. Wenn er irgendwo noch am Leben ist, was ich glaube, werde ich ihn finden und ihn dir zurückbringen. Wo wirst du sein, wenn er kommt? Willst du hier warten?«

Oconeechee dachte einen Augenblick nach.

»Nein«, sagte sie. »Ich werde an dem Ort warten, an dem er mich zum erstenmal gesehen hat.«

Da hält der Alte sie fest im Arm:
»Ich werd' ihn finden, den Liebsten dein,
denn glaub mir, gewiß ist, er lebt.
Ich werde reisen ins Land der Blumen,
in die Heimat der Seminole.
Ich werde nach Kentucky ziehn.
Ich werde wandern durchs ganze Land.
Ich werde den mächtigen Fluß überqueren,
und nichts läßt mich stehen still,
bis ich gefunden den Liebsten dein
und du umfängst deinen Whippoorwill.

Gun Rod zog am Herd einen lockeren Stein heraus und griff in die Nische. Er holte eine Tasche heraus, die für ihre Größe offenbar sehr schwer war, und trug sie zum Tisch.

»Für diese Reise brauche ich etwas Geld«, sagte er. »Ich habe immer gewußt, daß es einen Grund gab, dieses Zeug hier zu hamstern.«

Sie brachten den Abend damit zu, für ihre Reise auf getrennten Wegen ein paar Dinge vorzubereiten, für Oconeechees Reise zurück zu den Leuten in den Bergen und für Gun Rods Reise ins neue Land der Cherokee im Westen. Er sagte ihr, wie lange die Reise wohl dauern würde.

»Mach dir bis dahin nicht allzu viele Sorgen«, sagte er.

Er bot ihr ein wenig Geld an, aber sie lehnte es dankend ab und fragte:

»Wo sollte ich es ausgeben?«

Diese Nacht schliefen sie in Gun Rods Hütte, Oconeechee im Bett, der alte Mann auf einer Pritsche auf dem Boden neben dem Herd, und am nächsten Morgen gingen sie gemeinsam zu Gun Rods nächstem Nachbarn, der Pferde zu verkaufen hatte. Gun Rod suchte sich zwei aus und kaufte sie. Das eine gab er Oconeechee.

»Das wird dir die Heimreise ein wenig erleichtern«, sagte er.

Als sie auf den Pferden saßen und fertig für die Reise waren, sahen sie einander ein letztes Mal an.

»Sei vorsichtig auf dem Rückweg«, sagte Gun Rod, »und wenn du dort bist, hab Geduld. Falls ich nicht vorher sterbe und falls er am Leben ist, werde ich dir deinen Waguli zurückbringen.«

»Ich bin sicher, daß du ihn mir zurückbringen wirst«, sagte Oconeechee.

Sie wandten ihre Pferde in entgegengesetzte Richtungen und ritten los. Wil Usdi hatte die Wahrheit gesagt über diesen alten Mann, dachte Oconeechee. Er wird tun, was er sagt. Er wird mir Waguli zurückbringen. Und Breath hatte auch recht gehabt. Die rote Perle hatte die Wahrheit gesagt. Old Gun Rod, Titus Hooker, der in ihrem Rücken in die andere Richtung ritt, war ganz in seine Gedanken versunken. Er dachte über die Vergangenheit nach, über die verlorene Vergangenheit, und über das Wesen der Liebe. Weil sein Geist der Beruhigung durch Worte bedurfte, zwang er sich schließlich, in dem ganzen Wust von Abstraktionen nach einem Gedanken zu suchen, den er in Worte fassen konnte, und sprach laut mit sich selbst oder seinem Pferd oder dem Wind.

»Meine letzten Tage«, sagte er, »werden ein großes Ziel haben.«

Whippoorwill, Whippoorwill,
Weißt du es nicht, sie suchte dich?
Sie sucht dich in Berg und Tal.
Warum du fort bist, weiß sie nicht.
Fühlst du die treue Liebe nicht, Whippoorwill?

23

Old Titus konnte nicht umhin, sich ein wenig schuldig zu fühlen. Oconeechees Reise würde viel schwieriger sein als seine eigene, dachte er. Sie hatte einen langen Weg vor sich, und sie reiste als Frau allein. Nicht nur das, sie war eine indianische Cherokee-Frau, die alleine durch ein Land reiste, dessen indianische Bevölkerung vor kurzem von feindlichen weißen Horden vertrieben worden war. Er konnte nicht genau einschätzen, wie die Weißen zur Zeit in diesem Teil des Landes gegenüber den Cherokee eingestellt waren. Sicher hatte sich im Laufe der Jahre der Eifer, mit dem die Umsiedelung und das Morden betrieben wurden, etwas gelegt, aber wie sehr, wußte er nicht. Doch Oconeechee war entschlossen – sie war zäh und hart. Sie würde es schaffen. Es würde ihr gut ergehen. Er hoffte, daß seine Gedanken vernünftig waren und daß er nicht nur versuchte, sich etwas einzureden, um sich besser zu fühlen.

Er würde auf seiner Reise die größere Entfernung zurückzulegen haben, aber er konnte auf weite Strecken im Boot fahren. Er würde die ersten hundert Meilen nach Norden auf dem Pferderücken zurücklegen, bis zum südlichsten Punkt des Tennessee, wo dieser den nördlichen Teil von Alabama durchfließt. Dort würde er sein Pferd verkaufen und die Überfahrt auf einem Dampfschiff buchen, das ihn noch weiter in den Norden, durch ganz Tennessee bis nach Kentucky bringen würde. Dann würde er auf dem Ohio bis zum Mississippi fahren, der ihn schließlich nach Süden und hinunter nach Arkansas bringen würde. Dort fließt der Arakansas River Richtung Westen bis Fort Smith und schließlich zur neuen Cherokee-Nation-West. Gun Rod wußte nicht genau, wieviel er vom letzten Teil seiner Reise auf dem Landweg würde zurücklegen müssen, aber sicher nicht so viel wie zu Beginn, dachte er – keine hundert Meilen. Auf dem Wasserweg würde es eine lange Reise werden, aber auf diese Weise ginge es viel schneller als auf dem kürzeren, direkteren Weg über Land. Er schätzte, daß er in Alabama und später in der Cherokee-Nation mehr Zeit im Sattel verbringen würde als auf den Dampfschiffen.

Gun Rod stellte fest, daß es ihm gefiel, wieder ein Pferd unter sich zu spüren, den sanften Takt zu spüren, in dem der Schritt des Tieres ihn wiegte. Hätte er nicht das Gefühl gehabt, daß seine Mission so dringend war, hätte er diese Reise in einem etwas gemütlicheren Tempo angehen und genießen können. Wie er so durch die Lande ritt, zogen die Jahre rückwärts an ihm vorüber. Er dachte, daß es ihn in gewisser Weise wieder jung machte. Aber nein, entschied er, wahrscheinlich ist es nur die Art meiner Mission, die von meinem alten Körper all die Jahre wieder abfallen läßt. In der ersten Nacht auf seinem Weg schlief er bei einem Wald unterm Sternenhimmel. Als er ächzend zum Schlafen unter seine Schlafrolle kroch, hörte er das leise Girren eines Ziegenmelkervogels, der irgendwo in den Bäumen saß. Er stützte sich auf den Ellbogen und spähte in die Dunkelheit, in die Richtung, aus der der Laut gekommen war.

»Ah«, sagte er laut, »ich höre dich da drin. Solltest du etwa versuchen, mir etwas zu sagen? Solltest du das?«

Der zweite Tag der Reise war lang und ereignislos. Gun Rod stellte fest, daß er immer und immer wieder über dieselben Dinge nachdachte, die ihm schon den ganzen vorherigen Tag durch den Kopf gegangen waren. Seine ursprüngliche Begeisterung für die Reise hatte im Laufe des ersten Tagesritts etwas nachgelassen, und am zweiten Tag kam der Überdruß. Aber Gun Rod hatte mit dem Überdruß gerechnet, und so konnte er ihn dank der Geduld seiner Altersweisheit gut aushalten. Um diese Reise zu Ende zu bringen, würde er Entschlossenheit brauchen, und der alte Mann war entschlossen. Gegen Ende des Tages fand er eine Straßenschenke, wo er Rast machte, um eine Mahlzeit zu sich zu nehmen, die von einer anderen Person zubereitet und ihm am Tisch serviert wurde. Er bezahlte ein Zimmer und schlief diese Nacht unter einem Dach und in einem Bett. Am Morgen bestellte er sich ein Frühstück, und nachdem er gut gegessen hatte, machte er sich erfrischt und fast schon voller Tatendrang wieder auf die Reise.

Am späten Nachmittag des vierten Tages erreichte ein erschöpfter Old Gun Rod Gunter's Landing am Tennessee. Es war schon einige Jahre her, seit er das letztemal an diesen Ort gekommen war, und er sah, daß sich das, was damals nur ein kleiner Fleck gewesen war, an dem Dampfschiffe, Flachboote und Kielboote haltmachten, um Holz und etwaige Passagiere an Bord zu nehmen, zu einem blühenden Wirtschaftszentrum von etwas zweifelhafter Art entwickelt hatte. Gunter's Landing war ein Haufen kleiner Blockhäuser, von denen die meisten Handelshäuser waren. Das Fracht- und Passagiergeschäft war offensichtlich beträchtlich gewachsen, desgleichen andere Handelszweige, die vom Flußverkehr abhingen. Es gab dort Holzhandlungen und Tavernen, wo die Reisenden essen, eine Unterkunft für die Nacht finden, etwas trinken, spielen oder nach den flüchtigen Reizen einer Prostituierten Ausschau halten konnten. Es gab dort keine Schule und keine Kirche. Gun Rod dachte, daß ein Mann hier recht schnell ein Messer zwischen die Rippen bekommen konnte, wenn er nicht vorsichtig genug war. Er fand eine Schenke, in der er sich eine Mahlzeit bestellte und wo es ihm gelang, dem dünnlippigen Besitzer Informationen über die Fahrpläne der Dampfschiffe und den örtlichen Pferdehandel zu entlocken.

Dann zahlte er ein Zimmer für die Nacht, nachdem man ihm gesagt hatte, daß das nächste Dampfschiff in den Westen nicht vor dem nächsten Morgen ankommen werde, und ging hinaus, um sein Pferd zu verkaufen. Er freute sich, als es ihm gelang, beim Verkauf des Tieres einen kleinen Gewinn zu machen, aber das eindringliche Starren zweier abgerissen aussehender Flußratten, die in seiner Nähe herumlungerten, führte dazu, daß er sich mehr als unwohl fühlte. Sie waren ein rauhes Gespann, da war er sich sicher, und sie hatten gesehen, wie er das Pferd verkauft und das Geld in seine Tasche gesteckt hatte.

Gun Rod öffnete seine Cherokee-Jagdjacke, damit jeder interessierte Beobachter die zwei Pistolen sehen konnte, die in der Schärpe steckten, welche er um seine kräftige Taille gebunden trug. Dann nahm er sein Reisebündel vom Pferd, warf es sich über seine breiten Schultern und ging wieder zur Schenke zurück. Er widerstand dem starken Drang, sich umzudrehen und nachzusehen, was die Flußratten hinter ihm taten. In der Schenke angekommen, ging er sofort auf sein Zimmer, ließ das Bündel zu Boden fallen und schloß die Tür. Jetzt würde er sich auf ein langes Warten gefaßt machen müssen. Er fürchtete sich zwar vor niemandem, aber er wollte auch nicht aus Torheit irgendein Risiko eingehen, und er hatte das Gefühl, eine bedeutende Mission erfüllen zu müssen. Wenn er mit dem Bündel auf der Schulter hinausgehen würde, käme er sich auffällig und verletzbar vor. Wenn er hinausgehen und das Bündel unbeaufsichtigt im Zimmer lassen würde, würde er es wahrscheinlich nie wiedersehen. Er konnte sich nicht überwinden, dem wieselgesichtigen Inhaber der Schenke zu vertrauen und es ihm zur Aufbewahrung zu überlassen. Und so blieb ihm nur eine Wahl: bis zum Morgen mit dem Bündel auf seinem Zimmer sitzen zu bleiben.

Er dachte an Oconeeches Jugend und Schönheit und ihre Tapferkeit und war überaus zufrieden, sein Geld, seine Zeit, seine Kraft und vielleicht sogar seine letzten Tage darauf zu verwenden, ihr zu helfen, ihre Suche zu einem Ende zu bringen, ihre – heilige Suche. Ja, dachte er, es ist eine heilige Mission: nie hat es einen heiligeren Zweck gegeben. Und seine Gedanken schweiften wieder zu seiner eigenen Liebe zurück. Es kam ihm so vor, als wäre es erst gestern geschehen. Er war jung und stark, und sie war von vollkommener Schönheit und Ebenmäßigkeit. Er hatte mit den Cherokee Handel getrieben, und am Ende hatte er geheiratet und bei ihnen gelebt. Als Junaluska und andere Cherokee sich Old Hickorys Armee anschlossen und aufbrachen, um gegen die Creek zu kämpfen, war Gun Rod, wie sie ihn damals alle nannten, mit ihnen gegangen. Er hatte mit ihnen bei der entscheidenden und berühmten Schlacht von Horseshoe Bend gekämpft. Er hatte sein Schicksal mit dem der Cherokee verbunden, und er würde jetzt noch unter ihnen leben, wäre nicht ... Aber er zwang seine Gedanken, eine andere Richtung zu nehmen. Er wollte nicht länger dem schmerzlichen Verlust nachhängen. Er konnte auch an die lange zurückliegende Vergangenheit denken, als sie noch jung waren und glücklich mit ihrer Liebe, oder er konnte über die Zukunft nachdenken und die Hoffnung, die diese barg, daß sie wieder vereint sein würden – irgendwo.

Schließlich begann er schläfrig zu werden. Seine Zimmertür hatte keinen Riegel, also schob er das schwere Bündel dagegen. Er hatte einen leichten Schlaf. Falls irgend jemand versuchen sollte, die Tür zu öffnen, würde er das Geräusch hören, mit dem das Bündel über die rauhen Dielen schleifen würde, und davon aufwachen. Er zog seine Stiefel aus, legte seine Jacke und seine Schärpe ab und legte sich mit einem langen und lauten Ächzen schwerfällig auf das schmale Bett. Bald schon war er eingeschlafen.

Irgendwann gegen Mitternacht hörte er Schritte auf dem Korridor. Er war sofort wach und machte die Augen weit auf. Er lauschte aufmerksam, während er wartete, daß seine Augen sich ans Dunkel gewöhnten. Die Schritte verstummten, und er vernahm ein rauhes Flüstern. Sie standen direkt vor der Tür. Langsam, vorsichtig und leise stieg er aus dem Bett. Er stopfte das dicke Kissen unter das zerwühlte Laken und ging barfuß durchs Zimmer, um sich neben die Tür zu stellen. Er stellte sich so, daß er hinter der offenen Tür stehen würde. Er wartete. Sein Atem ging schwer und kam ihm laut vor. Er dachte, die auf der anderen Seite der Tür könnten ihn vielleicht hören und wüßten, wo er stand und was er vorhatte. Er wartete, und dann versetzte jemand von der anderen Seite der Tür vorsichtig einen Stoß. Als die Tür gegen das Bündel stieß, wurde sie in ihrem Schwung gestoppt, und er hörte wieder ein rauhes Flüstern. Dann gab es eine kurze Antwort, und die Tür wurde wieder angestoßen, diesmal langsam und stetig. Das Bündel wurde über die Dielen geschoben. Dann hielt die Bewegung inne. Gun Rod spürte mit äußerster Deutlichkeit jeden einzelnen Schlag seines Herzens. Es gab eine Pause und dann wieder ein Flüstern. Die Tür wurde wieder gestoßen, diesmal, bis sie fast offenstand und das Bündel nahe vor Guns Rods Füßen lag. Wieder gab es eine Pause, die nicht so lang war wie die vorherige, und dann stürzten zwei Männer ins Zimmer. Die beiden Männer zögerten und sahen sich über das Bett hinweg an, und von seinem Standort in der Zimmerecke konnte Gun Rod erkennen, daß es die beiden Flußratten waren, die er am frühen Morgen gesehen hatte. Einer von ihnen packte die Decke und riß sie vom Bett, und in diesem Augenblick trat Gun Rod in Aktion.

In zwei langen Schritten war er am Fuß des Bettes. Er streckte beide Hände vor und bekam jeweils eine Handvoll Haare zu fassen. Er riß die Arme weit auseinander, zog die Köpfe nach hinten und ließ sie dann mit lautem Gebrüll aufeinanderknallen. Der Mann in seiner rechten Hand brach zusammen, bewußtlos, vielleicht tot, fiel aufs Bett und glitt dann zu Boden. Der andere schrie auf und griff sich mit der linken Hand nach dem Kopf. Seine rechte hielt noch immer das tödliche Skalpiermesser umklammert. Gun Rod zog den Mann an den Haaren nach hinten und bemerkte das Messer erst, als dieser es über seinem Kopf schwang. Gun Rod holte mit der rechten Hand aus, wobei er den Mann immer noch an den Haaren gepackt hielt, und warf ihn mit dem Gesicht auf die Matratze. Mit seiner linken Hand griff er um den Rücken des Mannes herum und packte die rechte Faust. Er drehte ihm den Arm auf den Rücken. Der Mann schrie.

»Laß das Messer fallen«, zischte Gun Rod ihm durch die Zähne zu.

Der Mann wehrte sich, und Gun Rod gab dem Arm, der schon auf eine groteske und unnatürliche Weise verdreht war, noch eine brutale Drehung. Es gab ein lautes Knacken, dem ein weiterer Schrei folgte. Gun Rod zog den Mann auf die Füße und stieß ihn durchs Zimmer zur Tür. Dann warf er ihn auf den Korridor hinaus. Der Mann taumelte ein paar Schritte vorwärts, wobei sein gebrochener Arm auf irrwitzige Art an der Seite schlenkerte; dann fiel er der Länge nach aufs Gesicht. Dann ging Gun Rod zurück zu dem anderen, der sich nicht mehr gerührt hatte, seit er ihn zu Boden geworfen hatte. Sein Gesicht war blutüberströmt. Gun Rod packte den Mann beim Jackenkragen und zerrte ihn hinaus auf den Korridor neben seinen Gefährten, der immer noch, sich vor Schmerzen krümmend und winselnd, mit dem Gesicht auf dem Boden lag. Dann ging er zurück ins Zimmer und schloß die Tür. Einen Moment lang stand er da und blickte sich im Zimmer um, dann schob er das Bündel in die Ecke, schleifte das Bett über den Boden durchs Zimmer und rückte es fest gegen die Tür. Es brauchte schon einen starken Mann, um gegen den Widerstand des Bettes mit dem Gewicht von Gun Rod darauf die Tür aufzumachen. Er hätte das gleich tun sollen, dachte er. Er streckte sich auf dem Bett aus und merkte plötzlich, wie schwer sein Atem ging. Ich bin ein alter Mann, dachte er bei sich. Alt. Aber, bei Gott, diesen beiden üblen Schurken habe ich es ganz schön gegeben. Ja, das habe ich.

Er schlief gut, und am Morgen machte er sich zum Aufbruch bereit. Er schob das Bett wieder an seinen alten Platz und nahm das Bündel auf die Schulter. Draußen auf dem Korridor lag der Mann mit dem blutigen Gesicht noch immer dort, wo Gun Rod ihn hingeschleift hatte. Der andere war nirgends zu sehen. Als Gun Rod an dem mit dem blutüberströmten Gesicht vorbeiging, fragte er sich, ob er wohl immer noch atmete, aber er war nicht neugierig genug, um stehenzubleiben und nachzuschauen. Er bestellte sich ein Frühstück und aß und war erstaunt zu bemerken, daß der Besitzer der Schenke sich offenbar Mühe gab, nicht in seine Richtung zu schauen. Als er seine Mahlzeit beendet hatte, ging er geradewegs auf den Besitzer zu und sah ihm ins Gesicht.

»Gibt es in dieser Siedlung einen Sheriff?«

»Was?«

»Ob es hier irgendeine Art von Gesetz gibt?«

Der Besitzer glotzte Gun Rod nur blöd an.

»Das habe ich mir schon gedacht«, sagte Gun Rod, drehte sich um und ging aus der Schenke. Er ging direkt zum Fluß hinunter, zur Landestelle am Ufer. Es gab dort keinen Kai. Nur zwei große Baumstämme, an denen man das Boot festbinden würde. Gun Rod ließ sein Bündel neben einem der Baumstämme zu Boden fallen und setzte sich darauf, um die Ankunft des Bootes abzuwarten.

Es war später Morgen, als das Dampfschiff auftauchte, und nachdem es an der Landestelle angelegt hatte, machte sich die Mannschaft daran, Holz zu sammeln. Es gab auch eine Fracht, die aufgeladen werden sollte, und außer Gun Rod gab es noch ein paar neue Passagiere. Es wurde Mittag, bis das Dampfschiff ablegte. Gun Rod war hungrig. Er hatte kein Mittagessen gehabt, aber er war erleichtert, endlich auf dem Boot zu sein. Der Rest der Reise, zumindest der größte Teil, würde einfach sein und schnell gehen. Er war auch erleichtert, von dem Gesindel in Gunther's Landing fort zu sein. Vor nicht langer Zeit gehörte es zum Land der Cherokee. Es hatte nicht lange gebraucht, grübelte Gun Rod, bis der weiße Abschaum eine Stätte des Verfalls und der Schande daraus gemacht hatte. Er versuchte, diesen Ort und die schlechten Zeiten aus seinen Gedanken zu verscheuchen, und vertrieb sich die Zeit damit, sich das Boot anzuschauen. Sein Bündel war in einer Privatkabine gleich hinter dem Sturmdeck auf der zweiten Ebene über dem Heizraum verstaut worden. Das Boot hatte einen Heckradantrieb und einen Tiefgang von nur fünfzehn Zoll, einen breiten, flachen Rumpf und ein an den Seiten offenes Hauptdeck, auf dem sich Brennholz und Kisten, Fässer, Ballen und Taschen stapelten, die typisch waren für die Fracht, die man nach Westen transportierte, und das bevölkert war von Passagieren mit billigen Tickets, die dort faul herumlagen oder ziellos umherschlenderten. Über den Kabinen gab es ein drittes Deck, auf dem sich vierzig Fuß über dem Wasser das Ruderhaus befand, vor dem zwei eiserne Schornsteine zwanzig oder fünfundzwanzig Fuß hoch in den Himmel ragten. Das Boot hieß ›Lucy Walker‹ und gehörte Rich Joe Vann, einem Cherokee, der in Georgia ein Herrenhaus und eine Plantage verloren hatte. Danach war er als einer der ersten den Pfad der Tränen nach Westen gegangen und hatte sich dort ein neues Heim errichtet, das sich mit seinem alten messen konnte.

Sein letzter Erkundungsgang brachte Gun Rod auf das Dampfkesseldeck hinter den Kabinen, wo er über das große Rad und dessen aufgewühltes Kielwasser hinweg übers Wasser schauen und dabei zusehen konnte, wie die Flußlandschaft an ihm vorbeizog. Plötzlich fühlte er sich von der unglaublichen Ironie des Lebens völlig überwältigt. Er fand dort an Deck einen Stuhl und setzte sich, um sich seine Pfeife zu stopfen und anzuzünden, und zog eine Rauchfahne hinter sich im Schlepptau, die über dem breiteren und heftigeren Gewühl des Kielwassers durch die Luft wirbelte. Er war sich bewußt, daß auch er im Kielwasser des bitteren Pfads des Elends der Cherokee reiste.

Rich Joe Vann. Da fuhr er also auf Rich Joes Boot. Er hatte Rich Joe gesehen, als dieser wieder einmal in Georgia gewesen war, ein Vollblutcherokee, gekleidet wie ein Dandy aus dem Süden und stets umschwärmt und umhätschelt von schwarzen Dienern, seinen Sklaven. Man erzählte sich, daß er dreihundert davon besaß. Und Rich Joe war nicht der einzige seiner Art. Viele Cherokee waren kultivierter und in der Welt des weißen Mannes erfolgreicher als die große Mehrheit der Weißen, die eifrig um sie herumscharwenzelten. Vielleicht war das ihr Problem gewesen. Vielleicht konnten die Weißen es nicht ertragen zu sehen, wie diese Indianer, diese Menschen, von denen sie so verzweifelt glauben wollten, sie seien dumme, ihnen unterlegene Wilde, sie mit ihren eigenen Mitteln ausstachen. Und dann gab es noch solche wie Titus Hooker, den weißen Mann, der zufrieden gewesen wäre, bis zum Ende seines Lebens als Cherokee zu leben, und der es vorgezogen hätte, allen Leuten als Gun Rod bekannt zu sein.

Natürlich waren nicht alle Cherokee wie Rich Joe. Gun Rod wußte das sehr wohl. Und wie er so auf dem Dampfkesseldeck der ›Lucy Walker‹ saß, dachte er an die Hunderte, die auf Boote wie dieses verfrachtet worden waren, wie Vieh zusammengetrieben und transportiert. Viele kannten die Art der Weißen nicht, konnten die englische Sprache weder sprechen noch verstehen, hatten wahrscheinlich noch nie ein Dampfschiff gesehen, bevor sie auf eines verfrachtet wurden, um an irgendeinen Ort gebracht zu werden, den sie nicht kannten. Ach Gott, dachte er, das muß die wahre Hölle gewesen sein.

Es war unmöglich, dem Ganzen irgendeinen Sinn abzugewinnen. Weiße brachten Indianer in den Westen, weil sie keine Wilden in ihrer Mitte haben wollten, dann verwandelten sie das Land der Indianer in einen Himmel für Diebe, Strolche und Huren; Weiße, die wie Indiander leben wollten, und Indianer, die wie Weiße lebten – nur besser; ein Präsident, dem ein Indianer das Leben gerettet hatte, dem die

Cherokee bei seiner politischen Karriere letztlich sehr geholfen hatten und der dann kaltblütig als führender Kopf die böswillige Umsiedelung genau jener Cherokee veranlaßte; weiße Intellektuelle im Norden, die mit Worten ihre eigene Regierung für deren Grausamkeit und Schuld anprangerten; weiße Priester, die unter den Indianern lebten, und Weiße, welche die Priester aus diesem Grund ins Gefängnis warfen; und schließlich zwei mutige Politiker im Süden, Crockett und Houston, die beide früher die Indianer bekämpft hatten und die nun, zum Schaden ihrer eigenen politischen Karriere, für die Rechte der Indianer eintraten; beide waren mittlerweile nach Texas gegangen, Crockett, um dort seinen Tod zu finden – und irgendwo dort, inmitten all dieses Irrsinns, dieses Chaos an Wahnsinn, Grausamkeit und unerträglicher Unmenschlichkeit, irgendwo dort gab es Liebe. Die Glut in Gun Rods Pfeife erlosch. Er starrte zurück auf das aufgewühlte Kielwasser der ›Lucy Walker‹ und weinte heimlich und leise.

24

Sie machten kurz in Decatur halt, um dort drei weitere Passagiere an Bord zu nehmen und irgendwelche Fässer aufzuladen. Gun Rods Neugier auf die Fracht war nicht groß genug, um ihn zu veranlassen, irgendwelche Auskünfte einzuholen. Schließlich luden sie während ihres Aufenthaltes noch etwas mehr Holz auf. Es freute ihn, daß sie nur kurz haltmachten. Decatur kam ihm ähnlich vor wie Gunter's Landing, nur größer und fester etabliert. Er blieb während des Aufenthalts auf dem Sturmdeck und beobachtete ungerührt das ganze Treiben. In Tuscumbia und Waterloo gab es ähnliche Zwischenstationen, und dann hatten sie Alabama schon verlassen und fuhren nach Norden Richtung Tennessee. Immer wenn es dunkel wurde, legte das Boot an und wurde für die Nacht an den Bäumen vertäut, die das Flußufer säumten.

Am zweiten Tag fuhren sie den westlichen Tennessee von Süden nach Norden, um den Ohio River zu erreichen. An einer Stelle hielten sie an, und die Mannschaft ging an Land, um Holz zu fällen und aufzuladen. An einer anderen hielten sie an, um Holz von zwei zwielichtigen Bootsmännern zu kaufen, die offenbar mit ihrem Frachtkahn voller Brennholz am Ufer haltgemacht hatten und nur darauf warteten, daß ihre lärmenden Kunden den Fluß entlanggefahren kamen. Am Ende des Tages legten sie an der Stelle, wo der Tennessee und der Ohio zusammenflossen, für die Nacht an.

Gun Rods Kabine an Bord der ›Lucy Walker‹ war hübsch eingerichtet und hatte sogar am Fußende des Bettes einen Nachttisch mit einem Krug Wasser und einer Schüssel, so daß der alte Mann sich immer frisch machen konnte. Er hatte sich zwei Tage lang ziemlich zurückgezogen, aber am Morgen des dritten Tages, als das Boot sich seinen Weg zum Ohio bahnte und dann Richtung Westen fuhr, machte er sich so präsentabel, wie es ihm unter den gegebenen Umständen möglich war, und wagte sich in die Hauptkabine hinaus, einen großen Raum zwischen den backbord gelegenen Kabinen der Männer und den steuerbord gelegenen Kabinen der Damen, den man auch Speisezimmer, Saloon oder Gesellschaftsraum nannte. Tatsächlich diente er allen möglichen Zwecken. Er war stattlich möbliert und wurde von hellen Kristalleuchtern und Oberlichtern aus Buntglas erleuchtet. Der Boden war mit Teppichen ausgelegt und die Fenster mit Vorhängen versehen. Die Tische waren alle mit eleganten Tischtüchern bedeckt. Run God war natürlich schon einmal im Gemeinschaftsraum gewesen, aber nur so lange, wie er brauchte, um sein Essen einzunehmen. Diesmal, so hatte er beschlossen, wollte er schauen, wie lange er es wohl in diesem Prunk aushalten würde. An einem Tisch war man in ein Kartenspiel vertieft, und ein weiterer Tisch an der Bar wurde von einer Gruppe von Männern eingenommen, die einem Hinterwäldler (zumindest sah er so aus) beim Geschichtenerzählen zuhörten. Gun Rod setzte sich in ihrer Nähe an einen freien Tisch und bestellte sich eine Kanne Tee und etwas Gebäck. Er sagte zu sich selbst: Das ist wahrlich ein feines Leben, das ich hier führe, und sei es auch nur für noch so kurze Zeit.

Gun Rod hatte sich kaum an den Tisch gesetzt, als er merkte, daß die Stimme des Hinterwäldlers ihn störte. Er hatte die prahlerische Art der Wald- und Flußbewohner aus dem Süden nie gemocht. Dieser hier erzählte irgendeine langatmige Geschichte von einer Bärenjagd. Seine gebannt lauschende Zuhörerschaft bestand aus einem schmierig wirkenden jungen Kerl, den Gun Rod für einen professionellen Spieler hielt, aus einem Mitglied der Bootsmannschaft, aus einem geschmackvoll gekleideten Mann mit der Erscheinung und dem Gebaren eines Geschäftsmanns aus dem Norden und einem jungen Gentleman aus dem Süden. Gun Rod hatte keine hohe Meinung von dem ganzen Haufen. Die Geschichte von der Bärenjagd endete mit schallendem Gelächter, und als dieses abebbte, fragte der junge Bursche aus dem Süden mit einem gutmütigen Lächeln auf den Lippen:

»Erwarten Sie wirklich, daß wir Ihnen diese verrückte Geschichte glauben, Sir?«

»Zur Hölle, nein«, brüllte der Lügenbold. »Ich glaube es selbst kaum, sie ist so grausam, aber ich hab's ja selbst erlebt.«

Es gab noch mehr Gelächter, und dann wurde eine Runde ausgegeben.

»Aber jetzt, meine jungen Freunde«, sagte der Bärenjäger, »werde ich euch, falls ihr das noch verkraften könnt, eine Geschichte erzählen, von der keiner hier auch nur ein Wort glauben wird, obwohl sie so wahr ist wie das Evangelium selbst.«

»Also, laß hören«, sagte der Südstaatler, und am ganzen Tisch wurde fröhlich gekichert.

»Also, es geschah damals, achtzehnvierzehn in Horseshoe, und ich ritt direkt neben Old Hickory höchstpersönlich, dem kämpferischsten weißen Mann, den die Welt je gesehen hat. Die Augen dieses Mannes glühten wie rote Kohlen in seinem Gesicht, und seine Haut war hartes, getrocknetes Leder. Aber das Härteste an ihm war sein Hosenboden. Der Mann konnte länger im Sattel sitzen als jeder andere, außer dem Teufel vielleicht, und darüber ist viel geredet worden. Manche dachten, Old Andy sei der Teufel in Person und führe uns mitten in die tiefste Hölle. Wir wußten, daß die feindlichen Creek auf dieser hufeisenförmigen Halbinsel dort in Tallapoosa auf der Lauer lagen, und das waren die grausamsten Wilden, denen man je in der Wildnis begegnet ist. Als wir dort ankamen, sahen wir, daß sie über den Hals dieser Halbinsel einen acht

Fuß hohen Wall aus Baumstämmen errichtet und damit das Hufeisen zugemacht hatten; und sie waren drin, und wir waren draußen. Old Hickory zog sein Schwert, und ich stand auch bereit und Sam Houston und Davy Crockett auch. Wir standen alle bereit.

›Attacke‹, sagte er, und wir griffen an, aber die feigen Cherokee, die bei uns waren, rannten weg und versteckten sich, so daß …«

»Gott verfluche dich und deine dreckigen Lügen!« brüllte Gun Rod, der aufgesprungen war und mit seiner riesigen Faust auf den Tisch schlug. Im ganzen Gemeinschaftsraum herrschte unverzüglich Stille. Selbst das Kartenspiel an dem Tisch am anderen Ende des Raumes war eingestellt worden, und die Spieler starrten abwechselnd Gun Rod und den Jäger an. Der Jäger stand still, starrte vor sich hin und versuchte offenbar zu begreifen, welch schier unglaubliche Herausforderung er da gerade erhalten hatte. Gun Rod stand ebenfalls da und starrte und fragte sich, warum er es zugelassen hatte, daß sein Temperament mit ihm durchging. Es waren schon Männer für weniger umgebracht worden als für das, was er da gerade gesagt hatte. Und was, wenn er wegen einer solchen Sache auf der ›Lucy Walker‹ sterben sollte? Dafür, daß er einen Lügner einen Lügner genannt hatte, wo doch jeder wußte, daß der Mann Lügen erzählte. Das erwartete man ja gerade von ihm. Lügen entsprach dem Wesen der Unterhaltung. Und dafür hatte er nun die Erfüllung von Oconeechees Hoffnung in Gefahr gebracht. Was für ein alter Narr ich doch bin, dachte er, aber er war keineswegs gewillt, den Schwanz einzuziehen. Der Jäger drehte sich langsam zu Gun Rod um.

»Ich bin halb Pferd, halb Alligator«, sagte er. »Ich habe einmal einen Mann zum Frühstück verspeist, der zweimal so groß war wie du, und dann einen Wagenheber als Zahnstocher hergenommen. Ich habe mit meinen bloßen Händen mit Grizzlybären und Wildkatzen gekämpft und es überlebt, um davon erzählen zu können, und einmal hat mich eine Klapperschlange in den nackten Arsch gebissen und ist an Blutvergiftung verreckt. Wer immer es wagt, mich mitten ins Gesicht einen Lügner zu schimpfen, der ist tot, aber ein Grab bekommt der nicht, denn die Stücke würdest du nicht wiederfinden, nachdem ich meine Arbeit getan habe, und dich werde ich jetzt auch gleich in Stücke reißen und dann hier auf dem Ohio River die Fische damit füttern.«

Er zückte aus seiner mit Fransen besetzten Jacke ein Messer mit langer Klinge und nahm eine bedrohliche Haltung ein. Die Männer, die seine Zuhörerschaft gebildet hatten, wichen zurück. Gun Rod zog eine seiner Pistolen, spannte mit dem Daumen den Hahn und zielte auf die Brust des Mannes.

»So eine kleine Bleikugel hält mich bestimmt nicht auf«, sagte der Jäger. »Ich trag' bestimmt schon zwanzig Pfund von dem Zeug in meinen Eingeweiden mit mir herum.«

Gun Rod zog mit der linken Hand die zweite Pistole.

»Ich kann dir gerne noch zwei mehr verpassen«, sagte er. »Also, wenn du mit mir kämpfen willst, leg jetzt deinen Schweinespieß weg, dann nehme ich meine Pistolen herunter, und wir können kämpfen wie Männer.«

Der Jäger hob sein Messer hoch über den Kopf und hieb es mit großem Schwung in die Tischplatte.

»Na also, so was hör' ich gern«, sagte er. »Leg dein Pusterohr weg, mein Freund, und laß sehen, wer von uns beiden der beste ist.«

Gun Rod ging zu dem Mann hin und sah ihm in die Augen. Er ließ den Hahn der gespannten Pistole los, dann legte er beide Pistolen auf den Tisch, eine auf jede Seite des stehenden Messers. Dann hörte man zweimal ein bedrohliches Klicken, und die beiden Gegner drehten gleichzeitig ihren Kopf in Richtung Bar, wo der Barkeeper gerade ein Manton-Steinschloßgewehr quer über den Tresen legte, das auf sie beide gerichtet war.

»Sorry«, sagte er, »aber ich kann es nicht zulassen, daß ihr mir hier die Bude auseinandernehmt.«

Gun Rod warf einen Blick auf die dichte Reihe teurer englischer Importwaren.

»Dann könnt' ich's wie Rich Joe machen und ganz stilvoll einen umbringen«, sagte er.

»Tragt euren Kampf auf dem Hauptdeck aus.«

»Da hab' ich nichts dagegen«, sagte der Jäger. »Mir ist es vollkommen gleich, wo ich ihm das Hirn aus dem Schädel klopfe.« Dann sah er Gun Rod an. »Kommst du?«

»Nach dir«, sagte Gun Rod.

Die Kartenspieler vom hinteren Tisch und die gesamte Zuhörerschaft des Jägers liefen alle zusammen zur Tür hinaus. Als Gun Rod und der Jäger die Treppe zum Hauptdeck hinunterstiegen, hatten die anderen bereits einen großen Platz für sie freigeräumt und einen Kreis gebildet.

»Los«, schrien sie, »schlagt euch«, und andere Passagiere und Mannschaftsmitglieder, die auf Unterhaltung aus waren, gesellten sich ebenfalls hinzu. Die Kämpfer stellten sich in die Mitte und gingen in Kampfstellung. Die Menge feuerte sie an. Plötzlich stieß der Jäger ein Gebrüll aus und stürzte sich mit eingezogenem Kopf auf Gun Rod, der schnell beiseite trat und dem Jäger, als dieser an ihm vorbei ins Leere stürzte, einen kräftigen Faustschlag zwischen die Schulterblätter versetzte, der ihn der Länge nach auf dem Deck niederstreckte. Gun Rod trat zurück und wartete. Der andere zog sich auf die Knie hoch, schüttelte den Kopf und stand auf. Er machte sich bereit, dann stürzte er sich wieder auf Gun Rod. Diesmal traf er sein Ziel und warf ihn mit voller Wucht nach hinten, wobei er den Kreis von Schaulustigen durchbrach, zwei Spieler zu Boden warf und schließlich mit ihm aufs Deck stürzte und rittlings auf ihm saß. Gun Rod versetzte ihm einen kräftigen Hieb und warf ihn zur Seite, und beide kamen schnell wieder auf die Füße. Der Jäger setzte zu einem Faustschlag an, aber Gun Rod sah ihn schon kommen und konnte ihm gerade noch schnell genug ausweichen, so daß er einen stechenden Hieb gegen die Kinnlade abbekam, der ihn aber nur streifte.

Mit der rechten Faust versetzte er dem Jäger einen gepfefferten Stoß gegen die Schläfe. Es war ein kräftiger Hieb. Der Jäger stand auf wackligen Beinen, verdutzt. Gun Rod setzte ihm nach, ging auf die Seite, packte seinen Gegner an Kragen und Hosenboden und warf ihn in hohem Bogen kopfüber steuerbords in den Fluß. Ein allgemeines Gegröle ging durch die ganze Menge, und ein paar stürmten herbei, um Gun Rod anerkennend auf den Rücken zu klopfen. Ein Mannschaftsmitglied lief mit einem langen Matrosenstab nach achtern und fischte den Jäger gerade noch rechtzeitig vorm Absaufen aus dem Wasser. Der Jäger, den die kleine Abkühlung erfrischt hatte, schüttelte sich wie ein nasser Hund und ging dann zurück zum Vorderdeck.

»Da habe ich ja eine gehörige Tracht Prügel bezogen«, rief er der Menge zu, und seine gute, faire Art wurde mit Beifallsrufen begrüßt. Dann ging der tropfnasse Jäger auf Gun Rod zu, der rotgesichtig und keuchend dastand. »Ich würde gerne wissen, was dich eigentlich so aufgeregt hat«, sagte er.

»Ich war bei Horseshoe Bend«, sagte Gun Rod, »mit den Cherokee. Und ich werde jeden Mann, der sie Feiglinge nennt, der Lüge bezichtigen. Sie haben damals gewonnen.«

»Ich gebe zu, daß du die Wahrheit sagst«, sagte der Jäger. »Ich habe ein Märchen erzählt und bin in die eigene Falle getappt. Sagst du mir deinen Namen?«

»Bei meiner Geburt wurde ich Titus Hooker genannt, aber ich habe fast zwanzig Jahre bei den Cherokee gelebt, und sie nennen mich Gun Rod.«

»Gun Rod«, rief der Jäger. »O Gott, natürlich! Ich kenne dich. Darf ich dir die Hand schütteln?«

Gun Rod schüttelte ihm die Hand, zeigte sich aber nicht sonderlich begeistert.

»Ich heiße Abner Breeze«, sagte der Jäger. »Obwohl ich vorhin, als du mich so nett unterbrochen hast, gerade drauf und dran war, den Leuten eine gewaltige Lügengeschichte aufzutischen, stimmt es doch, daß ich bei Horseshoe war, und ich erinnere mich an dich.« Dann drehte er sich um und rief in die Menge: »Das ist Gun Rod, einer der mutigsten Männer im Land, und jedes Wort, das er sagt, ist wahr.«

Noch ehe ihm so recht klar wurde, was da vor sich ging, wurde Gun Rod zurück in den großen Gesellschaftsraum begleitet, wo er sich von einer bewundernden Menge umringt sah. Überall wurde Wiskey ausgegeben, und ein Glas des braunen Getränks wurde vor ihm hingestellt.

»Ich werde mich zu dir setzen und mich mit dir unterhalten«, sagte er »aber ich werde mich nicht betrinken, denn ich bin in einer heiligen Mission unterwegs.«

Abner Breeze sah ihn einen Augenblick erstaunt an, und es schien fast, als wolle er ihn am Ende noch einmal herausfordern, aber dann faßte er sich wieder und hob die Hand.

»Nun denn, in Gottes Namen«, sagte er, »bringt ihm eine Kanne Tee.«

Kurz darauf drehte sich die ›Lucy Walker‹ Richtung Backbord, und schon bald fuhr sie ins Gewässer des gewaltigen Mississippi River ein, um endlich gen Süden zu fahren. Für den Rest der Reise hatte Gun Rod in Abner Breeze einen ständigen Gefährten und wurde von den Passagieren und der Mannschaft wie eine Berühmtheit behandelt. Diese ganze Aufmerksamkeit war ihm etwas peinlich, aber es ließ die Zeit schneller verstreichen, und Gun Rod mußte sich wider Willen eingestehen, daß ihm das irgendwie gefiel. Eines Tages saßen Gun Rod und Breeze beisammen an einem Tisch im Gemeinschaftsraum, Breeze mit einem Whiskey, Gun Rod mit einem Tee, als Breeze sich vertraulich über den Tisch lehnte und ihm zuflüsterte.

»Erzähl mal«, sagte er, »um was geht es denn eigentlich bei deiner ›heiligen Mission‹?«

»Das behalte ich für mich«, sagte Gun Rod. »Du würdest mich entweder für einen Narren halten, was ich ja vielleicht auch bin, oder eine deiner Lügengeschichten daraus machen.«

»Ich schwöre dir, ich werde nie ein Wort davon verraten, solange ich lebe, und mein Wort ist soviel wert wie ein Übereinkommen mit Washington City. Nur kann ich dir nicht schwören, daß ich dich nicht für einen Narren halten werde.«

Gun Rod staunte über sich selbst, als er anfing, Breeze eine Antwort zu geben.

»Ich bin auf der Suche nach einem Mann«, sagte er. Er nahm seine Pfeife heraus und fing an, sie zu stopfen.

»Um ihn zu töten?« fragte Breeze.

Gun Rod zündete seine Pfeife an einer Kerze an, die auf dem Tisch stand, und antwortete Breeze zwischen den einzelnen Zügen.

»Nein«, sagte er. »Nicht um ihn zu töten. Es gibt da ein hübsches Cherokee-Mädchen unten im alten Land – im alten Land der Cherokee in North Carolina. Sie sollte mit ihrem Liebsten verheiratet werden, und dann kamen die Soldaten. Sie floh und versteckte sich in den Bergen, er aber wurde gefangengenommen und in den Westen gebracht. Sie wußte das nicht und hat ihn die ganzen vier Jahre lang gesucht. Sie ist ihm treu geblieben. Ihre Liebe ist selten und heilig. Davon bin ich überzeugt.«

Gun Rod starrte in eine Rauchwolke und dachte über die andere seltene und heilige Liebe nach, die er erfahren hatte.

»Ja zum Teufel, verdamm mich«, sagte Breeze. »Und du suchst jetzt diesen Mann, um ihn zu ihr zurückzubringen. Stimmt das?«

»Ja«, sagte Gun Rod. »So ist es.«

Breeze ließ sich auf seinen Stuhl zurückfallen und war für einen Augenblick sprachlos, was man sich von ihm gar nicht gewohnt war. Dann lehnte er sich wieder vor und stützte die Arme auf den Tisch.

»Mein Freund«, sagte er, »das ist wohl das hochherzigste Vorhaben, von dem ich je gehört habe.«

Nach einer langen Fahrt den Mississippi hinunter erreichte die ›Lucy Walker‹ den Arkansas River und fuhr wieder gen Westen, und Gun Rod spürte, daß er zunehmend ungeduldig wurde. Gleich hinter Arkansas war die neue Cherokee-Nation-West. Er würde bald dort sein, und dann würde seine Suche nach Waguli beginnen. Bestand überhaupt die Aussicht, daß er den Mann finden würde, einen Mann, den er noch nie gesehen hatte? Er wußte es nicht. Er wußte nicht einmal, ob er Waguli lebend finden würde, aber er war zuversichtlich. Oconeechee wartete, vertraute ihm, und er würde sie nicht im Stich lassen. Er stand allein auf dem Sturmdeck und sah nach Westen. Er ist irgendwo da draußen, sagte er zu sich selbst. Irgendwo genau da vor mir. Und ich werde ihn finden.

In Fort Smith, Arkansas, herrschte geschäftiges Treiben. Es war ein Handelszentrum für Cherokee, Choctaw, Chickasaw und Seminole, und Gun Rod sah ein paar Vertreter dieser Stämme in ihren farbenprächtigen Gewändern eifrig ihren Geschäften nachgehen. Die Indianer kamen mit ihren Produkten: Mais, Baumwolle, Bohnen, Kürbisse, und tauschten sie ein gegen Mehl, Kaffee, Zucker und – Whiskey. Gun Rod sah etliche betrunkene Weiße und Indianer. Er war erfreut, als er in Fort Smith erfuhr, daß er den ganzen Weg bis nach Fort Gibson auf dem Dampfschiff bleiben konnte. Der Wasserstand war hoch. Er wollte nicht länger als nötig in Fort Smith bleiben, also zahlte er den Rest der Überfahrt, sagte Breeze Lebwohl, der an seinem Bestimmungsort angelangt war, und fuhr weiter nach Westen auf der ›Lucy Walker‹, die etwas später am selben Tag in Fort Gibson ankam. Gun Rod ging von Bord des Dampfschiffes und hatte sein Bündel über die linke Schulter geworfen. Die Reise ist zu Ende, dachte er. Die Suche hat gerade erst begonnen.

Als er sich umblickte, sah er, daß hier alles ebenso verkommen war wie in Fort Smith. Außerhalb des Ortes hatte sich eine kleine Gemeinde aus Grogbuden und Bordellen entwickelt. Indianer und Weiße waren gleichermaßen in das lukrative Geschäft verwickelt, sowohl als Verkäufer wie als Kunden. Er biß die Zähne zusammen und warf sich das schwere Bündel über die Schulter, dann ging er los in Richtung Militärposten. Dort würde er seine ersten Nachforschungen anstellen. Gab es dort eine Pension, in der er für unbestimmte Zeit als Gast unterkommen könnte? Wo konnte er ein oder zwei Pferde kaufen? Hatte irgend jemand etwas von einem Mann aus Old Town gehört, einem neuen Emigranten mit Namen Waguli?

25

Oconeechee hatte ihren Weg zur Zufluchtsstätte der Cherokee in den Bergen wohlbehalten zurückgelegt. Wieder hieß man sie willkommen und gab ihr eine Mahlzeit, und ein paar Neugierige fragten sie, wo sie ihr Pferd herhabe. Vielleicht hatten sie Angst, sie könnte es einem weißen Mann gestohlen haben, der ihr folgen würde, um es sich wiederzuholen, und dann müßten sie alle leiden.

»Das hat mir jemand geschenkt«, sagte sie. Das war alles, was sie wissen mußten. Dann kam Wildcat zu ihr, um sie zu fragen, ob sie ihre hoffnungslose Suche jetzt endlich aufgegeben habe und daran denken würde, sich einen anderen zum Mann zu nehmen. Er machte ihr deutlich, daß er interessiert und noch zu haben sei. Oconeechee mochte Wildcat. Er hatte ihr einmal geholfen, und sie war ihm dankbar. Sie wollte vorsichtig sein, um nichts zu sagen, was ihn unnötig verletzen könnte.

»Ich danke dir für dein Interesse, mein guter Freund«, sagte sie. »Waguli wird zurückkommen – schon bald.«

Mehr würde sie nicht sagen. Die Leute redeten hinter ihrem Rücken über sie. Wer konnte ihr ein Pferd geschenkt haben? Da draußen gab es doch nur Weiße. Das war doch völlig absurd. Und es war erst noch ein prächtiges Pferd. War sie durch ihre lange Treue zu einem Mann, der wahrscheinlich tot war, verrückt geworden? Falls er nicht tot war, dann war dieser Waguli sicher irgendwo im Westen verschwunden. Oder vielleicht ging es ihm gut, aber er hatte eine andere Frau geheiratet. Ein Mann würde nicht jahrelang warten. Und eine Frau auch nicht – es sei denn, sie ist verrückt. Und jetzt behauptet sie noch, er komme zurück zu ihr. Ha! Woher will sie das denn wissen? Sie weiß ja nicht einmal, wo er ist. Sie sollte einen von den jungen Männern hier nehmen. Aber nein. Sie ist verrückt. Unsere jungen Männer haben so eine nicht verdient, und sie wird ja auch nicht jünger, nicht wahr? Für wen hält sie sich eigentlich? Ihr wißt ja, wer ihre Mutter war. Sie ist nicht einmal eine richtige Cherokee. Hat keinen Clan.

Oconeechee wußte, was die Leute über sie redeten. Sie wußte auch, daß ein paar sich nicht an dem Klatsch beteiligten. Obwohl sie sein Angebot ausgeschlagen hatte, blieb Wildcat ihr Freund, und ebenso Grasshopper und Lichen und Breath. Breath, der alte Zauberer, wußte, daß sie nicht verrückt war. Er war derjenige, der ihr gesagt hatte, daß sie mit ihrer Suche Erfolg haben würde. Immer wenn sie an dem alten Mann vorüberging, mußte sie lächeln, und er lächelte zurück, ein scheues Lächeln, das bedeutete, ja, du und ich, wir beide haben ein Geheimnis. Es ist ganz gleich, was die Leute reden, du und ich, wir kennen die Wahrheit. Seltsam, dachte Oconeechee eines Tages, daß all meine Freunde Männer sind. Sie wußte, daß ihr ein langes Warten bevorstand, aber schließlich wußte sie ja auch, worauf sie wartete. Waguli würde kommen. Auf diesen Tag wollte sie vorbereitet sein. Sie sammelte wildes Geißblatt, bereitete die Ranken und flocht daraus Körbe. Sie fertigte Tontöpfe an. Aus dem Schilfrohr flocht sie Matten, Fußmatten und Schlafmatten. Sie fertigte mehr Dinge an, als sie für ihr Heim brauchen konnte, und sammelte mehr Material, als sie nötig hatte. All das tauschte sie mit den Jägern gegen Felle ein. Sie mußte für sich selbst und für Waguli Kleider nähen. Da die Leute sich in den Bergen versteckt hielten, konnten sie keine Kleider bekommen und auch kein Garn aus der Fabrik, aus dem sie Kleider hätten weben können. Sie waren also wieder auf Felle angewiesen.

Außerdem arbeitete Oconeechee mit den anderen im Garten und erhielt ihren Anteil des Ertrags. Sie aß, was sie brauchte, bereitete so viel wie möglich von den Eßwaren zu, die sich hielten und die man lagern konnte, und mit dem, was übrigblieb, trieb sie Handel. Wenn es unter diesen Umständen überhaupt möglich war, dann würde sie bei Wagulis Rückkehr bereit sein, einen Hausstand zu gründen.

Eines Tages kehrte Will Thomas zurück. Er ritt den schmalen Pfad zum heimlichen Versteck der Cherokee-Flüchtlinge hinauf. Auf dem einen Pferd ritt er, und das andere führte er am Zügel. Das zweite Pferd war ein Packpferd, und es trug eine schwere Last, die Wil Usdi auspackte, sobald er angekommen war. Er verteilte Kleider, Perlen, Tabak, Kaffee, Zucker, Mehl und andere Dinge, die die Leute entbehren mußten, seit sie in ihr Versteck gegangen waren. Die Berg-Cherokee bereiteten für Little Will aus dem, was sie besaßen, ein großes Festmahl vor. Alle waren sie gespannt darauf, seine Neuigkeiten zu hören, aber sie wahrten die Form und gaben ihm erst zu essen. Wil Usdi wußte auch, was sich für einen Cherokee gehörte, und er behielt seine Nachrichten für sich, bis die Zeit zum Erzählen gekommen war. Schließlich stand er vor ihnen, Lichen an seiner Seite.

»Meine guten Freunde«, sagte er, »es ist vollbracht.«

Er langte in eine der Innentaschen seines Mantels und holte ein Stück Papier heraus, das er hochhielt, damit alle es sehen konnten.

»Das ist die vollbrachte Tat«, sagte er. »Der Vertrag ist auf meinen Namen abgeschlossen und steht für 38 000 Morgen Land, und auf einem Stück von diesem Land stehen und sitzen wir gerade. Laut den Gesetzen der Regierung der Vereinigten Staaten und der Regierung des Bundesstaates North Carolina gehört dieses Land mir. Das bedeutet, daß euch hier niemand mehr stören wird. Mein Herz und mein Verstand sagen mir, daß dieses Land euer Land ist, und ich werde weiter versuchen, es in eurem Namen zurückzubekommen.«

Little Will erklärte den Leuten, so gut er konnte, wo die neuen Grenzen lagen, und beantwortete Fragen. Ja, sie konnten auf diesem Land überall hinziehen, wo sie wollten, und neue Städte für sich bauen und neue Felder anlegen. Sie konnten auf dem ganzen Gebiet nach Lust und Laune jagen. Und, ja, sie konnten das Land verlassen und in die Stadt gehen, um Handel zu treiben, und anschließend wieder zurückkehren. Es fiel den Cherokee schwer zu glauben, daß sie wieder sicher waren und relativ frei, doch sie vertrauten auf Wil Usdis Worte und hielten den ganzen restlichen Tag ein großes Festmahl ab. Oconeechee wartete wieder auf eine Gelegenheit, den kleinen weißen Mann alleine zu fassen zu bekommen.

»Ich habe Gun Rod zu Hause angetroffen«, sagte sie. »Er ist nach Westen gegangen, um Waguli zu suchen und ihn zu mir zurückzubringen.«

»Das freut mich«, sagte Wil Usdi. »Wenn es im Bereich des Möglichen liegt, dann denke ich, wird Gun Rod es auch tun.«

»Das wird er, ich weiß es«, sagte Oconeechee. »Und jetzt möchte ich noch etwas anderes wissen. In der Nähe von Soco Gap, wo ich früher gelebt habe, gibt es einen Gebirgsbach. Nicht weit von der Stadt entfernt gibt es eine Stelle, an der das Wasser in die Tiefe stürzt und einen kleinen See gebildet hat. Das Becken ist ruhig und klar und tief. Noch ist es fast ein geheimer Ort, obwohl der Weg nach Soco Gap genau darüber verläuft.«

»Ich denke, ich weiß, welche Stelle du meinst«, sagte Wil Usdi.

»Ich möchte dort leben.«

»Geh hin, bevor ein anderer dorthin geht, und bau dir dort ein Haus, dann kannst du bleiben«, sagte er. »Die Stelle liegt in den Grenzen unseres Gebiets.«

»*Wado*, Wil Usdi«, sagte sie. »An diese Stelle wird Waguli kommen, um mich zu suchen.«

26

Dann kam er nach Oklahoma,
zu der Stadt genannt Tahlequah,
dort fand er unseren Häuptling
und legte ihm sein Anliegen dar.
»Die Weißen lassen mich nicht ziehn«, sprach er,
doch lauschte er dem alten Mann,
sprach dann: »Ich werde mit dir gehn,
und sollt' ich die Hölle durchfahrn.«

Es war so verdammt einfach. Der erste Soldat, mit dem Gun Rod gesprochen hatte, kannte Waguli. Er habe gerade heute ein paar kleine Hausarbeiten hier beim Posten verrichtet, hatte der Soldat gesagt. Er wußte sogar, wo Waguli wohnte. Nicht weit vom Posten entfernt. Eine kleine Hütte. Er hatte Gun Rod gesagt, in welche Richtung er gehen müsse. So einfach. Gun Rod machte sich nicht einmal die Mühe, nach Pferden zu schauen. Er würde Waguli finden, ihn zurück zum Fort mitnehmen und ihnen beiden ein Passagierticket für das nächste Dampfschiff nach Osten kaufen. Er war erstaunt über sein Glück, obwohl er es langsam bereute, daß er kein Reitpferd für sich selbst gekauft hatte. Schließlich entdeckte er vor sich die Hütte, falls man sie wirklich so nennen konnte; das Bündel wurde allmählich eine schwere Last, und sein alter Rücken war müde. Seine Füße taten ihm weh. Er ging zu der Hütte und ließ sein Bündel zu Boden fallen.

»Waguli?« rief er.

Langsam kam ein Kopf zum Vorschein und spähte durch den offenen Eingang aus der Hütte. Es ist ein Indianer, ein junger Mann, dachte Gun Rod, obwohl das schwer zu sagen war. Das Gesicht war zerfurcht und gezeichnet. Die Augen waren rot und blutunterlaufen. Das lange Haar war zottelig und ausgefranst. Das Gesicht war schmutzig, ebenso die Hand, die auch im Eingang erschien und die einen Krug umklammert hielt.

»Was willst du?« fragte der Indianer auf Cherokee.

»Ich suche nach Waguli«, sagte Gun Rod.

»Ich bin Waguli oder – war es einmal.«

Mein Gott, dachte Gun Rod, habe ich etwa für den hier den ganzen Weg hierher gemacht?

»Was willst du von mir?« fragte Waguli.

Gun Rod hielt es für das Beste, sich ganz allmählich an den wahren Grund seines Besuches heranzutasten.

»Können wir uns unterhalten?« fragte er.

»Komm herein.«

»Können wir uns nicht draußen hinsetzen?«

Waguli zögerte, dann torkelte er nach draußen an die frische Luft. Auf dem Boden vor der Hütte brannte ein kleines Feuer. Gun Rod setzte sich mit dem Gesicht zur Hütte vors Feuer und wartete. Waguli ließ sich schwerfällig auf der anderen Seite des Feuers zu Boden fallen, nahm einen Zug aus seinem Krug, dachte kurz nach und bot dann seinem Gast davon an.

»Nein«, sagte der alte Mann. »Ich muß nüchtern bleiben.«

»Ich kann nicht nüchtern bleiben«, sagte Waguli. »Du sprichst gut Cherokee. Bist du ein Halbblut?«

»Ich bin ein weißer Mann, aber ich habe zwanzig Jahre bei deinem Volk gelebt. Meine Frau war eine Cherokee. Ich habe sie sehr geliebt. Jetzt ist sie tot.«

Gun Rod beobachtete Waguli scharf, ob er an irgend etwas erkennen konnte, daß die Erwähnung des Wortes Liebe eine

Wirkung auf ihn hatte, aber er konnte nichts erkennen, das war immer noch dieselbe ausdruckslose Miene. O Gott, hilf mir, dachte er. Wie kann ich diesem Mann nur näherkommen?

»Als ich noch bei den Cherokee lebte«, sagte er, »nannte man mich Gun Rod.«

Waguli runzelte die Stirn und kratzte sich am Kopf. Er sah kurz zu Gun Rod auf, dann senkte er wieder seinen Blick.

»Du bist ein Krieger gewesen«, sagte er. »Ich habe von dir reden hören. Wenn du einen Platz suchst, an dem du bleiben kannst, dann kannst du dich gerne hier niederlassen.«

Gun Rod holte seine Pfeife und seinen Tabak heraus.

»Ich will nicht bleiben«, sagte er. »Ich muß zurück – zurück ins alte Land.«

Wieder erforschte er Wagulis Miene. Wieder sah er nichts.

»Warum bist du hergekommen?« fragte Waguli.

Gun Rod beschloß, mit seiner Absicht nicht länger hinterm Berg zu halten. Er zog an seiner Pfeife, dann sah er Waguli direkt ins Gesicht. Das war eine Herausforderung.

»Ich bin deinetwegen gekommen«, sagte er. »Ich bin wegen Oconeechee gekommen, um dich zu ihr zurückzubringen.«

Waguli schwieg. Er starrte ins Feuer.

»Wirst du mit mir gehen?« fragte Gun Rod.

»Sie haben mich hergebracht«, sagte Waguli. »Sie werden mich nicht gehen lassen.«

Er nahm noch einen Schluck aus seinem Krug und wurde von einem Hustenanfall gepackt. Es überkam ihn wieder heftig die alte Übelkeit, und er wollte in den Wald gehen, um sich zu übergeben, aber er wußte, daß er nicht konnte. Er trank wieder und spürte, wie der *wisgi* in seinem Magen rumorte.

O Whippoorwill, Whippoorwill,
weißt du es nicht, sie suchte dich?
Sie suchte dich in Berg und Tal,
warum du fort bist, weiß sie nicht.
Fühlst du die treue Liebe nicht,
Whippoorwill?
Und weißt du nicht, daß sie niemals bricht,
Whippoorwill?

»Waguli«, sagte Gun Rod, »das sind vier lange Jahre gewesen. Oconeechee weiß nicht, was aus dir geworden ist. Sie hat dich die ganze Zeit lang überall im alten Land gesucht. Sie ist sogar bis dahin gereist, wo ich lebe, dort in Alabama, in der Nähe von Horseshoe Bend. Sie kam alleine und zu Fuß. Sie will dich. Sie wartet auf dich. Sie – sie liebt dich.«

»Hast du sie wirklich gesehen?« fragte Waguli nach einer langen Pause.

Ein Bild aus der Vergangenheit dämmerte in Waguli auf und nahm in dem ganzen Wirrwarr, der in seinem Kopf herrschte, immer klarere Formen an. Er war ein junger Mann, der mit einer Mission betraut nach Soco Gap unterwegs war und sich kurz vor dem Ziel seiner Reise befand. Er lief einen Hügelkamm entlang, und unter ihm hatte der Wasserfall einen klaren, blauen See gebildet. Sie war dort in dem See. Er hielt seinen Blick starr geradeaus, wollte auf keinen Fall, daß sie wußte, daß er sie gesehen hatte, aber er hatte sie natürlich gesehen. Sie war schön, und er liebte sie. Und hier war nun dieser alte weiße Mann und sagte ihm, daß sie wieder dort sei, am selben Fleck, und warte. Sie wartete auf ihn. Seit vier Jahren. Waguli hatte versucht, nicht mehr an Oconeechee zu denken, hatte versucht, seine Gefühle für sie zu unterdrücken, seine Liebe zu vergessen. Als er schließlich sprach, war er über die Plötzlichkeit seiner Entscheidung ebenso erstaunt wie der alte Gun Rod.

»Ich werde mit dir zurückgehen«, sagte er. Er stand mit dem Krug in der Hand auf und ging auf wackligen Beinen zu einer Stelle, an der ein großer flacher Felsen ein Stück weit aus der Erde ragte. Er hob den Krug bis in Gesichtshöhe und zerschmetterte ihn dann auf den Felsen. Dann ging er zurück zum Feuer. »Aber so kann ich nicht gehen. Ich muß mich zuerst saubermachen. Ich muß – nüchtern werden. Ich habe in diesen vier Jahren versucht, die ganze Zeit betrunken zu bleiben, vom *wisgi*. Ich wollte über bestimmte Dinge nicht nachdenken. Da hinten, nicht weit von meinem Haus entfernt, ist ein Bach. Ich werde mich dort waschen gehen.«

Während Waguli sich am Bach entkleidete und ein Bad nahm, durchstöberte Gun Rod sein Reisebündel. Er fand etwas Kaffee, einen Topf zum Wasserkochen, zwei Blechtassen, ein Paar Leggings aus Hirschleder und einen Lendenschurz, ein paar perlenbestickte Mokassins, ein sauberes weißes Hemd, eine lange rote Schärpe und noch ein langes, buntgestreiftes Stück Stoff, aus dem man einen Turban wickeln konnte. Außerdem fand er einen kleinen Spiegel und eine Schere. All diese Dinge breitete er sorgfältig auf dem Bündel aus. Er nahm den Topf heraus, ging damit zum Bach und füllte ihn mit Wasser. Dann ging er wieder zum Feuer zurück und setzte Kaffeewasser auf. Als Waguli, immer noch tropfnaß und nur mit seinen schmutzigen, zerlumpten Hosen bekleidet zum Feuer zurückkam, nahm Gun Rod die sauberen Kleider, die er ausgepackt hatte, und reichte sie Waguli.

»Die sind für dich«, sagte er.

Dann goß er Kaffee in eine der Blechtassen und hielt sie ihm hin. Waguli nahm die Tasse in beide Hände und nahm einen kleinen Schluck von dem heißen schwarzen Getränk. Ihm wurde etwas schlecht im Magen. Er trank den Kaffee aus, dann griff er zu Spiegel und Schere, um sich die Haare zu schneiden. Gun Rod half ihm dabei, die Haare auf dem Rücken gerade zu schneiden. Dann zog sich Waguli an. Die Kleider waren ihm ein bißchen zu groß, aber nicht so groß, daß er lächerlich darin ausgesehen hätte. Bei den Leggings spielte die Größe keine so große Rolle wie bei den Hosen des weißen Mannes, und das weite Hemd war in Ordnung, vor allem, nachdem er sich die Schärpe darumgebunden hatte. Die Mokassins hingegen waren ihm eher zu eng. Der bunte Turban gab dem Ganzen den letzten Schliff, und Waguli fühlte sich wie ein gutgekleideter Cherokee-Dandy. Gun Rod kam zu dem Schluß, daß er nun allmählich den Mann zu sehen bekam, in den Oconeechee sich verliebt hatte.

Es war früher Abend. Gun Rod dachte, er müsse zusehen, daß Waguli so schnell wie möglich etwas zu essen in den Magen bekam. Außerdem hatte er allmählich selbst Hunger. Es gab Garküchen beim Fort, wo man eine Mahlzeit bekommen konnte. Er hatte ein paar von ihnen gesehen, als er von Bord des Schiffes gegangen war.

»Laß uns essen gehen«, sagte er.

Wie er so sauber und in neuen Kleidern mit diesem alten Mann, der noch dazu ein altgedienter Cherokee-Krieger war, zum Fort ging, fühlte Waguli sich – nüchtern. Und er fühlte sich gut dabei. Er ging ganz gerade. Er hielt den Kopf hoch. Er war kein Gefangener. Er war frei, und er ging mit diesem Mann nach Hause. Er ging zu seiner Oconeechee. Der lange Alptraum war schließlich und endlich vorbei.

27

Das Dampfschiff nach Osten würde nicht vor dem nächsten Morgen in Fort Gibson ankommen, also kehrten die beiden Männer, nachdem sie eine gute Mahlzeit zu sich genommen hatten, die beste Mahlzeit, die Waguli seit langer Zeit gegessen hatte, zu Wagulis Hütte zurück, wo sie diese Nacht schlafen wollten. Sie rauchten, und sie sprachen miteinander. Mit der Zeit begann Wagulis neugewonnenes Selbstbewußtsein wieder zu schwinden. Er ging auf und ab. Er war nervös. Sein Körper wollte *wisgi* haben. Er hatte da eine schnelle Entscheidung getroffen. Es war so einfach gewesen, diese Entscheidung zu treffen. Aber jetzt, nur ein paar Stunden später, konnte er sehen, daß es nicht so einfach sein würde, an dieser Entscheidung auch festzuhalten. Er atmete mehrmals tief ein. Er trank noch mehr *kawhi*. Er rauchte. Und er ging auf und ab. Gun Rod beschloß, daß sie in der Hütte schlafen würden und daß er sich in den Eingang legen würde. Waguli erklärte sich nur widerwillig einverstanden. Als Gun Rod sich mit seinem massigen Körper in der Eingangsluke niederlegte, fühlte sich Waguli in der kleinen Hütte wie in einer Falle. Der alte Mann war schon bald eingeschlafen, aber Waguli war hellwach. Er ging immer noch auf und ab. Er spielte mit dem Gedanken, zu versuchen, über den alten Mann hinwegzusteigen, ohne ihn aufzuwecken, aber er hatte ja kein Geld. Den letzten Rest seines mageren Verdienstes hatte er für den Krug von vorhin ausgegeben.

Warum hatte er bloß alles so überstürzt getan, fragte er sich. Er hatte den Krug zerschmettert und den ganzen *wisgi* vergeudet. Wenn er jetzt doch nur welchen hätte! Dann erinnerte er sich daran, daß der alte Mann Geld hatte. Er hatte es gesehen, als Gun Rod ihre Mahlzeit bezahlt hatte, und er hatte gesehen, wie er den Geldbeutel zurück in das Bündel getan hatte. Das Bündel lag bei Waguli in der Hütte. Er könnte sich leicht das Geld des alten Mannes schnappen, dann vorsichtig über ihn hinwegsteigen und ab durch die Tür. Er brauchte *wisgi*. Aber dann dachte er an Oconeechee. Er erinnerte sich daran, wie stolz er gewesen war, als er mit Gun Rod zum Abendessen gegangen war. Er war schon lange nicht mehr stolz gewesen, und es hatte sich gut angefühlt. Sein Körper wollte *wisgi* haben. Sein Verstand nicht. Er beschloß, daß er versuchen würde zu schlafen.

Mitten in der Nacht wurde Gun Rod durch einen lauten, entsetzlichen Schrei aus dem Schlaf gerissen. Es war Waguli. Er saß aufrecht, starrte vor sich hin und zitterte.

»Was?« fragte Gun Rod. »Was ist los?«

»Ich bin krank«, sagte Waguli. »Ich habe Schmerzen.«

»Mußt du raus?«

»Ja.«

Gun Rod folgte Waguli nach draußen. Waguli fiel auf die Knie und versuchte wieder, sich zu übergeben. Er wand sich und würgte und hustete, aber wie schon die Male zuvor kam nichts heraus. Er war schweißgebadet, und seine ganze Körpermitte wurde von schmerzhaften Krämpfen geschüttelt.

»Ich will etwas *wisgi*«, sagte er. »Ich brauche das.«

»Nein«, sagte Gun Rod. »Laß uns wieder hineingehen.«

»Ich bin krank.«

»Ja. Ich weiß, daß du krank bist. Du bist krank von all dem Gift, das du in den letzten vier Jahren getrunken hast. Wenn du willst, daß es dir wieder bessergeht, dann mußt du das ganze Gift aus dir herausbekommen und nicht noch mehr hineinschütten. Das wird nicht leicht sein, aber du kannst es schaffen, und ich werde dir dabei helfen. Denk an sie. Denk an ihre Treue, ihren Mut, die Liebe, die sie für dich empfindet.«

»Ihre Liebe für mich ist unangebracht«, sagte Waguli. »Ich bin ihrer nicht wert. Ich bin nicht einmal ein Mann.«

»Du bist krank, und du kannst wieder gesund werden. Laß uns wieder hineingehen.«

Waguli ächzte und warf sich herum und winselte die ganze restliche Nacht, und Gun Rod bekam nur noch wenig Schlaf. Ihm wurde klar, daß er seine Pläne ändern mußte. Er war sich nicht ganz sicher gewesen, wie die Armee wohl reagieren würde, wenn er ein Passagierticket nach Osten für einen Cherokee kaufen würde, den die Armee in den Westen umgesiedelt hatte, aber er hatte sich gedacht, er würde es versuchen. Wenn man ihn zur Rede stellte, würde er versuchen, sich herauszureden. Aber jetzt, da er wußte, wie es um Waguli stand, war ihm klar, daß er ihn nicht sicher und diskret auf das Boot bringen konnte. Sie würden über Land reisen müssen, so lange, wie es dauerte, um den Alkohol aus dem Körper des Mannes herauszubekommen. Gun Rod hatte früher schon Männer in einem solchen Zustand gesehen. Er wußte, daß es Zeit brauchen würde. Er wußte auch, daß es auf der Fahrt reichlich Whiskey zu kaufen geben würde. Er würde auf Waguli aufpassen müssen wie eine Henne auf ihr Küken. Männer, die sich verzweifelt nach Whiskey sehnten, waren fähig, Verzweiflungstaten zu begehen. Gun Rods eigenes Leben konnte durch diesen Mann in Gefahr geraten.

Beim ersten Tageslicht war Gun Rod auf den Beinen und ließ Waguli wieder die guten Kleider anziehen.

»Du siehst einfach prächtig aus«, sagte er.

»Mir ist schlecht.«

»Wir besorgen uns ein Frühstück und Kaffee, und dann machen wir uns auf den Weg.«

»Ich mag nichts essen. Ich fühle mich krank.«

»Du wirst etwas essen. Du mußt etwas essen. Los, komm.«

Sie bekamen ein Frühstück, und auf Gun Rods Drängen hin aß Waguli. Und er trank viel schwarzen Kaffee. Dann machte Gun Rod einen Pferdehändler ausfindig und kaufte zwei Pferde. Er machte aus seinem Bündel zwei und lud jeweils eine Hälfte hinter den Sätteln auf.

»Paßt auf euch auf«, sagte der Pferdehändler. »Auf dem ganzen Weg von hier bis Fort Smith gibt es Pferdediebe.«

Gun Rod prüfte seine Pistolen und steckte sie dann in seine Schärpe.

»Los denn, laß uns aufbrechen«, sagte er zu Waguli.

Den ganzen Tag lang mußte Gun Rod auf Waguli aufpassen wie auf ein Baby, sich um ihn kümmern und ihm Mut zusprechen. Er tat sein Bestes, alle Siedlungen zu vermeiden oder nur schnell durch sie hindurchzureiten, und wenn sie unterwegs anderen Reisenden begegneten, nickte Gun Rod zum Gruß und ritt weiter. Er war überrascht, wie viele Leute ihnen unterwegs begegneten, die meisten von ihnen Immigranten, die auf einem Weg, der damals schon Texas Trail genannt wurde, nach Texas unterwegs waren. Gun Rod zog es vor, unterwegs haltzumachen und eine Mahlzeit zuzubereiten, als sich in die Städte hineinzuwagen. Für die bevorstehende Nacht hatte er sich vergewissert, daß sie ein gutes Stück von jedem Anzeichen menschlicher Behausungen entfernt ihr Lager aufgeschlagen hatten. Waguli verbrachte eine weitere unruhige Nacht, aber Gun Rod gelang es, sich eine gute Mütze Schlaf zu holen. Am Morgen, als er aufwachte, saß Waguli da und zitterte. Waguli wollte nichts essen. Gun Rod dachte, so wie der zittert, wird er wahrscheinlich sowieso nichts in den Mund bekommen. Wagulis Zittern sah immer mehr nach Krämpfen aus, und Gun Rod begann sich Sorgen zu machen. Ich bring' den armen Kerl noch um, dachte er. Er hielt sich nicht lange mit Frühstückmachen und Kaffeekochen auf. Statt dessen bepackte er die Pferde, so schnell er konnte, hievte Waguli in den Sattel und setzte die Reise fort. Er versuchte schnell voranzukommen, aber er mußte Waguli aufmerksam beobachten, um sicherzugehen, daß er im Sattel blieb. Er wollte so schnell wie möglich in eine Siedlung gelangen, aber er befürchtete, daß sie auf dieser Strecke bis Fort Smith nichts mehr finden würden. Dann sah er im Osten den Wagen eines Immigranten auftauchen und stürmte voran, um ihn einzuholen.

»Hast du Whiskey bei dir?« fragte er. »Ich werde dafür bezahlen.«

Der Immigrant setzte seine Reise hocherfreut über den Gewinn, den er mit einem Krug Whiskey gemacht hatte, fort, und Gun Rod ritt schnell zurück zu Waguli.

»Hier«, sagte er. »Nimm einen Schluck.«

Von da an war es Gun Rods Taktik, den Whiskey für die Mahlzeiten aufzusparen und damit Waguli zu bestechen, daß er esse. Nach jeder Mahlzeit bekam er einen Schluck, mehr nicht, mit Ausnahme eines einzigen Males, als er wieder Krämpfe zu bekommen drohte. Nach vier Tagen strich Gun Rod den Schluck nach dem Frühstück. Nach acht Tagen verweigerte er ihm den Alkohol vor dem Abendessen. Am fünfzehnten Tag, als sie ein Lager für die Nacht aufgeschlagen und ihre Mahlzeit gerade beendet hatten, nahm Gun Rod den Krug hoch und schüttelte ihn. Es war nur noch ein klein wenig Whiskey darin. Er reichte Waguli den Krug. Waguli hielt den Krug einen Augenblick, dann gab er ihn Gun Rod zurück.

»Schluß damit«, sagte er. »Damit bin ich fertig.«

Gun Rod nahm den Krug und sah Waguli an. Er lächelte.

»Na dann, in Gottes Namen«, sagte er, »ich denke, ich habe mir einen Schluck verdient.«

Er hielte sich den Krug schräg an die Lippen und leerte ihn und warf ihn fort. Waguli lachte. Gun Rod hatte ihn bis dahin noch kein einziges Mal lachen sehen. Er war einen Moment lang ganz verdutzt, dann fiel er in Wagulis Lachen ein.

28

Sie überquerten den Wataunga,
den Missouri, Cumberland und Tennessee,
nach Nolichucky, dem Land der Tuckaleechee,
wo sein Führer sagte: »Ich bin alt und sterbe jetzt,
doch versprechen mußt du mir,
nicht aufzugeben, bis du gefunden hast
die schöne Oconeechee.«

Gun Rod saß im Sattel vor seiner Hütte in Horseshoe Bend und sagte: »Das ist mein Haus. Wir werden hier übernachten und morgen weiterreiten.«

Er kletterte schwerfällig vom Pferd und streckte sich. Es war eine lange, anstrengende Reise gewesen, und er spürte jedes Jahr, das er auf dem Buckel hatte. Es lag immer noch ein langer Weg vor ihm, bis er Waguli wohlbehalten in Oconeechees Obhut geben konnte, aber das war nichts im Vergleich zu dem, was sie bereits hinter sich hatten. Er hatte Waguli kennengelernt und mochte ihn, und seit der Mann wieder nüchtern war, konnte Gun Rod sich vorstellen, warum die junge Frau so sehr in ihn verliebt war. Sie würden ein schönes Paar abgeben, und Gun Rod war stolz auf den Anteil, den er daran hatte, daß die beiden wieder zusammenkamen. Doch zugleich fühlte er sich jetzt sehr allein. Er starrte für einen Augenblick die Vorderfront seines Hauses an, zumindest schien es so, aber in Gedanken sah er durch das Haus hindurch auf eine Stelle hinter dem Garten, an der drei Gräber lagen, die er selbst gegraben hatte. Er schüttelte sich und drehte sich um, um das Gepäck und den Sattel von seinem Pferd zu nehmen. Waguli schwang sich behende aus dem Sattel und machte sich daran, sein Reittier von seiner Last zu befreien. Gun Rod bemerkte, daß die Reise Waguli seine Jugend zurückgegeben hatte, während sie ihn hatte altern lassen.

Gun Rod bereitete in seinem Haus eine Mahlzeit zu, und nachdem sie gegessen hatten, saßen er und Waguli auf der Veranda und rauchten.

»Ich habe das Zeug noch nicht ganz besiegt, Gun Rod«, sagte Waguli, »dieses Gift des weißen Mannes, diesen *wisgi*. Ich denke immer noch daran. Ich hätte jetzt gern welchen.«

»Und das wirst du auch für den Rest deiner Tage, mein Junge«, sagte Gun Rod. »Aber du wirst lernen, damit zu leben. Du bist ein starker Mann mit einem starken Willen.«

»Und die starke Oconeechee wird mir dabei helfen«, sagte Waguli. »Ohne deine Hilfe hätte ich es nie bis hierher geschafft. Da hast du etwas Großartiges für mich getan, mein Freund, und ich werde dich nie vergessen.«

Gun Rod dachte: Ich habe es für die Liebe getan.

»Ach«, sagte er, »ich wollte einfach eine Reise machen und den Westen sehen.«

In dieser Nacht schliefen sie im Haus, und am Morgen frühstückten sie und tranken Kaffee und gingen dann hinaus, um die Pferde zu satteln und zu bepacken. Gun Rod schwang den Sattel auf den Rücken seines Pferdes und fühlte einen scharfen, stechenden Schmerz in der Brust.

»Ahh.«

Der Sattel rutschte vom Rücken des Pferdes und fiel zu Boden, während Gun Rod ein paar Schritte zurücktaumelte. Waguli lief zu ihm hin und packte ihn bei den Schultern, um ihn zu stützen.

»Was ist?« fragte er.

»Bring mich rein.«

Waguli brachte Gun Rod ins Haus und legte ihn auf sein Bett. Der alte Mann stöhnte, als er sich ausstreckte, und Waguli konnte den heftigen Schmerz auf seinem alten Gesicht lesen.

»Was kann ich für dich tun?« fragte er.

»Ach«, ächzte Gun Rod, »gar nichts, denke ich. Gar nichts. Nimm dir den Stuhl, und setz dich her zu mir.«

Waguli zog den Stuhl zum Bett heran und setzte sich. Gun Rod streckte seine alte Hand aus und legte sie Waguli auf den Arm.

»Vergiß nicht, worüber wir letzte Nacht gesprochen haben«, sagte er. »Sei stark. Tu's um ihretwillen und um deinetwillen, und tu's für mich.«

»Das werde ich«, sagte Waguli. »Ich verspreche es dir.«

»Ich fürchte, ich werde dich nicht weiter begleiten können, Waguli. Meine Zeit ist gekommen. Hinter meinem Haus gibt es einen Garten. Dahinter wirst du drei Gräber finden. Von meiner Frau und meinen Kindern. Begrabe mich an ihrer Seite. Leg mich ans nördliche Ende.«

Waguli spürte, wie ihm die Tränen in die Augen stiegen.

»Das werde ich«, sagte er.

»Und versprich mir noch eins. Geh weiter, auch ohne mich. Du mußt Oconeechee finden. Und laß dich von nichts und niemandem aufhalten.«

»Ich werde sie finden. Nichts wird mich aufhalten.«

Waguli saß bei ihm, bis der alte Mann entschlief. Bevor er starb, schrieb Gun Rod auf ein Blatt Papier, daß er Waguli die beiden Pferde, zwei Sättel, die ganzen Vorräte im Gepäck, seine beiden Pistolen und sein Geld gegeben hatte. Waguli hielt sein Versprechen, begrub Gun Rod neben seiner Frau und sang leise ein Cherokee-Trauerlied für den alten Mann, der für ihn und für Oconeechee so viel getan hatte. Dann bepackte er seine Pferde und ritt davon. Er wußte nicht, was die Weißen von Alabama, Georgia und North Carolina tun würden, wenn sie ihn durch das, was sie nun ihr eigenes Land nannten, reiten sahen; daher ritt er vorsichtig, fast ängstlich. Er erinnerte sich noch gut an die Soldaten, die ihn gefangengenommen hatten, an die Schläge, die Fesseln, die Einpfählung, den nicht enden wollenden Zwangsmarsch und all die Toten, die es unterwegs gegeben hatte. Er trug die Pistolen auf dieselbe Art wie der vorherige Besitzer, in die Schärpe gesteckt, die er um die Taille gebunden trug, und er war ständig auf der Hut. Wenn er sah, daß sich aus irgendeiner Richtung Weiße näherten, verließ er die Straße, um sich zu verstecken. Er sehnte sich jetzt immer öfter und immer verzweifelter nach etwas *wisgi*, aber er dachte an die Worte von Old Gun Rod, und er dachte an Oconeechee, die an dem See unterm Wasserfall auf ihn wartete. Als er schließlich den Bergpfad erreichte, der nach Soco Gap führte, fühlte er sich recht erleichtert, obwohl er immer noch nicht wußte, was ihn erwartete. Er begann die Pferde zur Eile anzutreiben. Schließlich sah er genau von dem Fleck, von dem aus er sie zum erstenmal gesehen hatte, hinunter auf den See, aber er sah sie nicht. Dort, soviel stand fest, auf dem Kamm, von dem aus man den See überblicken konnte, stand ein Haus, ein Cherokee-Haus. Er stieg ab und ließ die Zügel seiner Pferde schleifen, dann lief er zu dem Haus.

»Oconeechee?«

Keine Antwort. Er ging zum Haus und sah hinein. Es war ein sauberes und hübsch eingerichtetes Haus, aber es war niemand darin. Er lief zum Rande des Hügelkamms und blickte hinunter in den See. Dort war niemand zu sehen. Aus dem tiefsten Innern stieg eine panische Angst in ihm hoch, und er lief zurück zu seinen Pferden. Er ließ das Packpferd mit schleifenden Zügeln dort stehen, kletterte wieder in den Sattel des anderen und ritt schnell den Weg entlang zu dem, was früher einmal Soco Gap gewesen war. Dort fand er nur Ruinen vor. Wieder stieg er vom Pferd und lief ziellos durch die Straßen. Er fühlte sich sehr allein und hatte große Angst.

Allein und ohne Führer – verlassen
begann Whippoorwill zu klagen
und zu rufen nach einer leitenden Hand
auf den lang vergessenen Pfaden.
Als in die Stille hinein er lauschte,
ertönte eine Stimme so süß und klar,
daß er sich beeilte, sie zu suchen,
da sein Herz ganz bange war.

Waguli lief wie ein Verirrter durch die Stadt, und aus seinem Mund kam ein leises, jammervolles Wehklagen. Sein Kopf war voller Fragen und Zweifel. Sollte alles nur eine Lüge gewesen sein? Hatte sich nichts verändert? Hatte der alte weiße Mann ihm bloß Hoffnung gemacht, um diese Hoffnung wieder zunichte zu machen und seine Qual noch zu verschlimmern? Ah, *wisgi*. Wo könnte er etwas *wisgi* herbekommen? Er stolperte und wäre beinahe hingefallen, aber er taumelte weiter voran, blindlings, denn seine Augen waren gefüllt mit Tränen. Und er klagte immer noch. Sein Magen krampfte sich zusammen. Durch das Wasser in seinen Augen konnte er sehen, daß er aus dem Dorf hinaus und in den dahinterliegenden Wald gelangt war, und das Geräusch seiner Schritte verriet ihm, daß er nicht mehr auf dem ausgetretenen Pfad ging. Hoch über ihm saß ein Eichhörnchen in einem Baum und schimpfte ärgerlich, und er konnte das Lied eines rotkehligen Hüttensängers hören, den sein Schmerz völlig kalt ließ. Direkt vor ihm war das Geräusch von fließendem Wasser zu hören. Er torkelte noch ein paar Schritte weiter und blieb dann neben einem Bach stehen. Plötzlich fühlte er einen bohrenden Schmerz in den Eingeweiden, so daß er aufschrie, sich an den Bauch griff, zusammenklappte und in die Knie ging. Dann warf ihn eine Kraft, die aus seinem tiefsten Innern kam, nach vorn, und er griff mit den Händen in die Erde. Sein Gesicht war genau über dem rauschenden Wasser. Sein Mund öffnete sich weit, und er erbrach einen Schwall nach dem anderen.

Er saß neben dem Bach, erschöpft und leer. Das rauschende Wasser hatte die Spuren seiner Reinigung davongetragen, und er hatte sich den Mund mit klarem, kaltem Flußwasser gespült. Er hatte den Turban vom Kopf gebunden, das Tuch ins Wasser getaucht und sich damit das Gesicht gewaschen. Er fühlte sich erfrischt – frisch. Er konnte die Welt um sich herum klar erkennen, und er fand sie sauber und hübsch. Er stand auf und spürte, daß das Unwohlsein in seinem Magen, die Übelkeit, die über Jahre hinweg seine ständige Begleiterin gewesen war, nicht mehr da war. Er lief die kurze Strecke durch den Wald zurück zu den Ruinen von Soco Gap, wo sein Pferd geduldig seiner Rückkehr harrte. Er stieg auf und ritt zurück zu dem See unter den Wasserfällen.

Oconeechee war gerade von einem Besuch bei einem in nächster Nähe wohnenden Nachbarn zurückgekehrt, mit dem sie um frisches Rehfleisch gehandelt hatte. Sie versuchte immer, in der Nähe des Hauses zu bleiben und nie zu lange fortzubleiben, denn sie wußte, daß Waguli bald kommen würde. Sie war gerade zurückgekehrt und hatte das fremde Packpferd dort stehen sehen. Sie war die letzten Schritte bis zu ihrem Haus gerannt, um es leer vorzufinden. Aber wer hatte dann das Pferd dort stehenlassen? Sie machte vor dem Haus ein Feuer und fing an, das frische Fleisch zum Kochen zuzubereiten.

Als Waguli zum zweitenmal an diesem Tag zu dem neuen Haus auf dem Hügelkamm über dem See hinaufritt, sah er ein Feuer. Er trieb sein Pferd noch etwas schneller an und sah, wie sie ängstlich aus dem Haus trat, um nachzusehen, wer da herangeritten kam. Er sprang vom Rücken des Pferdes und rannte auf sie zu.

»Oconeechee.«

»Waguli«, sagte sie. »Ich habe auf dich gewartet. Komm herein. Hier ist dein Zuhause.«

Epilog

Sie trat aus dem Schatten des Lorbeers hervor
und eilte herbei, um ihn zu umfangen.
»O mein Whippoorwill«, hauchte sie ihm leise ins Ohr,
»ich wußte, du bist nicht von uns gegangen.«
Nun waren sie vereint, erzählt man sich,
und lebten dort glücklich Jahr um Jahr.
Doch die meisten Leute erinnern sich nicht,
an ihren langen Pfad der Tränen, der jetzt zu Ende war.
Wenn der sanfte Wind, sagen die Cherokee,
in den nebligen Bergen sein Spiel treiben will,
hört man das Liebeslied von Oconeechee
und ihrem tapferen Whippoorwill.
Whippoorwill, Whippoorwill,
weißt du nicht, daß sie dich suchte?
Sie suchte dich in Berg und Tal.
Warum du fort bist, weiß sie nicht.
Fühlst du die treue Liebe nicht, Whippoorwill?
Und weißt du nicht, daß sie niemals bricht, Whippoorwill?

Großpapa lehnte sich zurück gegen den großen Baum. Ich wußte, daß die Geschichte zu Ende war, und obwohl sie ein glückliches Ende hatte, war ich irgendwie traurig. Großpapa nahm seine Pfeife heraus und zog seinen Tabaksbeutel aus der Tasche. Er begann, den Pfeifenkopf zu stopfen. Ein paar Fuß weiter huschte ein brauner Baumläufer eine Pyramidenpappel hinauf, er sah fast wie eine kleine Maus aus. Großpapa riß ein Küchenstreichholz an seiner Schuhsohle an und zündete sich die Pfeife an, so daß sein altes Gesicht für einen kurzen Moment von einer blaugrauen Rauchwolke umhüllt war. Es kam ein leichter Wind auf.

»Großpapa«, sagte ich. »Was geschah mit ihnen?«

»Hmm?«

»Was geschah danach mit Waguli und Oconeechee?«

»Oh, na ja«, sagte er, »das weiß ich nicht so genau. Hier endet die Geschichte. Ich nehme an, danach haben sie hier gelebt und Kinder bekommen. Ihre Kinder wurden alle erwachsen und hatten ebenfalls Kinder, so daß sie Großmama und Großpapa wurden. Und irgendwann starben sie. Das geschah alles vor langer Zeit.«

Ich saß da und starrte Großpapa an. Durch das, was er da gerade gesagt hatte, wurde mir zum erstenmal klar, daß Großpapa irgendwann sterben würde. Auch Großpapa. Da wollte ich nicht mehr erwachsen werden. Die Brise wurde noch ein bißchen heftiger, und die Blätter über uns fingen an zu rauschen. Dann wurde aus der Brise ein Wind, und ich stand auf und ging zu dem großen Baum, gegen den sich Großpapa lehnte. Ich stand neben Großpapa, legte meine Hände oben auf den Baumstamm, sah in seine Äste hoch und lauschte, und der Wind wurde noch ein bißchen stärker, und dann hörte ich wieder diesen Ton.

»Großpapa«, sagte ich, plötzlich ganz aufgeregt. »Großpapa, ich kann sie hören. Sie singen.«